W9-CHV-201

KIT DE SUPERVIVENCIA PARA MI FUTURA YO

LARA AVERY

KIT DE SUPERVIVENCIA PARA MI FUTURA YO

Traducción de Victoria Simó

ALFAGUARA

El papel utilizado para la impresión de este libro ha sido fabricado a partir de madera procedente de bosques y plantaciones gestionadas con los más altos estándares ambientales, garantizando una explotación de los recursos sostenible con el medio ambiente y beneficiosa para las personas. Por este motivo, Greenpeace acredita que este libro cumple los requisitos ambientales y sociales necesarios para ser considerado un libro «amigo de los bosques». El proyecto «Libros amigos de los bosques» promueve la conservación y el uso sostenible de los bosques, en especial de los Bosques Primarios, los últimos bosques vírgenes del planeta.

Papel certificado por el Forest Stewardship Council®

Título original: *The Memory Book,* Lara Avery
Primera edición: septiembre de 2016
Publicado por acuerdo con Rights People, Londres

Printed in Spain – Impreso en España

ISBN: 978-84-204-8460-0
Depósito legal: B-13.493-2016

Compuesto por Javier Barbado
Impreso en Liberdúplex, Sant Llorenç d'Hortons (Barcelona)

AL 8 4 6 0 0

Penguin
Random House
Grupo Editorial

A Tidsch y Sherry Baby

KIT DE SUPERVIVENCIA PARA MI FUTURA YO

Si estás leyendo estas líneas, es probable que te estés preguntando quién eres. Te daré tres pistas:

Primera pista: acabas de pasar la noche en vela para terminar un trabajo de literatura avanzada sobre *La biblia envenenada*. Te has dormido un momento mientras escribías y has soñado que te enrollabas con James Monroe, el quinto presidente y proclamador de la doctrina Monroe.

Segunda pista: escribo esto en el desván, junto al ventanuco redondo, ya sabes, el que está en la punta este de la casa, allí donde el techo casi se junta con el suelo. Las Green Mountains acaban de verdear otra vez tras una intempestiva tormenta primaveral de nieve pastosa, y apenas distingues a Perrito entre la penumbra del alba, que corretea arriba y abajo por la ladera sin motivo aparente, como buen perrito que es. A juzgar por lo que oigo, hay que dar de comer a las gallinas.

Debería hacerlo yo, supongo. Estúpidas gallinas.

Tercera pista: sigues viva.

¿Ya sabes quién eres?

Tú eres yo, Samantha Agatha McCoy, en un futuro no muy lejano. Escribo esto para ti. Dicen que voy a perder la memoria, que dentro de nada empezaré a olvidar. Detalles sueltos al principio y luego un montón de cosas. Así pues, escribo para recordar.

Esto no pretende ser un diario, ni unas memorias ni nada parecido. Para empezar, solo es un documento guardado en el minúsculo portátil que llevo conmigo a todas partes, así que nada de romanticismos. En segundo lugar, supongo que, para cuando haya terminado (puede que nunca), excederá con mucho la extensión del típico diario. Es un libro. Poseo una tendencia natural a escribir demasiado. Por poner un ejemplo: en teoría, el trabajo sobre *La biblia envenenada* debía abarcar cinco páginas y a mí me ha ocupado diez. Otro ejemplo: he adjuntado a mi solicitud de plaza en la Universidad de Nueva York redacciones sobre cada uno de los temas sugeridos con el fin de que el comité de admisiones tuviera donde elegir. (Ha funcionado; me han admitido). Otro más: soy la autora e incansable editora de la página de Wikipedia sobre el instituto de Hanover, que debe de ser la página dedicada a un instituto más larga y completa de todo el país, y es curioso, porque en teoría ni siquiera debería estar matriculada en ese centro por cuanto, como ya sabes (espero), no vivo en New Hampshire sino en Vermont pero, como también sabes (espero), South Strafford es un pueblo de quinientos habitantes y me niego a asistir a ese cobertizo de mala muerte que llaman instituto. Así que le compré a mi padre la vieja ranchera a plazos y busqué algún resquicio en el reglamento del distrito por el que colarme.

Escribo este libro para ti. ¿Cómo vas a olvidar nada si cuentas con un útil documento escrito expresamente para que te orientes? Considéralo tu diccionario. No, considéralo tu kit de supervivencia.

Samantha (nombre propio, persona): Samantha es un nombre americano y es un nombre hebreo. En inglés quiere decir «la que escucha». En hebreo significa: «la que sabe escuchar, nombre de Dios».

La que sabe escuchar, nombre de Dios, en principio este texto no debería ser un rollo sentimentaloide, pero puede que no haya más remedio. Trabajamos las emociones en el primer ciclo de secundaria y no les hicimos mucho caso, pero ahora acaban de irrumpir en nuestra vida.

Los sentimientos regresaron ayer en el despacho de la señora Townsend.

La señora Townsend (nombre propio, persona): la orientadora escolar que te ha permitido examinarte de todas las asignaturas avanzadas en las que te has querido matricular, aunque se solapasen unas con otras, y que te ha informado de todas las becas habidas y por haber para que no arruinaras a tus padres. Parece una versión fatigada de Oprah y, exceptuando a la senadora Elisabeth Warren, es tu heroína.

A lo que íbamos. Sentada en el despacho de la señora Townsend, me aseguraba de haber entregado todos los trabajos dentro del plazo, porque mi madre y yo tuvimos que acudir al genetista de Minnesota en dos ocasiones el mes pasado. Ni siquiera puedo disfrutar de unas vacaciones de Pascua como Dios manda. (Lo digo como si nunca hubiera tenido vacaciones de Pascua, pero es que confiaba en poder practicar a tope con Maddie, ya apenas queda un mes para el Torneo Nacional de Debate).

Trataré de reconstruir la escena:

Paredes blancas forradas con viejos carteles de UN VASO DE LECHE AL DÍA TE BENEFICIA, reliquias del último orientador, porque la señora Townsend ha estado tan ocupada desde que accedió al cargo hace cinco años, que no ha tenido tiempo de sustituirlos. Yo sentada en un puf tapizado que en teoría constituye una versión chula y moderna de una silla, pero que en realidad solo es un cubo. Enfrente de mí, la señora Townsend, con un jersey amarillo y esos gruesos tirabuzones negros que le brotan a chorros de la cabeza.

Le estaba pidiendo que me concediera una prórroga de veinticuatro horas para presentar el trabajo de *La biblia envenenada*.

Señora T: ¿Por qué necesitas una prórroga?

Yo: Estoy enferma.

Señora T *(mirando la pantalla del ordenador, tecleando):* ¿Qué te pasa?

Yo: Busque en Google «Niemann-Pick tipo C».

La señora Townsend escribe y empieza a leer.

Señora T *(por lo bajo):* ¿Cómo?

Sus ojos se desplazan por la pantalla. Derecha, izquierda, derecha, izquierda. Lo recuerdo.

Yo: Es una enfermedad muy rara.

Señora T: ¿Cómo has dicho, *Niman* qué? ¿Esto una broma?

Se me escapa la risa, aunque ella ha fruncido el ceño sin dejar de leer.

Yo: Niemann-Pick tipo C. En resumidas cuentas, se trata de demencia.

La señora Townsend despega los ojos del ordenador con la boca abierta de par en par.

Señora T: ¿Cuándo te la diagnosticaron?

Yo: Hace dos meses por primera vez. Después me hicieron un montón de pruebas para asegurarse. Pero sí, está confirmado.

Señora T: ¿Vas a sufrir pérdida de memoria? ¿Alucinaciones? ¿A qué se debe?

Yo: Es hereditaria. Mi tía abuela murió de esa enfermedad cuando era mucho más joven que yo.

Señora T: ¿Murió?

Yo: Es frecuente entre los francocanadienses, y mi madre es de origen francocanadiense, así que...

Señora T: Disculpa, ¿murió?

Yo: No me voy a morir.

Me parece que no oyó eso de que no iba a morir y seguramente fuera mejor así porque, en esta fase de la enfermedad, se trata de una afirmación que no puedo confirmar ni desmentir. Lo que sí sé, aunque olvidé mencionárselo (perdone, señora T) es que apenas hay casos de personas de mi edad que muestren síntomas (sin haberlos manifestado cuando eran más jóvenes). Por lo general, los niños enferman a muy temprana edad y sus cuerpos no soportan el estrés. Así que nos enfrentamos a unos «plazos distintos», según el médico. Le pregunté si debía considerarlo una buena o una mala noticia. «Por ahora, creo que es buena.»

Señora T *(con una mano en la frente)*: Sammie, Sammie.

Yo: De momento me encuentro bien.

Señora T: Dios mío. Sí, pero... ¿estás en tratamiento? ¿Cómo se lo han tomado tus padres? ¿Quieres irte a casa?

Yo: Sí. Bien. No.

Señora T: Diles que me llamen.

Yo: Vale.

Señora T *(con un gesto de exasperación)*: ¿Y me lo sueltas así, mientras me pides una prórroga para un trabajo de literatura? No tienes que hacerlo, por el amor de Dios. No tienes que hacer nada. Llamaré a la señorita Cigler ahora mismo.

Yo: No, no pasa nada. Lo redactaré esta noche.

Señora T: Lo haré encantada, Sammie. Esto es muy grave.

Sí, supongo que es grave. La enfermedad de Nieman tres tipos, A, B y C, y yo padezco la C, conocida como NP-C, mala nota que he sacado en mi vida, ja, ja, ja) se declara cuando el c terol «malo» se acumula en el hígado y en el bazo y, a consecuencia ello, las grasas se depositan en el cerebro. Los depósitos afectan a la cognición, a las funciones motoras, a la memoria y al metabolismo; a todo el organismo. Yo aún no he experimentado nada de eso, pero llevo casi un año mostrando síntomas, por lo visto. Es extraño descubrir los nombres que les dan a esos gestos que yo solo consideraba tics raros. A veces me entra sensación de sueño después de reírme; se llama cataplexia. En ocasiones se me escapa el salero cuando voy a cogerlo; eso es ataxia.

Sin embargo, nada de eso tiene importancia si lo comparamos con la pérdida de memoria. Como sabes (¡eso espero, una vez más!), pertenezco al club de debate. La memoria es mi punto fuerte y tal. No siempre he estado metida en ese mundo, pero si no me hubiera dado por la oratoria hace cuatro años, y no bromeo, ahora seguramente sería adicta a la hierba. O a la *fan fiction* erótica. O algo por el estilo. Te contaré la historia.

Érase una vez, futura Sam, una niña de catorce años tremendamente impopular (esa eras tú, en serio) que se sentía marginada y fuera de lugar en el instituto. Tus padres no te compraban ropa chula, te eliminaban a la primera del balón prisionero, ignorabas que después de eructar se pide perdón y te habías convertido en una enciclopedia andante de animales míticos y vehículos espaciales científicamente imposibles. Simple y llanamente: te importaba más la suerte de la Tierra Media que la del planeta Tierra.

Entonces tu madre te obligó a apuntarte a una actividad, y la mesa del club de debate era la primera de la fila en la feria de extraescolares. (Ojalá pudiera contarte una historia más épica). El caso es que todo cambió a partir de entonces. En lugar de usar el cerebro para memorizar especies alienígenas, empezaste a emplearlo para aprender ideas, acontecimientos y valores humanos que conectaron tu casita de las montañas con la historia de la Humanidad, tan plagada de injusticias, victorias y codicia como los relatos que tanto te gustaban, salvo que estos en particular eran reales.

a bien. Tras años y años devorando libros sin
un vistazo a un párrafo para repetirlo palabra
s después. Tu falta de educación jugaba a tu
n sobra cuando buscas machacar a tu rival. El
nder que podías saborear la vida más allá del
e perderte en mundos imaginarios. Prendió
esperanza de seguir siendo tú misma y al mismo tiempo formar
parte del mundo real. Te ayudó a sentirte guay (aunque siguieras siendo impopular). Te incitó a sacar mejores notas con el fin de luchar
algún día por aquellos ideales que defendías en los debates.

Así pues, lo reconozco, desde entonces soy uno de esos bichos
raros que pululan por el instituto a horas intempestivas, hablando
consigo mismos a velocidad supersónica de temas relacionados con
la justicia social, y orgullosa de ello. Sí, soy una de esas frikis que se
divierten leyendo los miles de artículos que aparecen en internet
cuando buscas Roe contra Wade, el caso judicial por el que se reconoció el derecho al aborto en Estados Unidos, y que los recita a in-
tervalos delante de un podio, enfrente de otra persona, en una lucha
a muerte retórica. Esos que van de abogados adolescentes y se visten
de traje. Me encanta.

Y por eso no lo he dejado, aunque ahora me atranque en las prácticas, invente excusas cuando me pierdo las sesiones porque tengo
visita en el médico y me toque, ya sabes, motivarme a tope delante del
espejo antes de los torneos. Antes de caer enferma, mi memoria era
mi billete dorado. Mi capacidad de retención me facilitó un montón
de becas. La memoria me ayudó a ganar el concurso de ortografía del
condado de Grafton cuando tenía once años. Y ahora la voy a perder.
Me parece, no sé, inconcebible.

EN FIN.

*De nuevo en la oficina, donde me llegan las voces de los alumnos, que se gritan
chorradas por el pasillo.*

Yo (*por encima del estrépito*): No pasa nada. Por cierto, ¿me podría
recordar el nombre del seminario ese de derecho que imparten en

la Universidad de Nueva York? Ya sé que solo aceptan alumnos de tercero, pero he pensado que...

La señora T se atraganta.

Yo: ¿Señora T?

La señora Townsend saca pañuelos de papel del cajón y se enjuga los ojos.

Yo: ¿Le pasa algo?

Señora T: No me lo puedo creer.

Yo: Ya. Debería ir tirando. Tengo clase de cerámica.

Señora T: Perdona. Esto es inconcebible. *(Carraspea).* ¿Tendrás que saltarte más clases?

Yo: No hasta mayo, más o menos coincidiendo con los finales. Pero será un viaje rápido al especialista. Para una revisión, seguramente.

Señora T: Eres muy fuerte.

Yo *(empiezo a guardar mis cosas, lista para marcharme)*: Lo intento.

Señora T: Te conozco desde que eras una cría de catorce años con tus *(dibuja sendos círculos con los dedos alrededor de los ojos)* gafitas.

Yo: Aún llevo gafas.

Señora T: Pero estas son distintas. Más sofisticadas. Ahora pareces una mujercita.

Yo: Gracias.

Señora T: Sammie. Espera.

Yo: Vale.

Señora T: Eres muy fuerte, pero... Pero, teniendo en cuenta todo lo que... *(se atraganta nuevamente).*

A esas alturas, empezaba a experimentar un desagradable ahogo en la garganta, que en ese momento atribuí a los efectos secundarios de los analgésicos. La señora T había cuidado de mí desde mi llegada. Era el único adulto que de verdad me escuchaba.

Claro, mis padres lo intentan, pero solo durante cinco minutos al volver del trabajo, antes de dar de comer a mis hermanos pequeños y de reparar alguna que otra gotera de nuestra cochambrosa casita de las montañas. Les trae sin cuidado lo que yo haga, siempre y cuando me asegure de que mis hermanos no la palmen y cumpla con mis tareas. Cuando le dije a la señora Townsend que tenía previsto ganar el Torneo

Nacional de Debate, matricularme en la Universidad de Nueva York y convertirme en una abogada especializada en derechos humanos, su primera reacción fue: «Pues manos a la obra». Solo ella creía en mí.

Así que, para decir lo que dijo a continuación, aun a riesgo de parecer melodramática, preferiría que me hubiera hundido la mano en el esófago y me hubiera estrujado el corazón.

Señora T: ¿Crees que serás capaz de desenvolverte en la universidad? *Explosiones mentales.*
Yo: ¿Qué?
Señora T *(señalando la pantalla del ordenador):* Aquí dice que... O sea, seguiré investigando pero... parece ser que afecta a todas las funciones vitales. Las consecuencias podrían ser graves.
Yo: Ya lo sé.

Y esa es la cuestión. Puedo hacerme a la idea de perder la salud, pero no me arrebatéis mi futuro. Ese futuro que tanto esfuerzo me ha costado. Llevo años trabajando para entrar en la Universidad de Nueva York y estoy en la recta final. El hecho de que la señora Townsend se plantease siquiera que iba a darme por vencida me enfureció.

Señora T: Y por si fuera poco, tu memoria se resentirá. ¿Cómo vas a asistir a clase en esas condiciones? Deberías...
Yo: ¡No!

La señora T se echó hacia atrás. Ahora me tocaba a mí romper en llanto. Mi cuerpo no estaba acostumbrado a llorar, así que las lágrimas no brotaron en gotas transparentes y perfectas, como yo esperaba. Temblaba con violencia y el agua salada se encharcó en mis gafas. Mi garganta emitió un extraño gañido que me pilló por sorpresa.

Señora T: Ay, no. No, no. Perdona.

Debería haber aceptado sus disculpas y haberme largado de allí deprisa y corriendo, pero no podía. Le grité.

Yo: Ni en broma voy a renunciar a la universidad.

Señora T: Pues claro que no.

Yo *(sorbiéndome la nariz)*: NO pienso quedarme en Strafford, yendo de acá para allá en una silla de ruedas, trabajando en una estación de esquí, fumando marihuana, yendo a la iglesia y criando un montón de niños y cabras.

Señora T: Yo no he dicho que...

Yo *(moqueando)*: Me matriculé en el Hanover, ¿no? Me han admitido en la Universidad de Nueva York, ¿verdad? ¡Soy la mejor alumna de mi promoción!

Señora T: Sí, sí. Pero...

Yo: Me las apañaré en la universidad.

Señora T: ¡Pues claro! Por supuesto.

Yo *(secándome los mocos con la manga)*: Por Dios, señora Townsend.

Señora T: Usa un pañuelo, cariño.

Yo: ¡Usaré lo que me dé la gana!

Señora T: Ya lo creo que sí.

Yo: No lloraba desde que era una niña.

Señora T: No me lo puedo creer.

Yo: Llevaba mucho tiempo sin llorar.

Señora T: Llorar es bueno.

Yo: Ya.

Señora T: Si alguna vez necesitas hablar conmigo, ven a verme. Soy algo más que un recurso académico.

Yo *(dirigiéndome a la salida)*: Sí, genial. Adiós, señora T.

Salí del despacho de la orientadora escolar (con aire de absoluta normalidad, gracias), me salté la clase de cerámica y me encaminé directamente a casa para trabajar en *La biblia envenenada* hasta que la tormenta emocional amainara. O, como mínimo, hasta haber puesto unos cuantos kilómetros de distancia entre mis emociones y yo.

Lloré porque jamás en toda mi vida he tenido tanto miedo. Temo que la señora Townsend lleve razón en parte. Visualizo mi cerebro, en teoría esa vaga materia gris que hay dentro de mi cabeza, pero solo veo una masa informe ajena a mí, vacía e inservible.

Y estoy cansada.

O sea, quedaos con mi cuerpo, vale, de todos modos no lo usaba. Tengo un culo inmenso sobre piernas de avestruz, una mata de pelo que parece sacada de la clásica foto de «antes» y unos ojos raros, como lechosos, parecidos a un Frappuccino. Pero dejadme conservar el cerebro. Mi verdadero vínculo con el mundo.

¿Por qué no me puedo marchitar lentamente e ir de acá para allá en una silla de ruedas automática, derramando inteligencia por doquier mediante un aparato generador de voz como el de Stephen Hawking?

Ugggghhh. Solo de pensar en ello me siento...

G;SODFIGS;OZIERJGSERG

No sé de qué otro modo expresarlo ahora mismo. Y detesto no saber. Nada. Detesto no saber en general. No es justo que pierda la capacidad de saber.

Y ahí es donde tú entras en juego, futura Sam.

Necesito que tú seas la expresión de la persona en la que me voy a convertir. Puedo superar esto, sé que puedo, porque cuanta más información te deje archivada, menos cosas olvidaré. Cuanto más te escriba, más real te tornarás.

Así pues, hoy tengo mucho trabajo que hacer. Es miércoles por la mañana. Debo leer siete artículos acerca de la importancia de ganar un sueldo digno. Debo llamar a Maddie para recordarle que los lea también, porque en los tres años que llevamos formando equipo, ha adquirido la horrible costumbre de «improvisar», ya que se cree en posesión de un don divino para las argumentaciones propositivas. (Lo tiene, a veces.) Aún tengo que dar de comer a las dichosas gallinas. La ventana no cierra bien. Me llega el olor del rocío y el aire fresco procedente de las Green Mountains. Nadie más se ha levantado aún, pero pronto lo harán. Y mira, ya sale el sol. Eso sí lo sé, como mínimo.

LA FUTURA SAM

- responde a los nombres de «Sam» o a «Samantha»
- se alimenta de frutos secos y bayas
- lleva gafas modernas (¿o quizá lentillas?)
- usa trajes a medida, de un solo color, azules o negros
- se ríe en contadas ocasiones y siempre con discreción
- comparte cócteles semanales con un grupo de mujeres ingeniosas y profesionalmente competentes
- lee el *New York Times* en la cama enfundada en una fina bata blanca
- la gente la reconoce por la calle y le dice que su página de opinión sobre desarrollo internacional ha transformado su visión del mundo

LA SAMMIE ACTUAL

- responde a «Sammie», porque nadie, ni en casa ni en el instituto, se acostumbra a llamarla Sam; exceptuando a Davy, pero ella lo pronuncia «Zam» a causa de su ceceo
- come cuanto le ponen delante, incluida fruta de pega por error en una función de la iglesia
- sus gafas no están mal, aunque excesivamente «doradas», grandes y seguramente «disco»
- se pone la primera camiseta que pilla, regalo de alguna fiesta escolar, siempre y cuando no esté demasiado babeada por los especímenes más jóvenes de la casa
- se ríe con *Bob Esponja* y con las bromas de pedos, aunque las haga algún idiota (no puedo evitarlo, son tan graciosas...)
- su mejor amiga es Maddie, pero no está segura de si realmente son amigas o si pasan tanto tiempo en el aula de sociales que

han acabado trabando amistad por proximidad; si bien, entre tú y yo, Maddie es un ego andante

- lee el *New York Times* en la tienda de Lou, cuando alguien lo deja olvidado, porque sus padres se niegan a comprárselo
- sus compañeros del club de debate le chocan los cinco. Por algo se empieza

LO QUE LA SEÑORA TOWNSEND PROBABLEMENTE LEYÓ

De la página de Wikipedia sobre Niemann-Pick tipo C:
Las manifestaciones y síntomas neurológicos incluyen ataxia cerebelosa (paso inseguro con dificultad para coordinar los movimientos), disartria (dificultad para articular sonidos y palabras), disfagia (problemas para tragar), temblores, epilepsia (tanto parcial como generalizada), parálisis supranuclear de la mirada vertical (dificultades de los movimientos oculares hacia arriba y hacia abajo, parálisis sacádica), inversión del sueño, cataplexia gelástica (pérdida súbita del tono muscular o caídas repentinas), distonía (trastornos en la postura o en los movimientos provocados por contracciones en las articulaciones de los músculos agonistas y antagonistas), que suele empezar con un viraje del pie al caminar (distonía de acción) y puede evolucionar hasta ser generalizada, espasticidad (aumento del tono muscular dependiente de la velocidad), hipotonía, ptosis (caída del párpado superior), microcefalia (cabeza anormalmente pequeña), psicosis, demencia progresiva, pérdida de audición progresiva, trastorno bipolar, depresión mayor y psicótica; puede incluir alucinaciones, delirios, mutismo o estupor.

De Wikipedia, después de que yo editara la página sobre NP-C:
Esto es una puta mierda.

(Lo suprimieron poco después y me retiraron todas mis prerrogativas de edición, pero valió la pena).

FILÓSOFOS VARONES BLANCOS CON LOS QUE (A JUZGAR POR SUS RETRATOS) ME LO MONTARÍA

- Søren Kierkegaard: qué labios
- René Descartes: nunca he dicho que no a un hombre con el pelo largo
- Ludwig Wittgenstein: el peinado, la nariz recta, esos ojos hundidos y expresivos
- Sócrates: aunque esa barba...

SHAH, DOLCE VITA

Cuando te dije que no me pondría en plan sentimentaloide, mentí. Seguramente ya lo sabías, futura Sam, pero es posible que, para cuando leas esto, hayas conseguido guardar los sentimientos a buen recaudo.

Me gusta Stuart Shah. Me gusta con locura.

Stuart Shah (nombre propio, persona): ay, mierda, será mejor que te lo cuente todo.

Remóntate dos años atrás. Como protesta contra el sistema capitalista, has adquirido la costumbre de llevar ropa *vintage* (vale, USADA), principalmente las enormes camisas de tu padre, vaqueros cortados y los zuecos de goma de tu madre, que tomas prestados sin permiso. Lees numerosos artículos de *National Geographic* sobre el deshielo de los casquetes polares y los problemas de los osos, que se ven forzados a abandonar su hábitat natural, y ves montones de episodios de *El ala oeste de la Casa Blanca,* una vieja serie que tu madre tiene en DVD. El día del que te hablaba, la señorita Cigler (en aquel entonces tu profesora de lengua y literatura avanzadas de bachillerato) te había pedido que respondieras las preguntas tipo test que aparecían al final de un relato de Faulkner, *Una rosa para Emily.* Trata de una anciana que duerme con el cadáver de su marido. Da igual.

De repente, alguien pasa por delante de tu pupitre. La persona en cuestión desprende un aroma como a campo, ¿sabes a qué me refiero? Esa mezcla de olor a sudor, aire húmedo, hierba y tierra que emanan algunas personas. Cuando llevas todo el día en un ambiente climatizado, te basta un solo efluvio para saber que vienen de la calle.

Levantas la vista y descubres que se trata de Stuart Shah.

Ya has visto a Stuart por ahí; es un alumno de segundo de bachillerato, mientras que tú todavía estás en primero, uno de esos chicos que se comen el bocadillo de camino a otra parte. Es alto, luce un corte de pelo anticuado, como de cincuentón, y tiene unos ojos negros y húmedos como piedras de río. Por lo que parece, se viste siempre con prendas parecidas, igual que tú, solo que su atuendo consiste en camiseta negra y vaqueros del mismo color, y tiene una pinta alucinante. Se lleva bien con todo el mundo, pero no es amigo de nadie en especial. Interpretó a Hamlet en la obra de primavera.

Ahora se ha inclinado sobre la señorita Cigler para decirle algo en voz baja. Mientras habla, esboza una sonrisilla. Observas cómo sus largos dedos se crispan sobre la mesa, al final de sus esbeltos brazos.

La señorita Cigler contiene una exclamación y se tapa la boca con la mano. Los alumnos despegan la vista de sus tareas. Stuart se incorpora, se cruza de brazos y se mira los pies con una tímida sonrisa de medio lado.

—¿Me dejas que lo comparta con la clase? —pregunta la profesora, alzando la vista hacia él.

Stuart se encoge de hombros, mira a sus compañeros y luego a ti, no sabes por qué.

—A Stu le han publicado un relato. En una revista literaria. A un alumno de bachillerato. O sea... Dios mío.

Stuart suelta una risita y mira de reojo a la señorita Cigler.

—*Ploughshares* es una revista en la que A MÍ me gustaría publicar, muchachos. Un aplauso para el compañero.

La gente aplaude de mala gana, menos tú. Tú no aplaudes. Porque tienes la vista clavada en Stuart mientras te retuerces un mechón. Te revuelves en la silla y te inclinas hacia él. Te sorprendes a ti misma pegándole un repaso, de los cordones de los zapatos a los vaqueros, la cintura, el bronceado cuello, los delicados labios, las cejas como pinceladas negras y por fin los ojos, que buscan los tuyos de nuevo.

Te pones como un tomate y bajas la mirada a tu lista de tareas pendientes.

Stuart abandona la clase y tú, en lugar de escuchar a la señorita Cigler, te dedicas a dibujar una S.

Más tarde, durante las prácticas de debate, le haces un comentario a Maddie acerca de él, y ella se da cuenta de que tu mirada se pierde en el horizonte, de que acaricias cualquier superficie con la yema de los dedos, de que suspiras por nada.

—A Sammie McCoy le gusta Stuart —canturrea Maddie.

—Solo me inspira curiosidad. Ya sabes, curiosidad profesional. Me pregunto qué se siente cuando te publican un relato.

«Publicar», menuda palabra. Surge de entre los labios como una bebida para adultos, como licor de cerezas. Significa que Stuart tiene una visión del mundo tan personal, tan aguda y fascinante que personas muy importantes quieren darla a conocer. A ti también te gustaría escribir así. O sea, no relatos de ficción, no serías capaz, sino en general. Quieres ser analista política (y luego abogada), para poder mirar el mundo desde arriba, para poder diseccionarlo en piezas limpias, manejables, con el fin de encajar problemas y soluciones como en un puzle y mejorar la vida de los demás. Quieres decirle a la población lo que está bien, lo que es real. Stuart ya lo ha conseguido a su modo y solo tiene dieciocho años.

Durante el curso siguiente, resplandece de orgullo siempre que te cruzas con él por los pasillos del Hanover. Tú inventas excusas para cambiarte de sitio en el comedor con el fin de observar cómo saca rollitos de sushi de la fiambrera que se trae de casa y luego se los lleva a la boca con los dedos, mientras con la otra mano sostiene *The New Yorker* o alguna otra publicación de nombre tan interesante como *The París Review,* o novelas pequeñas y usadas de todos los colores imaginables. Tomas nota mental de los títulos y luego las lees, para saber qué escenas le pasan por la cabeza. Un par de veces te pilla leyendo el mismo libro que él, en la cafetería o en alguna otra parte, y te saluda con un gesto, y el almuerzo te da volteretas en la barriga.

Sin embargo, empieza a pasar menos tiempo en los pasillos y más en los asientos traseros de todoterrenos que se dirigen a las pozas o a fiestas en Dartmouth, o se marcha de fin de semana a Montreal con sus amigos. Es lógico, piensas, porque es un tío GUAY. Tú llegas temprano al instituto para estudiar y te quedas despierta hasta las tantas para hacer los deberes. Nadie te invita a las fiestas a las que él acude, ni te apuntas a la revista literaria del Hanover en la que él escribe, ni te haces amiga de las chicas que ríen a carcajadas y llevan modelitos provocativos, el tipo de prendas que podría captar su atención.

El día de su graduación, lo observas desde los graderíos, plantado entre sus padres con las gafas de sol puestas, estrechándoles la mano a todos los profes, sonriendo más que nunca y sujetándose el birrete para que no se le caiga. Hace poco supiste que otra revista, *Threepenny Review,* se interesó por su obra y escogió un segundo relato. La señorita Cigler contó en clase que lleva escribiendo historias desde que tenía tu edad y que espera publicar muy pronto una recopilación, después una novela y luego, ¿quién sabe? Ahora se ha marchado a Nueva York, donde sus padres tienen un apartamento. No irá a la universidad. Se va a dedicar a escribir porque ya sabe lo que quiere hacer con su vida, lo que se le da bien, y no desea que nada se interponga en su camino. Solo de pensar en él notas un fuego por dentro y, antes de que se marche para siempre lo ves una última vez; se quita la toga, se la cuelga del brazo y desaparece entre la multitud.

O sea, hasta esta mañana. Como lo oyes, futura Sam. Hace dos años de aquello y esta mañana me he cruzado con él.

Estaba dando de comer a las estúpidas gallinas con Harrison, Bette y Davy (porque, aunque les toque a mis hermanos hacer las tareas, siempre tengo que ayudarlos) cuando, de golpe y porrazo, Perrito ha dejado lo que sea que estuviera haciendo en el jardín trasero, ha rodeado la casa a la carrera y, pasando por nuestro lado, se ha precipitado ladera abajo. He seguido al perro un buen trecho y lo he visto dirigirse a la carretera principal. Ha salido trotando al lado de alguien que la recorría a pie, lo que sucede de vez en cuando. Nuestra sinuosa vía de dos sentidos es demasiado liosa y escarpada como para que los coches circulen a gran velocidad, así que la gente la recorre en bici, corriendo o andando constantemente, a veces procedentes de lugares que están a veinte minutos de distancia, como Hanover. Pero esa persona en concreto llevaba una camiseta negra y vaqueros el mismo color. Esa persona era morena y calzaba mocasines marrones. He forzado la vista, pero no estaba segura.

Entonces Perrito ha regresado, y Davy, Harrison, Bette y yo nos hemos apretujado en la ranchera para poner rumbo al colegio, donde los he dejado antes de dirigirme al pueblo. De camino, hemos pasado junto al chico vestido de negro que andaba pegado al borde de la carretera. He reducido la marcha y todos hemos alargado el cuello para mirar hacia atrás. Stuart nos ha saludado sin quitarse las gafas de sol. Mis hermanos lo han saludado a su vez. Yo he clavado la vista al frente y me he contenido para no gritar.

Ese grito lleva todo el día atrapado en mi garganta y ahora, mientras Maddie repasa su presentación, apenas si puedo ahogarlo. Vale, lo he ahogado, pero sigo viendo su rostro recortado contra la luz matutina del valle, la mano alzada a modo de saludo y una sonrisa incipiente en los labios, como si me hubiera reconocido.

Stuart Shah ha vuelto.

LA SALA DE ESPERA

Hace dos días de aquello y Stuart aún no ha dado señales de vida. Lo he buscado en el trayecto de ida al instituto y luego en el de vuelta, al otro lado de la curva de Center Hill, en cada uno de los sinuosos accesos de entrada a jardines poblados de robles, abedules, arces; en cada coche que se ha cruzado con el nuestro junto al río Conneticut. Lo he buscado en las calles de Hanover, saliendo de la tienda de Lou, o quizá sentado en un banco cerca del campus de Dartmouth, leyendo un libro. No hay muchos chicos de ascendencia india que lleven vaqueros negros en este pueblo, pero me las he ingeniado para encontrar a dos, y ninguno era él.

Ahora mi familia al completo aguarda en la sala de espera del médico, exceptuando a mi padre, que está trabajando. Concretamente nos encontramos en la consulta de la pediatra, la doctora Nancy M. Clarkington, en Lyme Road, 45, y yo me he bebido cinco vasos de agua, desechables, que he sacado de una de esas máquinas que ponen en los despachos. Existe la posibilidad de que, saliendo de aquí, vacíe mi taquilla y estudie en casa a causa de mi condición. A menos, claro está, que la doctora redacte la nota que el director Rothchild me ha solicitado. No quiero ni considerar la posibilidad de abandonar esta consulta sin que la doctora Clarkington haya estampado su firma en la dichosa nota.

Mi madre está sentada a mi lado, leyendo una revista basura sobre gente basura. Una fotografía ampliada de un paisaje selvático decora las paredes. Bette, Harrison y Davienne se han arrodillado delante del acuario para mirar los peces, porque aún son pequeños y no saben lo que se siente cuando toda tu vida depende de las delicadas manos de una pediatra de pueblo.

Mi madre (nombre común, mujer, 42 años): la persona bajita y morena de cabello ralo que te dio a luz. Recuerda a un elfo de Tolkien con arrugas de expresión. Si no está trabajando, la encontrarás en el jardín con sus botas de agua, quitando malas hierbas del huerto, maldiciendo a los conejos por comerse las hortalizas, sellando grietas en el cobertizo, o en casa, o lanzándole un palo a Perrito. En invierno, estará en su sillón reclinable, envuelta en una manta.

Harrison (nombre propio, hermano, 13 años): un chaval con piernas de palillo perfectas para encaramarse a los árboles, gruesos rizos castaños como los míos y la barriga llena de macarrones con queso. Suele estar en su clase de sexto, jugando a *Minecraft*, o enfurruñado en el jardín porque no puede jugar a *Minecraft*.

Bette (nombre propio, hermana, 9 años): una versión mini de mi madre, aunque, por lo que sabemos, llegó a casa del espacio exterior para estudiar nuestra especie. Siempre anda entre los árboles que flanquean el camino, donde construye misteriosas estructuras a partir de palos, al fondo de la clase de cuarto pitando como un robot, o haciendo los deberes de mates de Harrison a cambio de caramelos.

Davienne (nombre propio, hermana pequeña, 6 años): otra versión mini de mi madre aunque más regordeta, como Harry y como yo. Para dar con ella, busca a la chica más popular de primero, la misma que anda pegando pequeños adhesivos brillantes por todas partes y que aún ignora, por suerte para ella, que la costumbre de sus hermanos de gritar «¡sorpresa!» cada vez que aparece, se debe a un infausto acto de espionaje el día que mis padres se enteraron de que estaban esperando otro bebé.

Estamos aquí para preguntarle a la doctora Clarkington si gozo de salud suficiente para hacer una excursión a Boston el mes que viene, con el fin de participar en el Torneo Nacional de Debate, y acabar el curso.

La respuesta es que sí, por supuesto, porque, o sea, mírame. Bueno, no me puedes mirar, futura Sam, pero no me pasa nada catastrófico. Vale, de vez en cuando me toca sacudir las manos y las piernas para desentumecerlas. Y me duelen los ojos. Pero creo que se debe únicamente a que leo demasiado. Además, nadie necesita las manos y las piernas para participar en un torneo de debate. Solo la memoria y la voz.

Si la doctora Clarkington opina que estoy demasiado enferma, me enfrentaré a dos graves consecuencias:

(1) Si no acudo al torneo de debate, no ganaré y (2), si no gano, la solicitud de admisión que presenté a la Universidad de Nueva York (en la que hablaba de la importancia de la constancia para alcanzar las

propias metas) sería una mentira y habría entrado haciendo trampas. Por no mencionar que todo mi paso por el instituto habría sido una pérdida de tiempo. De no ser por las horas que he pasado en el aula de sociales al salir de clase y los fines de semana, a estas alturas podría ser una tía buena, popular y sexualmente liberada. Por ende, nací con nervios de acero. Qué le voy a hacer. Siempre he sido competitiva. La primera vez que Harrison me ganó al ajedrez (este año), me ordené a mí misma jugar solo a las damas como castigo. De todos modos, esto no acaba aquí.

Si no me dejan acabar el curso, mis notas bajarán. Y si mis notas bajan, el Hanover podría reconsiderar mi título de mejor alumna de la promoción.

Si me retiran el título, mis padres se darán cuenta de que no controlo la situación..., y puede que no me dejen asistir a la universidad en otoño.

Y si no voy a la universidad.... En realidad ni siquiera me he planteado esa posibilidad. No tengo ni idea de lo que haré. Seguramente recorrer la pista de los Apalaches sin nada encima, salvo un abrigo y unos gramos de cecina, con la esperanza de iniciar una nueva vida en alguna parte de Canadá.

Todo ello se debe a que una parte de mí desea ser una persona fuera de serie. En plan, quiero creer que si eres lista y trabajas duro, puedes conseguir lo que te propongas. Como Stuart, por ejemplo.

Imagínate qué situación tan horrible si me expulsaran del instituto y me lo encontrara en alguna parte y, por algún milagro del cielo, pudiera hablar con él sin caer en un mutismo psicodélico.

Sammie: Eh, hola, Stuart. ¿Qué estás leyendo, la última novela de Zadie Smith?

Stuart: Hola, Sammie. Uau, sí. Es alucinante. ¡Igual que tú! Estás fantástica. Te quedan muy bien las gafas.

Sammie: Gracias. Tú tampoco estás mal.

Stuart: ¿Y qué haces últimamente? Participando en los torneos de debate más prestigiosos del país, ¿no?

Sammie: No. La verdad es que no.

Stuart: ¿Ah, no? Qué lástima. ¿Y a qué te dedicas?
Sammie: Ah, bueno, ya sabes, a enfermar. Voy enfermando y tal.

Ni soñarlo.

Acabo de proponerle a mi madre que bajemos un momento al Co-Op y le compremos un gran ramo de flores a la doctora Clarkington, pero ella me ha mirado como diciendo: «¿Y se supone que tú eres la lista de la familia?».

También me siento muy boba, porque vamos vestidos de punta en blanco. Resulta que al salir de aquí iremos directamente a la confirmación de Harrison. Le he comentado a mi madre que parece como si nos hubiéramos puesto nuestras mejores galas para ir al médico, y que eso es ridículo.

Mi madre ha suspirado.

—Anda, déjame que salga a la calle vestida como una persona normal por una vez.

—Pero tu uniforme es muy chulo. Parece un pijama —la he animado.

Y ella en plan:

—¿Alguna vez se te ha acercado un anciano para enseñarte el lunar que le ha salido al final de la espalda mientras haces cola en el supermercado porque te ha tomado por una enfermera?

—*Touché*.

Por cierto, mi madre aún no es enfermera, futura Sam. Trabaja en la recepción del Centro Médico de Dartmouth.

Seguimos esperando.

Mensaje de texto de Maddie: Dónde estás??
Yo: Llegaré a tiempo para las prácticas.

Recuerdo vagamente una cita de uno de mis pensadores favoritos, Noam Chomsky: algo así como que el optimismo es más una estrategia que un mero sentimiento. Si no crees que el futuro será mejor, no haces nada por mejorarlo. Parece cursi, pero hay otra palabra para definir la cursilería: se llama «sinceridad».

Además, Maddie ya ha empleado el dinero que le dieron por su cumpleaños en comprarnos a las dos sendos trajes pantalón que llevaremos en el Torneo Nacional de Debate, cada cual de nuestro color favorito respectivo, azul marino el mío, color malva el suyo, y son la BOMBA. (Le devolveré el dinero cuando le endilgue unos cuantos libros de Platón a algún novato con pocas luces de Darmouth, alegando que le harán falta para Introducción a la Filosofía).

Además, en la revista del colegio han hablado de nosotras. Así pues, ya es oficial. ¿Qué van a hacer, añadir una fe de erratas diciendo que al final Sammie McCoy no competirá y que será remplazada por Alex Conway?

Sí, eso es exactamente lo que harán.

Ay, Dios, le atizaría un puñetazo a la pared.

Debates de la costa este, el blog y servicio de noticias más importante de debate escolar de nuestra zona, se refirió a Maddie y a mí como «el equipo a batir». Esas somos Maddie y YO, no Maddie y Conway.

Alex Conway ni siquiera se «interesó» por la política hasta el curso pasado. La muy zorra se presentó a *Modelo de Naciones Unidas* por «Dinamarca».

Ya os he dicho que soy competitiva.

Ay, Dios mío, la enfermera acaba de llamarme. Adiós.

(Harrison, te quiero, pero si te apropias mi portátil y lees esto, les diré a papá y a mamá que te quedas cada noche jugando al *Minecraft* hasta las dos de la madrugada).

NO DEMASIADO ENFERMA, O CÓMO LIBRARSE DE APARECER EN UNA PÁGINA WEB CON UNA CAMISA HAWAIANA

Hola.

Ahora mismo vamos camino de la iglesia y mi madre guarda un silencio sepulcral.

Tras examinar mis constantes vitales, la doctora Clarkington ha conectado el altavoz para hablar de mi futuro con el especialista de Minnesota. Se trata de un médico especializado en genética. Un hombre de mediana edad, oriundo de Minnesota, tan soso y fácil de olvidar como la mayonesa. O, puede que me lo imagine así porque me gustaría olvidarlo. La voz que surgía del altavoz recordaba a esas grabaciones del aeropuerto que velan por la seguridad de tus posesiones.

Hemos consultado juntos una web para familias que se enfrentan a la NP-C. Anuncia clubs para niños enfermos, en los que organizan actividades divertidas. He visto retratos de sus felices y contrahechas caritas, tomados en el encuentro que se celebró en Pennsylvania. Todos llevaban camisas hawaianas y bebían refrescos tropicales. Algunos iban en silla de ruedas.

Me he puesto en plan borde, porque les he dicho que no parecía muy divertido, y que lo divertido sería ganar el torneo de debate, gracias. Entonces me han sometido a una especie de segundo grado para decidir si podría seguir asistiendo al instituto siquiera.

¿Y si el habla enredada te impide intervenir en clase? La incapacidad de articular sonidos se cuenta entre los riesgos neurológicos de la NP-C.

Escribiré. ¿Sabían que el poeta Tomas Tranströmer, cuando le concedieron el Nobel, tenía pensado sustituir el tradicional discurso por una pieza al piano porque un ictus le privó del uso del córtex frontal?

¿Y si se te olvida el camino del colegio a casa?

Hasta los niños de dos años saben usar Google Maps.

¿Y si sufres convulsiones?

Sin comentarios. No, espera, morderé una cuchara de madera.

¿Epilepsia?

¿Tengo pinta de ser de las que se divierten cerca de luces estroboscópicas?

¿Síntomas de insuficiencia hepática?

Venga ya, eso le podría pasar a cualquiera. Llamaré a la policía.

¿Y si te sucede durante el torneo de debate?

¿No hay médicos en Boston?

etcétera

etcétera.

Han accedido con la condición de que, allá donde vaya, incluidos el instituto y el torneo, haya un reanimador acreditado. Casi todos los síntomas —espasmos musculares y dolor en las piernas (y, a juzgar por el vídeo que he visto en la página web, ser incapaz de calcular a qué distancia está un vaso de agua situado a medio metro de mí, y derribarlo como un pésimo actor en una función escolar cuando le indican que «tire el vaso, pero que parezca un accidente»)—, en fin, todo ello irá apareciendo a lo largo del curso. Sin embargo, podría sufrir «convulsiones» o «crisis» en cualquier momento (como si socializar en el instituto no fuera ya bastante duro) y podría precisar asistencia médica inmediata. En el cole será fácil, ya que todas las enfermeras escolares poseen el título de primeros auxilios. En cualquier otra parte, ha dicho en tono aburrido: «correrás peligro».

—¿Tengo que ir por ahí acompañada por un técnico de emergencias médicas enfundado en un chaleco fluorescente? ¿Siempre? —he preguntado entre risas. Podría pedirle que me guardara el sitio en la biblioteca, armado con su desfibrilador, o que conectara la sirena de la ambulancia para abrirse paso entre el tráfico de turistas rurales que nos invaden cuando los neoyorkinos están de vacaciones.

—No, pero sí de un socorrista titulado —ha dicho el especialista.

Cada vez que voy al médico me entero de una nueva complicación. Me pregunto si alguno de esos niños babosos habrá pasado por esto, o si ya estaban demasiado enfermos cuando los médicos tomaron cartas en el asunto. Ha sido agotador, como tener que justificar mi maldita existencia.

Por si fuera poco, nos ha recordado que la NP-C SIEMPRE ES FATAL. Casi todos los niños que la padecen fallecen antes de los veinte años (muchos, antes de cumplir diez).

(Hagamos una pausa para asimilar la magnitud de la tragedia). Vale, muy bien. ¿Qué se supone que debes hacer cuando estás hundido en la miseria? ¿Mirar por la ventana con aire compungido? No me va el rollo sentimental. Sigamos con nuestra vida.

Bueno. Bueno, ahora viene lo interesante. El especialista también ha dicho: «La manifestación tardía de los síntomas en ocasiones implica una mayor esperanza de vida». Es rarísimo que enferme alguien de mi edad. O, cuando menos, él no se ha topado con muchos casos. Eso significa que, puesto que soy mayor, mi cuerpo puede combatir mejor la enfermedad. Incluso los médicos menos especializados coinciden en eso. Bingo. O sea, en la clínica Mayo ya nos comentaron a mi madre y a mí eso de la esperanza de vida. Yo solo quería que la doctora Clarkington lo oyera de primera mano.

Antes de volver a la sala de espera, donde aguardaban mis hermanos pequeños, mi madre y yo nos hemos abrazado con fuerza en el pasillo. Yo la he estrechado con todos los músculos de mi cuerpo. Y luego, ironías de la vida, he vomitado. No por culpa de la enfermedad, no creo; seguramente de nervios.

Sea como sea, nos han dado el visto bueno. Tenemos la nota. La vida sigue. ¡Una mayor esperanza de vida, nena! ¿Qué te parece? Métele caña. VENGA.

Tengo que hacer lo que haga falta para salir airosa, como mínimo hasta que empiece el curso. Y si soy la única de mi entorno inmediato que cree en mi recuperación, debo protegerme de su negatividad. Mis padres son cortos de miras, futura Sam. Mi madre le ha preguntado a la doctora por la «asistencia a domicilio» y los «planes de recetas». Se están preparando para lo peor. Como dice el señor Chomsky, el optimismo requiere responsabilidad. No soy una ilusa; sé que estoy enferma. Pero no voy a prepararme para el fracaso.

Lo voy a clavar todo, ganar el torneo, ir a Nueva York y luego ya se verá.

Y tú tendrás que ayudarme.

LA VENGANZA DE COOPER LIND

Nuestra Señora del Perpetuo Socorro se encuentra en Bradford, a solo media hora en coche desde Hanover, en una de las zonas más llanas del Upper Valley. Es una iglesia angulosa, hermosa y blanca, al igual que casi todos sus feligreses. Allí, esta misma noche, Harry se ha declarado soldado de Cristo para el resto de su vida, porque es absolutamente LÓGICO que un niño de trece años se enfrente a semejante decisión (ja).

Sobre todo un niño de trece años que escoge a san Jaime (alias Santiago) como patrón porque Santiago es el personaje principal de *Rainbow Six,* un juego de estrategia bélica. Qué cristiano.

La pequeña Taylor Lind se ha sentado junto a mi hermano en el reclinatorio forrado de terciopelo destinado a los sacramentos. Allí estaba, con su delicada coleta rubia pegada a los rizos de Harrison, ambos codo con codo, en un lateral, cerca de un altar rebosante de velas a la Virgen María, igual que su hermano Cooper y yo hace cinco años. Mientras el padre Frank imponía las manos a todos los preadolescentes de los colegios santa Cecilia y san Patricio para confirmar su catolicismo, mi madre me ha tomado la mía y me la ha estrechado.

Se parecía tanto a mi propia confirmación...

Yo lucía uno de los vestidos viejos que mi madre conservaba de su adolescencia, que se remonta a los noventa, de color verde lima, corto, con cuello y un estampado de margaritas. Mi cabello era un remolino contenido por varios clips prendidos al azar. Las viejas gafas me habían resbalado a la punta de la nariz, unas de montura cuadrada que me hacían los ojos enormes y eran demasiado pequeñas para mi carita redonda.

Cooper había escogido a san Antonio de Padua porque era el primer nombre de la lista de santos que nos propusieron.

Yo escogí a Juana de Arco porque..., POR FAVOR.

Me estaba preguntando qué santos nombrarían Bette y Davy cuando les tocara el turno cuando, de golpe y porrazo, el órgano de tubos de la esquina se ha puesto a tocar la versión musical de *Bendícenos, oh, Señor* y he visto a mi padre plantado en la primera fila entre los demás padrinos, con una americana sobre su camisa del Ayuntamiento de Lebanon. En ese momento, todos los «y si» que me habían expuesto los médicos han aflorado a mi cabeza, en plan: *¿y si algo va mal antes de que Bette y Davy nombren sus santos siquiera?* Entonces se me ha disuelto algo en la garganta, algo en lo que ni tan solo había reparado, y el agua salada se ha encharcado en mis gafas otra vez. He tenido que inclinar la cabeza para que no me vieran llorar, pero las lágrimas no cesaban, así que me he levantado alegando que iba al servicio y allí, en el vestíbulo, hablando del rey de Roma, estaba Coop.

Cooper Lind (nombre propio, persona): fue prácticamente mi hermano en otra época, pero ahora se ha convertido más bien en el típico hermano del que te has distanciado; no, más bien en un vecino normal y corriente. Un Adonis de tez rubicunda. Suele andar por la otra vertiente de la montaña, entre una nube de humo de hierba, o en la cama con cualquier representante del sexo femenino que tenga entre quince y diecinueve años. Coop fue la única persona de Strafford que empleó triquiñuelas legales para asistir al instituto de Hanover, pero únicamente porque querían ficharlo para el equipo de béisbol.

Lo he saludado con un grave gesto de la cabeza y he pasado por su lado de camino al baño, donde he soltado los últimos hipidos y me he lavado la cara.

Cuando empezamos a asistir al Hanover, Coop y yo compartíamos transporte, limpitos, formales y con los nervios de punta, sentados codo con codo en el coche de su madre, y no sé. Las cosas cambiaron, poco a poco y de la noche a la mañana. Puede que no tuviéramos nada en común aparte de los juegos imaginarios que inventábamos sobre magia y cosas así. Es posible que nos distanciáramos porque a Coop le crecieron unas piernas largas y musculosas allí donde antes estaban sus gordezuelas rodillas repletas de tiritas; porque unos anchos hombros aparecieron bajo su camiseta de Batman y unos marcados pómulos asomaron en sus mejillas, mientras que yo no cambié nada en absoluto. Yo era demasiado rara y fea para andar por ahí con él, algo así como un rastrojo que crece junto al poderoso roble. Coop se convirtió en el *pitcher* estrella y trabó amistad con los chicos populares. Yo me dediqué a la oratoria y no trabé amistad con nadie. Tenía que pasar, seguramente. Me dedicaba a leer libros de fantasía durante sus partidos de la Liga Menor.

A comienzos del segundo ciclo de secundaria, Coop se convirtió en el mejor jugador del estado después de que se adjudicara tres series limpias. Luego, poco después del campeonato estatal, lo expulsaron del equipo del instituto por fumar hierba. Soy la única que lo sabe, estoy segura. El día que sucedió, lo encontré en la frontera de nuestros dos terrenos jugando a algo en su Nintendo de bolsillo, con la gorra del equipo todavía en la cabeza. Me percaté de que había llorado.

—¿Qué te pasa? —le pregunté.

Se extrajo la amonestación del bolsillo.

—Bueno, tú te lo has buscado— le solté, igual que le había dicho cuando se rompió la pierna por saltar de un muro a los siete años. Me reí mientras leía la carta, como si pensara que al día siguiente todo estaría olvidado y volveríamos a jugar como siempre.

Sin embargo, cuando busqué sus ojos para decirle: «Eh, era broma, no es para tanto, lo siento mucho, de verdad», no los encontré. Sus ojos estaban ahí, pero tuve la sensación de que la luz había desaparecido detrás de sus pupilas.

Incluso llegué a decir en voz alta:

—Eh, era broma, todo irá bien...

Pero él ya se había dado media vuelta para marcharse. Recuerdo haber pensado: *Ya no somos tan amigos como para bromear con esas cosas, supongo.*

—¡Esto es tuyo! —le grité, con la carta en la mano—. Tendrás que dársela a tus padres.

Se volvió y me la arrancó de entre los dedos antes de alejarse hacia el otro lado de la montaña, y no me respondió cuando lo llamé, así que lo dejé por inútil.

En el instituto corrió el rumor de que había dejado el béisbol por voluntad propia y yo no los saqué de su error. Nuestro silencio se fue haciendo cada vez más grande, se cambió de pupitre en la clase que compartíamos y pronto se compró un Chevrolet Blazer; yo me quedé la camioneta de mi padre y ya no tuvimos que compartir transporte.

Cuando he salido del dichoso baño, no imaginaba encontrar a Coop esperándome.

—¿Te pasa algo? —me ha preguntado, y yo no he sabido con seguridad si se estaba dirigiendo a mí. Miraba la pantalla del móvil.

—No, para nada.

He proseguido mi camino, pero él no ha hecho ademán de entrar en la iglesia. Le he gritado «¡gracias!» por encima del hombro.

—Eh, espera —me ha llamado—. Voy a tomar el aire. ¿Vienes?

—Ah, hum...

Me he detenido en seco y lo he mirado. Coop desentonaba en la iglesia; o sea, yo también, pero de un modo distinto. Al menos yo me había puesto vestido (que más bien parece una enorme falda); él llevaba una camiseta sin mangas con la frase CANELA FINA estampada (a saber qué CANELA FINA es esa) que dejaba a la vista sus brazos de Don Limpio y, por lo que parecía, no se había peinado ni cortado la media melena color miel en una buena temporada. Pero seguía siendo el mismo Cooper que me invitaba a comer a su casa después de pasar todo el día jugando al sol estival, nadando en ropa interior en las pozas, o peleando conmigo por el último refresco Dr Pepper de cereza con vainilla en el supermercado de Strafford.

—Tenemos unos... —Coop ha echado un vistazo al móvil— veinte minutos.

—Guay.

Lo he seguido afuera, a la noche primaveral, y hemos ido a parar al centro de los bancos dispuestos en corro que hay en el jardín delantero, a la sombra de la inmensa cruz blanca de Nuestra Señora del Perpetuo Socorro. Coop se ha sacado un porro del bolsillo.

—En nombre del Padre, del Hijo y del Espíritu Santo... —he recitado.

—Amén —ha terminado Coop. Ha prendido el extremo y hemos soltado unas risas.

Hemos permanecido en silencio mientras fumaba.

Yo no sabía qué decir, la verdad.

—¿Y cómo carajo estás? —me ha preguntado después de soplar el humo.

—Pues... bien.

—¿Quieres? —me ha ofrecido, alargando el canuto.

—¡No!

—Vale, bien. No sé, pensaba que a lo mejor te habías relajado un poco. No sé... —ha dicho, y se ha reído moviendo el estómago, como hace cuando sabe que nadie más le va a reír la broma.

—No necesito hierba para relajarme —he replicado, tal y como enseña la Asociación contra la Droga, pero también de corazón.

—¿Y qué hace Sammie McCoy para relajarse? —me ha soltado.

—Miro episodios de *El ala oeste de la Casa Blanca*. También me gusta ordenar mi habitación. A veces...

—¿Por qué llorabas? —me ha cortado.

—En primer lugar, no me interrumpas. Tú, mejor que nadie, deberías saberlo.

—¿Y qué te hace suponer que yo...? —ha empezado a decir, pero se ha mordido la lengua y ha cerrado el pico.

—Respecto a tu pregunta, lloraba porque... —He recordado que esta misma mañana le he visto en los pasillos, al fondo de una pirámide humana formada por chicas de cuarto—. Prefieres no saberlo, créeme.

—Prefiero saberlo.

—Vale... —He intentado interpretar su expresión—. Pero no te lo puedo decir.

—¿Por qué?

—Porque, en lo que a ti concierne, estoy, no sé, con la regla o algo así.

Coop ha resoplado. A pesar de la penumbra, me he dado cuenta de que se había ruborizado.

Por eso no hago amigos fácilmente. La charla insustancial, entre muchas otras cosas, me saca de quicio. Así que, cuando hablo, me gusta que mis palabras tengan relevancia. No sé si, después de cuatro años, Coop de verdad quería saber por qué estaba llorando o sencillamente intentaba darme conversación. Mal día.

—Ahora te sientes incómodo —he observado.

—Vivo con mujeres. Ya sé lo que es la regla.

—No tengo la regla.

—No hace falta que me digas nada.

—No hace falta, no.

—Pero te he preguntado.

—¿Por qué? —he querido saber.

—Porque te pasa algo.

—¿Cómo lo sabes?

Coop se ha encogido de hombros y ha sonreído.

Puede que lo haya notado porque me ha visto hacerme pis en los pantalones en esta misma iglesia, cuando la homilía duraba demasiado. Quizá porque ye lo vi a él hacerse pis en los suyos en cierta ocasión, en el coche de mi padre, volviendo de Water Country.

O tal vez porque yo acababa de salir de la consulta del médico, donde una mujer me había presionado con tanta fuerza cada centímetro del cuerpo que aún notaba su fría alianza contra la piel, y me había tocado decirle que sí, que duele cuando aprietas ahí, y ahí, y ahí. La doctora Clarkington me había palpado el cuello, la columna vertebral, el culo, las tetas, el ombligo y el hueco entre las costillas, y me había explicado que cada parte se disolvería, se derretiría o se endurecería como plastilina Play-Doh cuando la dejas destapada, y que mi cuerpo ya había empezado a cambiar, podía notarlo.

Le he propuesto:

—Sentémonos. ¿Te parece bien?

—Pues claro.

Nos hemos sentado de espaldas a la cruz.

Le he contado lo sucedido durante el día de hoy.

Le he explicado lo que pasó hace dos meses, cuando descubrí que no podía volver los ojos hacia arriba. Que fui al médico pensando que sufría una especie de migraña. Le he contado que me estuvieron haciendo pruebas a lo largo de seis semanas, que estudiaba historia europea avanzada en mitad de un gélido aeropuerto porque la clínica Mayo está en Minnesota, nada menos, y tuve que decirle a Maddie que me perdería el debate porque mi tía abuela se estaba muriendo y eso no se alejaba mucho de la verdad: mi tía abuela MURIÓ y PADECÍA la misma enfermedad que yo, y de ahí, entre otras cosas, que Maddie no pueda enterarse de que estoy enferma, porque si piensa que me voy a morir se desconcentrará y empezará a decirme que estoy haciendo un buen trabajo, aunque no sea verdad, y ella es una de las pocas personas cuya opinión me inspira confianza en relación a los debates. Le he confesado que la confirmación de Harrison me ha traído un montón de recuerdos y, a su vez, curiosidad y miedo ante el futuro, que atisbo limitado y duro, pero no imposible, y que ahora estoy más decidida que nunca a conseguir lo que quiero, cuanto antes.

Cuando he terminado, Coop tenía los ojos sumamente enrojecidos. No porque se hubiera emocionado ni nada, que quede claro, sino a causa del colocón. Estoy segura.

—Mierda —ha exclamado. Debo reconocer en su favor que no me ha interrumpido ni una vez.

—Ya ves —he replicado. Me sentía como si acabara de vomitar. Puede que hubiera sudado. Pero había sacado todo lo que llevaba dentro.

Coop ha asentido con un gesto breve mientras buscaba las palabras mentalmente.

—Sammie, cuánto lo siento.

Ha mirado al suelo. Su móvil se ha iluminado y se lo ha extraído del bolsillo para mirarlo. He visto un nombre, «el pibón de Katie», en la pantalla. Cooper no ha contestado. Pero la llamada ha bastado para recordarnos quiénes somos ahora. Él no la habría ignorado si yo no estuviera aquí. Y no estaríamos aquí si él no hubiera tenido ganas de fumar hierba. Cooper no esperaba pasar así esta noche, ni yo tampoco. Solo éramos dos meteoritos rebotando temporalmente en este extraño vacío del Upper Valley, pero nuestras trayectorias seguían siendo distintas. Ya no somos amigos.

—No pasa nada.

Quería que se marchara. Quería que Coop se llevara con él toda la basura que acababa de vomitarle encima, para no tener que hablar de ello nunca más. El pibón de Katie ha vuelto a llamar.

He señalado su bolsillo.

—Contesta.

—Katie —ha dicho después de desbloquear la pantalla—. Ahora vuelvo —ha añadido. Se ha desprendido de los restos del porro de un capirotazo, y yo he tenido que saltar para esquivarlos.

—Perdona —ha dicho corriendo hacia mí, sin despegarse el teléfono del oído. Ha aplastado la colilla con su Adidas.

Mientras él intercambiaba murmullos con el pibón de Katie, he entrado en la iglesia otra vez para presenciar el final de la misa. Cuando hemos salido, Cooper se había marchado.

Ay, mierda. Espero que no le cuente a nadie lo de la enfermedad.

No lo hará.

Bueno.

No lo hará.

ARGUMENTACIÓN AFIRMATIVA SOBRE LA CONVENIENCIA DE ASISTIR A LA FIESTA DE ROSS NERVIG EL VIERNES POR LA NOCHE: UN ACERCAMIENTO A LOS HÁBITOS SOCIALES ADOLESCENTES BAJO EL PRETEXTO DE PREPARAR UN DEBATE

Buenas tardes, futura Sam. El tema del debate es la tesis de que Sammie asistirá a una fiesta en casa de Ross Nervig. El viernes 29 de abril. Definiremos la tesis de la manera siguiente: una fiesta es una reunión de adolescentes en un domicilio particular en el que los padres no están presentes, pero sí, en cambio, el alcohol. «Sammie» es una chica de dieciocho años que jamás ha asistido a una fiesta. «Ross Nervig» es un antiguo alumno del instituto Hanover que celebra este tipo de reuniones con regularidad. Nosotras, como equipo afirmativo, creemos que la proposición es cierta y que Sammie asistirá a su primera fiesta.

Como primera y única oradora, expondré las ventajas de asistir a dicha reunión, las altas probabilidades de que los padres de Sammie le den permiso y la posibilidad de que Stuart Shah se encuentre presente.

Mi primer argumento se basa en las condiciones en las que ha sido solicitada la asistencia de Sammie a la celebración y en el hecho de que acceder a la petición ayudará a Sammie a alcanzar sus objetivos profesionales. Sammie aspira a ganar el Torneo Nacional de Debate dentro de dos semanas. Durante las prácticas, Maddie Sinclair se ha referido a la fiesta como una posible recompensa a su duro trabajo.

Definiremos a «Maddie Sinclair» como la pareja de debate de Sammie desde hace tres años, además de una habitual en las fiestas de Ross Nervig y futura alumna de la Universidad Emory. Maddie actúa en todas las funciones escolares, es la presidenta del Sindicato Queer y constituye el centro de una galaxia formada por chicos y chicas aficionados al cine y al teatro. (Una vez me dijo que se sentía como Rufio en *Hook,* aquella versión de *Peter Pan* de los noventa, y que todos sus amigos eran los niños perdidos. Por cierto, busqué en Google al personaje en cuestión y la verdad es que el cabello de Maddie, actualmente un mohicano rojo chillón, da el pego).

Maddie y Sammie estaban hoy en el baño de chicas que se encuentra junto al aula de sociales probándose el traje pantalón que piensan lucir en el Torneo Nacional de Debate. Transcribo a continuación su conversación, palabra por palabra, para apoyar mi argumentación afirmativa.

Maddie: Me gusta tanto mi culo con estos pantalones que me lo montaría conmigo misma.

Yo: Sí, por fin entiendo a qué se refiere la gente cuando habla de siluetas «en forma de reloj de arena».

Maddie: ¡Tienes toda la razón! Estás guapísima, Sammie.

Yo: Hablaba de ti. Yo parezco un saco de patatas.

Maddie: Lo que tú digas.

Yo: La refutación te ha quedado redonda. Alex no paraba de fingir que tenía ganas de estornudar, pero solo lo hacía para ganar tiempo. Lo sabes, ¿no?

Maddie: ¿Sí? (*mirando a Sammie*) Tu conclusión también es perfecta. Estamos listas.

Yo: No estamos listas...

Maddie: Todo lo listas que podemos estar en esta fase. Propongo que cancelemos la práctica del viernes.

Yo (*en tono de reconvención*): Maddie...

Maddie: Vale.

Yo: No vengas si no quieres. Puedo practicar sin ti.

Maddie: No, no pasa nada.

Yo: ¿Por qué? ¿Tienes algo que hacer?

Maddie: Ross Nerving da una fiesta y me apetecía pasarme un rato.

Yo: Guay. Ve. Yo iré preparando otras cosas mañana.

Maddie: ¿Quieres venir?

Yo: No.

Maddie: Venga.

Yo: No, gracias.

Maddie *(entornando los ojos mientras discurre un argumento)*: Nos vendría bien estrechar nuestros lazos de amistad.

Yo: Ya somos amigas.

Maddie: Estamos en un lavabo de instituto, junto al aula de sociales. Nuestra relación debería ser menos institucional. Tendríamos que estar en la misma ONDA. Vibrar en la misma FRECUENCIA.

Yo: ...

Maddie: ¿No estás de acuerdo?

Yo: Sí, pero mis padres no me darán permiso.

Maddie: ¿Y si te lo dan?

Yo: No lo harán.

Maddie: Olvida las condiciones, expresa el deseo.

Yo: Pareces un libro de autoayuda.

Maddie: ¿Lo ves? Me encantan tus pullas. En el fondo eres divertida.

Yo: No soy divertida en el fondo. Soy divertida y punto.

Maddie: Las personas que se autodefinen como «divertidas» no son divertidas.

Yo: Eso no es verdad.

Compartimos un silencio cómplice, en el que ambas constatamos que sí es verdad.

Maddie: ¡Quiero que te tomes unas copas! En serio, aunque no te lo creas, las personas inteligentes son el alma de las fiestas.

Yo: Demuéstralo.

Maddie: ¡No! *(se sacude invisibles motas de polvo de los hombros)* Solo quiero que pasemos un rato *traaaaanqui*. Quiero que pasemos un rato tranqui, para no tener la sensación de que debo estar al doscientos por cien cuando tú andas cerca. ¿Entiendes lo que quiero decir?

Yo: Creo que sí. ¿Que te estreso y tal?

Maddie *(tras un silencio)*: En parte. Eres muy seria.

Yo: Ese no es mi problema.

Maddie: Lo será si empiezo a odiarte y decido dejar el equipo de debate.

Yo: Eso es verdad.

Maddie: Además, si vienes le diré a mi madre que voy a pasar la noche en tu casa y no tendré que estar de vuelta a ninguna hora.

Yo: ¡Pues dile que te quedas en casa de Stacia!

Entro en una cabina para despojarme del traje.

Maddie *(desde fuera)*: No puedo decirle a mi madre que voy a pasar la noche en casa de Stacia porque no se lo creería, ya lo sabes. Stacia es como un ratoncito escondido en su madriguera, y no creo que sus padres sepan siquiera que es gay.

Yo: Ah.

Maddie: No vengas a la fiesta si no quieres. Solo era una idea.

Salgo de la cabina. Maddie nunca me ha pedido un favor como este. Siento curiosidad y no quiero que me odie o se sienta estresada en mi presencia. (Nota: Solo espero que una interacción social a regañadientes no empeore su reacción).

Yo: Vale, iremos.

Maddie: SÍ.

Maddie se azota el culo y luego me azota el mío.

FIN DE LA ESCENA

Como ha quedado demostrado, Maddie desea la presencia de Sammie con el fin de estrechar sus lazos de amistad y, en consecuencia, mejorar las capacidades de ambas para la oratoria. El consentimiento de Sammie al respecto convertirá a Maddie en una oradora más eficaz, lo cual, a su vez, ayudará a Sammie a alcanzar su objetivo de ganar el Torneo Nacional. De ahí que haya accedido a asistir a la fiesta de Ross Nervig.

Mi segundo argumento se basa en el supuesto de que los padres de Sammie le darán permiso para acudir a la fiesta porque Maddie es socorrista titulada además de su pareja en el equipo de debate. Dada su delicada condición, si Sammie quiere ir a alguna parte con el permiso de sus padres, debe tener en cuenta las circunstancias y las estrategias necesarias para prevenir su propia muerte (¡gracias, doctora Clarkington!).

Sammie también podría decirles a sus padres que la han invitado a una reunión del club de debate. Históricamente, esas fiestas consisten en zarzaparrilla y Trivial Pursuit en el sótano de Alex Conway, lo cual no supone una amenaza de muerte tan inminente como la tradicional juerga «con alcohol y sin padres». Sin embargo, puesto que Sammie asistirá a la fiesta de Ross Nervig con Maddie, se trata, estrictamente hablando, de una fiesta del club de debate, así que no estaría mintiendo.

Habida cuenta de que acudirá acompañada de una socorrista acreditada en reanimación cardiopulmonar y participará, a todos los efectos, en una «aburrida fiesta del grupo de debate», sus padres accederán y, en consecuencia, Sammie irá a la fiesta de Ross Nervig.

Mi tercer y último argumento es una captura de pantalla del mensaje que Maddie acaba de enviar.

Maddie Sinclair: Yyyyyy!!

Maddie Sinclair: Adivina lo que me han dicho!!

Maddie Sinclair: Tu antiguo amor estará allí

Yo: Quién??

Maddie Sinclair: Stuart Shah

En conclusión, Sammie asistirá a la fiesta de Ross Nervig el viernes 29 de abril.

LA FIESTA INESPERADA

Y he aquí por qué me estoy arrepintiendo.

Stuart Shah está en camino. Dentro de nada llegará a casa de Maddie, a esta misma habitación, para que acudamos todos juntos a la fiesta. Maddie me ha soltado esa pequeña bomba justo cuando su madre se alejaba con el coche.

Stuart es amigo de un amigo, ha dicho Maddie.

Stuart se hizo superíntimo de Dale cuando Dale representó a Rosencrantz en el *Hamlet* de Stuart.

Y Dale es amigo de Maddie.

Y Dale y Stuart llegarán dentro de un momento.

La barriga me da más vueltas que una centrifugadora.

Hace un rato hemos ido a buscar a mis hermanos al cole y hemos esperado a que mi padre regresara de podar árboles para el ayuntamiento. Mientras yo preparaba unos espaguetis rápidos para cenar, Maddie se ha puesto a jugar con mis hermanas en el jardín.

Bette deambulaba por el perímetro de la valla gritando preguntas, y Maddie le chillaba las respuesta a la vez que le lanzaba un disco volador a Davy y/o Perrito; quienquiera que lo atrapase en primer lugar.

Había llegado el momento de ocuparme del rollo ese de la reanimación cardiopulmonar acreditada. Maddie todavía ignora que estoy enferma y, ante el riesgo de que piense que no podré competir en el Torneo Nacional, debo asegurarme de que siga siendo así.

Así que me he puesto en plan James Bond. Mientras Maddie estaba fuera, le he pedido un chicle. Ella ha señalado su bolso y me ha invitado a cogerlo yo misma. He hurgado por el interior. En lugar de un chicle, he sacado su carné de la Cruz Roja que la acredita para hacer RCP de la cartera y me lo he guardado en los vaqueros. Mientras los espaguetis hervían, me he acercado al despacho, lo he escaneado y lo he impreso antes de devolverlo a su sitio.

Mi padre ha llegado a casa poco después. Le he seguido a su dormitorio, le he contado mis planes y le he mostrado el carné escaneado.

Él ha fingido examinarlo con suma atención, como si de verdad supiera lo que estaba haciendo. Incluso se ha puesto las bifocales para llevarlo al escritorio de las facturas y examinarlo a la luz de la lamparilla. Y yo en plan: «Qué mono, papá».

Después de dejar un mensaje en el móvil de mi madre, nos hemos desplazado a Hanover, a casa de Maddie, donde le he confirmado a su madre, Pat, que sí, que Maddie pasará la noche conmigo y que, en consecuencia, no llegará a casa a la hora habitual.

Maddie se ha colocado detrás de su madre para mostrarme los pulgares sin ser vista y yo me he sentido una tía rebelde y guay. Pat se ha marchado a cenar con la gente de su club de lectura, no sin antes plantarnos un beso en la mejilla a cada una.

La habitación de Maddie desprende la misma fragancia que, tal y como yo lo imagino, desprendería Lothlórien, el reino de los elfos de *El Señor de los Anillos*. Como a leña y a lavanda, y a algo así como a tierra. Hay plantas de interior colgando por doquier, carnosas, en pequeños terrarios de cristal alineados junto a las ventanas, en el escritorio y, en el tocador, un escuálido árbol en una gran maceta de cerámica. Los altavoces de su equipo de música, que ocupan prácticamente un tercio de la pared, aúllan música de sintetizador mientras ella va y viene del baño con los pies descalzos, vestida con un bóxer y una camiseta sin mangas, el cabello envuelto en una toalla.

El plan consistía en tomar unas copas y salir hacia la fiesta antes de que Pat regresase hacia las diez. Ese era el plan. Stuart no formaba parte del plan. Yo tenía pensado mirarlo de lejos en casa de Ross Nervig y, si acaso me veía, saludarlo con un gesto. Con eso me habría conformado. Y ahora estará aquí conmigo, en la misma habitación. Donde habrá cuatro personas, ni una más, y yo seré una de ellas. Donde no podré limitarme a desear que se fije en mí, porque a la fuerza me verá, y yo tendré que reaccionar con normalidad a su atención. Tendré que fingir que no estoy loca por él desde el instante en que lo vi. Puede que incluso deba averiguar si de verdad quiero gustarle a mi vez, o sencillamente añadirlo a mi lista de personas inteligentes con las que me enrollaría si se diera el caso.

En cierta ocasión, poco después de que le publicaran el primer cuento, me quedé en clase charlando con la señorita Cigler de un trabajo, y Stuart entró en el aula para asistir a la clase siguiente. Se sentó y se puso a garabatear a toda prisa en una hoja de papel, a la vez que echaba algún que otro vistazo a una novela abierta, como si estuviera haciendo los deberes en el último momento.

Le podría haber dicho cualquier cosa. Algo como «hola». O «felicidades». En cambio, le dije en voz alta a la profesora: «Gracias, señorita Cigler. Nunca había contemplado este párrafo bajo ese punto de vista».

Albergaba la esperanza, supongo, de que él alzara la vista y preguntara: «¿qué párrafo?».

Y yo le habría dicho «tal», y él habría observado: «Tienes una belleza poco convencional. ¿Por qué no quedamos para hablar de ello?».

Sin embargo, prefería que me considerase más inteligente que guapa, porque sé que nadie me va a encontrar atractiva de todos modos, así que seguí hablando del libro, en voz cada vez más alta, hasta que la señorita Cigler insinuó: «Mi próxima clase está a punto de empezar», pero él no alzó la vista de los deberes ni una vez.

Así de preparada estaba yo para relacionarme con Stuart. Hablar a gritos a otras personas en su presencia. Ay, Señor.

LA PULSIÓN DE MUERTE

Cuando ha terminado en el cuarto de baño, Maddie ha regresado al dormitorio con el pelo mojado y una botella verde de ginebra en la mano.

—¿De qué color llevas el pelo ahora? —le he preguntado.

—De un rojo un poco más oscuro —ha gritado—. Menos Ariel, más Rihanna en la época del *Loud*.

Yo me he recogido los rizos con una goma y he despegado la vista de Maddie para mirarme al espejo.

—¿Qué es eso que suena? No es Rihanna.

Maddie ha soltado una risa.

—No, no lo es. —Se ha frotado el pelo con la toalla antes de tirarla a un lado—. Son los Knife.

Me he soltado la melena otra vez.

—¿Cuánto tardarán en llegar?

Ella se ha untado gel en las palmas de las manos.

—No sé. Puede que una hora.

—¿Quién conducirá?

Maddie se ha moldeado los pinchos del mohicano.

—Dale no bebe y puede coger mi coche.

La imagen de Stuart caminando a solas por la carretera ha bailado en mi mente. Me he desabrochado un botón de la camisa para lucir escote. Luego la idea de viajar sentada junto a Stuart en el coche, de su muslo rozando el mío, me ha puesto nerviosa y me lo he abrochado otra vez.

—Sammie. —He mirado a Maddie—. Tranquilízate.

—Eso es lo peor que te pueden decir cuando estás nerviosa.

—Te rechinan los dientes. Los oigo.

—Lo hago cuando me concentro —le he dicho, y es verdad—. ¿No quieres que me concentre en lo que tenemos entre manos?

—¿Sabes qué? —Ha abierto un cajón de la mesilla de noche para sacar una baraja de cartas—. Vamos a jugar a una cosa.

Mis músculos se han relajado una pizca. Jugar implica ganar. Me gusta ganar.

—¿A qué?

Maddie ha depositado el mazo delante de mí, en el suelo, y me ha tendido la botella de ginebra.

—Se llama «tranquilízate de una puta vez».

—¿Cómo se juega?

Maddie ha señalado la baraja.

—Saca la primera carta.

—Es una reina de corazones.

—Echa un trago.

He obedecido.

—¿Y ahora qué?

—Hazlo otra vez.

—¿Ya está?

—En eso consiste el juego.

—Eso no es...

Ha levantado las manos con ademán de impotencia.

—Seguir hablando del juego arruinará su objetivo.

Maddie es la única persona a la que le permito que me interrumpa. No sé por qué. Porque siempre me ha gustado escucharla. He puesto los ojos en blanco y he echado otro trago.

—¿Vendrá Stacia? —le he preguntado.

Maddie marcaba abdominales frente al espejo.

—Más le vale.

Stacia es el «rollete» de Maddie. Me dijo que no se refiere a ella como su novia, porque no cree en la monogamia, pero yo creo que se debe en parte a que Stacia no tiene del todo claro que solo le gusten las chicas. Stacia es pequeñita, con unos labios muy rojos, unos ojos enormes y una voz susurrante. Pinta los escenarios de todas las obras teatrales, y el instituto al completo se ha enamorado de ella en un momento u otro. Incluido un profesor, que se ganó el despido.

Únicamente Maddie, por ser Maddie, ha conseguido que Stacia le corresponda.

Se ha enfundado una camiseta negra sin mangas encima del sujetador deportivo. Yo me he puesto de pie, a su lado. Llevaba la vieja camisa de mi padre, unas mallas negras y unas zapatillas deportivas de lona. Me he mirado los pálidos labios, los rollizos muslos, el culo, la cintura invisible bajo esa camisa en forma de saco.

—Ojalá poseyera unos rasgos convencionalmente atractivos.

—¿Según qué baremo?

—Según... —He soltado una risita. Maddie me estaba pidiendo fuentes.

Ha sacado la siguiente carta de la baraja que estaba en el suelo.

—¡Tres de diamantes! Da igual.

Ha dejado la carta a un lado y ha echado un trago. Nos hemos reído con ganas. Una cosa tengo que reconocer: el juego de «tranquilízate de una puta vez» hace honor a su nombre.

—A lo que íbamos... —he dicho, aún pendiente del asunto de las fuentes. El atractivo nada convencional y a todas luces moderado de Maddie contradecía mis propias palabras. Así que me he ido por las ramas—: según el baremo de la media de los individuos que la mayoría considera atractivos. Abiertamente. O sea, se podría hacer un sondeo en Hanover...

—Te puedes pasar todo el día dale que te pego con lo que no te gusta de ti, o puedes asumir lo que hay y divertirte.

—Para ti es fácil decirlo —he musitado.

—¿Qué has dicho?

—He dicho que para ti es fácil decirlo. Tienes tanta seguridad en ti misma como un elefante en una cacharrería —le he soltado. Maddie ha fruncido el ceño—. Pero un elefante muy, muy cuidadoso.

Ha soltado una carcajada antes de echar otro trago y tenderme la botella. Yo he sacado otra carta.

—As de espadas.

—Guay —ha dicho Maddie encogiéndose de hombros. He lanzado la carta a la otra punta de la habitación. Ella ha seguido hablando—: ¿Alguna vez te has parado a pensar que, si parezco segura de mí misma, es porque casi siempre me ves en situaciones que requieren un montón de autoconfianza?

Tenía razón. Las prácticas. Los torneos de debate. Las funciones escolares. El instituto en general.

—Ya te entiendo. —He asentido y me he llevado la botella a los labios. He bebido un par de tragos. Ha sido como tragar fuego.

Mientras yo bebía, ella se ha vuelto hacia el espejo para aplicarse perfilador de ojos.

—O sea, en mi caso, cualquier situación exige grandes dosis de seguridad, ¿sabes?

—Claro.

Maddie se afeitó la cabeza a los catorce años. Cuando la conocí, acababan de amonestarla por atizarle un puñetazo a un chaval que le había llamado «marimacho», y se apuntó al grupo de debate porque su madre le obligó a diversificar las actividades extraescolares para que no hiciera únicamente teatro. Al cabo de una semana estaba en el primer equipo. ¡Ah! Y acabó por hacerse amiga del chaval del puñetazo y le convenció para que se uniera al Sindicato Queer en calidad de simpatizante. Ha salido con dos chicas del instituto como mínimo y con otra del Darmouth.

Tras recoger la baraja del suelo, Maddie ha sacado otra carta, ha bebido y me ha tendido el mazo.

—Y tú también estás en guerra con las fuerzas exteriores. Así que sé valiente.

—Nueve de bastos. Pero no sé, Maddie, yo creo que es distinto.

Después de echar un trago, le he tendido baraja y botella.

—Bueno, sí, o sea, nos enfrentamos a fuerzas ligeramente DISTINTAS, eso es verdad. Tú no eres gay. Pero, créeme, Sam, te menosprecias sin razón.

A ver, sí que tengo RAZONES para menospreciarme. He pensado en los analgésicos que llevaba en el bolso, que no he tomado porque sabía que iba a beber. Y cada vez que ella se daba la vuelta me entraban ganas de sacudir las manos para desentumecerlas.

—Pero...

Se ha levantado.

—Estoy cansada de discutir contigo. Dale, Stuart y Stacia vienen hacia aquí, así que, si quieres marcharte, búscate la vida para volver a casa.

Maddie me ha dado la espalda, ha echado un trago y se ha puesto a bailar. Levantaba las rodillas, meneaba las caderas y agitaba el mohicano de lado a lado. Como si yo no estuviera. Yo le daba vueltas a la cabeza. Si siempre había evitado las situaciones como aquella, era por algo: porque tengo facilidad para meter la pata. Porque no hay soluciones sencillas y, salvo en esas estúpidas comedias románticas de adolescentes, no hay reglas que predigan el desenlace, y yo no controlo nada de lo que sucede más allá de mi cuerpo.

De hecho, tampoco controlo mi cuerpo. Mi cuerpo me odia.

Maddie había subido al máximo el volumen de la música. Yo notaba un sabor en la boca como de agujas de pino.

Me he puesto a pensar en la teoría de Freud sobre la «pulsión de muerte», la idea de que los organismos pueden oponer resistencia a las fuerzas de la vida voluntariamente —la idea de que la evolución puede actuar en sentido inverso—, y algunas personas, en lugar de amar y vivir, quieren destruirse a sí mismas. Pero parece ser que la muerte encuentra también otros caminos para actuar en la vida de una persona. Yo lo sé.

Soy consciente de que todo esto suena siniestro, futura Sam, pero pensar en la muerte es un alivio en parte. O sea, no pensaba que fuera a morirme allí, en la habitación de Maddie, ni sentía el menor deseo de que mi vida llegase a su fin, pero cuando comprendes que la muerte te acecha —cuando la amenaza es muy real—, tenerle miedo, o temer cosas menos importantes como la gente, las fiestas o a Stuart Shah..., todo eso te parecen tonterías.

Tengo un adversario mucho más importante y poderoso.

—Vale —he dicho, y Maddie se dio media vuelta en el sitio sin dejar de contonearse. Le he arrebatado la botella y he echado un trago, seguido de otro de tónica.

—Lo voy a hacer. ¿Y sabes qué más?

Maddie lanzaba puñetazos al aire.

—¿Qué?

Me he puesto de pie.

—Vamos a ganar el Torneo Nacional.

—¡Sí! ¡Sí, lo vamos a ganar!

He empezado a menearme a un lado y a otro con ella, lo más parecido a bailar de lo que soy capaz.

En ese momento me ha invadido una oleada de afecto hacia Maddie, futura Sammie. Un tipo de afecto que hasta entonces solo me habían inspirado mis hermanos, mis padres, las personas en las que confiaba. No me iba a buscar la vida para volver a casa. Y tampoco iba a ser una carga. Como Maddie había dicho, nos necesitamos mutuamente.

He recogido la baraja del suelo y la he lanzado al aire.

—¿He ganado?

Maddie ha sonreído. Sus ojos marrones se han iluminado bajo la electricidad de su cabello.

—Ganamos las dos.

¡AHÚ! ¡AHÚ! ¡AHÚ!

Han sonado unas cuantas canciones más y yo empezaba a sentirme ingrávida, acalorada y casi guapa cuando los he oído subir las escaleras entre risas. Me he desabrochado el botón superior de la camisa. La puerta se ha abierto y ahí estaba Stacia, un hada de pálida tez enfundada en un peto; ahí estaba Maddie, ahora con el cabello seco, de un rojo luminoso, que tiraba de la mano de Stacia con ambos brazos; ahí estaba Dale, con sus explosiones de pecas y una camisa *vintage* por dentro de los pantalones de poliéster; y ahí estaba Stuart.

Por una vez no iba de negro. Iba de gris: pantalones grises y una sudadera del mismo color. Su piel era más morena de lo que yo recordaba: marrón intenso, y seguía llevando el pelo, de color azabache, igual que antes, rapado, algo anticuado.

—Eh —me ha dicho al entrar.

—Eh —he respondido. Copia lo que hagan ellos, recuerdo haber pensado. Imita la manera de hablar de los demás y todo irá bien.

—Hola, Sammie —me ha saludado Stacia con su voz susurrante mientras se sentaba en el suelo en una postura difícil.

—Samantha —ha dicho Dale en un tono robótico, imitando el acento británico—. Samantha McCoy, la reina Victoria del instituto Hanover.

—¿Victoria? ¿Qué quieres decir? —A continuación, para que mi pregunta sonara mejor, he soltado un «ja, ja».

—La primera de la promoción. *Veni, vidi,* Vicky —ha respondido Dale haciendo girar dos dedos.

Veni, vidi, vici. He contenido el impulso de corregirlo y me he recordado a mí misma que las bromas existen y que la gente bromea a menudo.

Maddie me ha mirado de reojo y, con un amago de sonrisa, ha dicho:

—Stu, ¿conoces a Sammie?

—En realidad, no —ha respondido Stuart a la vez que se sentaba y me tendía la mano—. Me acuerdo de ti, pero no creo que hayamos llegado a cruzar palabra.

«Me acuerdo de ti», ha dicho. Le he estrechado la mano. Tenía la forma y la textura de una mano humana, pero casi me quemo al tocarla.

—Es verdad —he asentido yo, y según apartaba la mano he notado el latido de mi sangre en los dedos.

Stuart seguía mirándome. Maddie y Stacia se pasaban la botella. Dale se ha acercado al equipo para cambiar la música.

—Sí —ha proseguido el primero—, ibas a clase de la señorita Cigler cuando yo estudiaba segundo de bachillerato. Nos leyó en voz alta tu redacción sobre *Huck Finn*. Se puso en plan: «Mirad a esta alumna de primero. Será mejor que os pongáis las pilas».

—Uf —he resoplado, asintiendo. Recordaba vagamente a la señorita Cigler pidiéndome permiso para leer en voz alta mi redacción, pero pensaba que se limitaría a compartirla con las otras clases de primero. La idea de que a Stuart le hubiera impresionado mi trabajo me ha puesto la piel de gallina. Quería preguntarle por sus relatos, o si se alegraba de haber vuelto a Havover, pero, para cuando me he decidido por una de las dos preguntas y he conseguido ordenar las palabras mentalmente, Maddie ya le estaba pasando la botella.

Ahora Stacia se mecía al compás de la música y sus largos pendientes se columpiaban con el balanceo. Maddie le ha estirado uno con suavidad.

—¡Ay! —ha protestado Stacia entre risas. Le ha propinado un capirotazo en un pincho del mohicano y Maddie me ha mirado enarcando las cejas. Yo he descruzado los brazos.

La mirada de Stuart vagaba por la habitación.

—¿Qué está sonando? —ha preguntado.

—Los Knife —he soltado yo antes de que nadie más pudiera contestar.

Stuart ha asentido con una pequeña sonrisa, la misma que los dependientes del Co-Op le dedican a mi madre cuando se interesa por su día en hora punta. *¿No ve que estoy ocupado?*, viene a decir la expresión. Cuando su mirada me ha rozado nuevamente, apenas un segundo, la he cazado al vuelo.

—¿Vives en Nueva York? —le he preguntado.

—Sí. Adoro esa ciudad. Quizás demasiado.

—Yo también —he asentido—. O sea, yo también voy a vivir allí, el año que viene.

—¿Ah?

—En la Universidad de Nueva York.

Ha enarcado las cejas.

—Felicidades.

Aprovechando su comentario, me he puesto en plan trascendente. No he podido evitarlo.

—¿Y qué te gusta de Nueva York?

Ha ladeado la cabeza.

—Jo, vaya pregunta. Pues me gustan las mismas cosas que a todo el mundo: la historia, el ambientillo nocturno y tal. Pero tengo la sensación de que me preguntas por lo que me gusta a mí en especial y llevo mucho tiempo sin pensar en ello.

—Sí, eso es exactamente lo que quiero saber —he confirmado mientras tomaba un trago. Se estaba poniendo tan trascendente como yo. Puede que a él tampoco le guste hablar del tiempo.

Ha mirado al techo con ademán pensativo. Tiene un cuello largo y firme. Por fin, ha levantado una mano, como sosteniendo la respuesta en la palma.

—Me gusta la amalgama de sitios y gente. Me encanta viajar en el tramo elevado de las líneas Q y R. Las ventanas de los edificios pasan ante tus ojos, a un tiro de piedra, y tú estás allí mismo, muy cerca de las vidas ajenas. O ver cómo la gente se besa o se pelea en el metro, a tu lado. Creo que me gusta presenciar otras vidas de cerca.

—Sin tener que involucrarte en ellas —he apuntado.

Se ha reído.

—Exacto.

Hacer reír a Stuart es igual que reventar algo, como esa satisfacción que sientes cuando haces estallar papel burbuja o un globo de chicle.

En ese momento Dale se ha levantado de un salto y ha dado una palmada.

—Muy bien, últimos tragos, estoy listo para ir a casa de Nervig.

En el minúsculo Toyota de dos puertas de Maddie, como en un sueño, Stuart y yo hemos acabado juntos en el asiento trasero. La música sonaba a todo volumen, así que no podíamos hablar. Nuestras piernas no se tocaban, salvo en las curvas. Entonces él apoyaba el brazo en el respaldo de mi asiento y decía:

—Perdona.

—No pasa nada —respondía yo, y miraba por la ventanilla al tiempo que saboreaba su sólida proximidad.

Disfrutaría de ello mientras pudiera. Stuart había apartado la vista, pero se acordaba de mí. Yo no le había formulado las preguntas adecuadas, esas que requiere el coqueteo. Pero se acordaba de mí. Lo que había dicho Stuart acerca de Nueva York resonaba en mi cabeza: el tren flanqueado de luces, edificios y todo un mundo lleno de historias.

En el último semáforo de Hanover, de camino a Norwich, Dale ha bajado la música para oír las indicaciones de Maddie.

Stuart se ha echado hacia delante para mirar por la ventanilla y ha preguntado:

—¿Y qué? ¿Dónde vives tú?

Yo he entrado en estado de alerta, como un conejo en un jardín cuando oye un ruido repentino. Peligro. Pero este peligro era del bueno.

—En Strafford —he respondido, y me he percatado de que no podía girar la cabeza sin acabar insoportablemente cerca de la suya.

—¿Y? —ha preguntado según el coche reanudaba la marcha.

—¿Y? —he repetido yo, con la esperanza de que la oscuridad ocultara la enorme sonrisa de mi rostro.

—¿Qué parte de Strafford adoras?

—¡Ja! —he replicado al momento—. No sabría decirte.

—¿Nada?

También hacía mucho tiempo que nadie me preguntaba nada parecido, supongo. Lo he meditado, consciente de la descarga de adrenalina en mis venas, y he bajado la ventanilla para aspirar el aire procedente de las montañas. Transportaba un olor a pino, a nubes y a algo más, como si alguien hubiera encendido una hoguera en el jardín. Me encanta esa fragancia, pero lo que me gusta no es tanto el olor como la esencia de ese aroma: la idea de que lleva oliendo igual desde que se formaron las montañas, y sin embargo no ha perdido su pureza. Es difícil expresar la sensación con palabras, no solo a Stuart sino a cualquiera. He inspirado profundamente.

—Esto —he dicho, abarcando la noche con un gesto.

—Hum —ha musitado Stuart, que ha cerrado los ojos según el viento azotaba el asiento trasero. A juzgar por su expresión, entendía perfectamente lo que yo intentaba expresar, y el placer de sentirme comprendida ha sido como la caricia de unos dedos en la espalda.

—Sí. Esto es agradable —ha asentido.

Cuando nos hemos internado en el camino de entrada de Ross Nervig, los graves de la música que surgía de la casa, más allá de los árboles, han llegado a nuestros oídos. Hemos aparcado al final de una larga fila de coches y hemos andado el resto del camino, Dale con un cigarrillo recién encendido, Stacia y Maddie con los brazos entrelazados. La casa despuntaba ante nosotros. La gente estaba sentada en la balaustrada del porche, amontonada en el césped, entrando y saliendo del gigantesco caserón colonial que se erguía al fondo de una verde ladera, igual que la mía. Solo que diez veces más grande. Y llena de gente que yo no conocía.

Me he puesto nerviosa otra vez y he intentado respirar con normalidad.

—Allá vamos —he musitado.

Stuart, que caminaba a mi lado, me ha oído.

—Fiestas, ¿eh?

—Fiestas —he repetido al tiempo que negaba con la cabeza, como si hubiera asistido a millones de celebraciones, tantas como para contemplarlas con condescendencia.

Ha posado la mano en mi espalda, solo un momento, y yo he dado un respingo de la sorpresa.

—No te preocupes. Será divertido.

¿Estaba ligando? ¿Es así como liga la gente? ¿O acaso estaba ante una interacción social normal y corriente? Me moría por preguntárselo a Maddie, pero ella ya había echado a correr por el jardín, seguida de Stacia, para saltar a la espalda de un amigo suyo, muerta de risa cuando él se ha retorcido para atraparla.

—Stuey, Stuey, Stuey. —El famoso Ross Nervig nos ha recibido en mitad del porche, un tiarrón de barba rojiza que sostenía un vaso desechable—. ¿Qué tal la ciudad, cabrón?

Stuart se ha reunido con él. Yo he buscado un rincón y me he dedicado a escuchar, mientras estrechaba distraídamente las manos de las personas que Dale me presentaba.

Por lo que he podido oír mientras charlaban, Ross y Stuart fueron compañeros de clase en el Hanover, donde Ross jugaba a rugby hasta que se lesionó en segundo de bachillerato. Ahora trabaja en el negocio contratista de su padre, mientras ve aumentar ininterrumpidamente el número de fans de su música *drone,* famosa entre los hípsteres de Dartmouth. Un habitante de Upper Valley de por vida.

Stuart, según he averiguado, está aquí para terminar una compilación de relatos breves y para ocupar la casa familiar de Hanover durante el verano, mientras sus padres visitan a su familia de la India.

—¿Estás con alguien? —le ha preguntado Ross a Stuart—. ¿Sigues con la autora teatral? ¿La de de las piernas peludas?

Mis oídos se han extendido casi físicamente por el porche.

—En realidad, no.

«En realidad, no» implica algo distinto a un «no» a secas. En parte significa que sí. Tiene novia, claro que sí.

He ahuyentado el pensamiento y me he dedicado a observar a la multitud en busca de más conocidos a los que mirar con aire cohibido. Había cumplido mi objetivo, había salido airosa del desafío que Maddie me había lanzado. Había hablado con él.

Sin embargo, no experimentaba sensación de euforia.

He seguido a Dale al interior de la casa, no sin antes lanzarle una ojeada a Stuart, que me ha devuelto la mirada un momento, pero le he dado la espalda y he proseguido mi camino. *Vaya, vaya,* repetía para mis adentros una y otra vez mientras contemplaba el gigantesco salón forrado de madera y atestado de escuálidas chicas sacándose selfies y jugadores de béisbol haciendo lo propio. ¿Esto es lo que hace la gente en las fiestas? ¿Andar por ahí sacándose selfies para demostrar lo bien que lo han pasado? Yo llevaba el portátil en el bolso y, por un momento, me he planteado si pedirle a Ross la contraseña del wifi.

He divisado una silla junto a una estantería, pero antes de que pudiera sentarme he oído mi nombre entre los gritos y los graves.

—¡SAMMIE MCCOY!

Coop, el bueno de Coop, se abría paso a empujones entre los cuerpos, con el cabello, de un rubio ceniza, recogido en un sudoroso moño y pertrechado con su propio vaso desechable.

—¡SAMMIE MCCOY! —ha gritado nuevamente, y ahora la gente seguía la trayectoria de su mirada, buscándome—. ¡LA MUJER DE MIS SUEÑOS!

Por Dios.

—Con un simple «hola» habría bastado —he murmurado.

Me he acordado de que, cuando éramos niños, se ponía como loco cada vez que mi madre o la suya preparaban perritos calientes. Cuando había salchichas para comer, Coop se encaramaba a la silla y blandía los puños al aire gritando: «¡Perritos calientes! ¡Perritos calientes! ¡Perritos calientes!», como si hubiera ganado la lotería. Era un niño muy movido.

Me ha envuelto en un abrazo agrio. Arrastraba las palabras.

—Jamás en la vida habría pensado que vería a Samantha Agatha McCoy en una fiesta. Jamás.

—Bueno, pues aquí estoy. —Me he zafado de su abrazo—. Y tú te acuerdas de mi segundo nombre —he añadido, pero no me ha oído.

—¿Sabías que...? —ha empezado a preguntarme antes de dirigirse a la multitud—. ¿Sabíais que llevo toda la vida queriendo emborrachar a esta chica?

—Qué coincidencia —he replicado yo, poniendo los ojos en blanco.

—Toda la vida —ha repetido casi con solemnidad—. Esta chica es mi amiga de la infancia. Vivimos en la misma montaña —le ha dicho a un chaval más joven que llevaba un piercing en la nariz y lo miraba con indiferencia—. ¡Mi amiga de la infancia! —ha insistido según me agarraba por los hombros con esos ojos suyos, de color azul marino, abiertos de par en par.

—Me alegro de verte, Coop —he sonreído.

He advertido que Suart y Ross cruzaban la puerta principal y he retrocedido un paso.

Coop seguía dale que te pego.

—¡Y la primera vez que hablamos en un montón de putos años me dices que estás enferma!

—Eh —lo he avisado, llevándome un dedo a los labios.

—Oh —me ha imitado Coop, haciendo lo propio—. Vale.

Puede que lo haya imaginado, pero tenía los ojos casi llorosos, como si estuviera a punto de romper en llanto.

—No quiero que la gente lo sepa todavía —le he dicho en voz baja.

No estaba mirando a Stuart, pero sabía que seguía ahí, porque acababa de descubrir que cuando te toca alguien que te gusta, quedas conectada a él por una especie de biosónar y, cuando se acerca, como ahora Stuart, un calorcillo te recorre el cuerpo.

—Pero me lo dijiste a mí —ha afirmado Coop todavía a voz en grito, con un extraño atisbo de orgullo en la voz.

—Sí, y ya empiezo a arrepentirme —le he soltado llevándole a un lado aparte.

—No seas así —me ha reprochado.

—¡Coop! —ha gritado alguien. Una chica que a todas luces debía de ser el pibón de Katie avanzaba directamente hacia nosotros. Sus piernas largas y bronceadas bajaban en picado desde unos *shorts* muy ajustados, lavados al ácido, y su liso vientre mostraba gotitas de sudor, cerveza, o algún otro líquido bajo una camiseta cortada. He visto cómo los ojos de Coop, y los de todos los presentes, ya puestos, recorrían su cuerpo. Sé que no lo ha hecho adrede, pero las chicas como ella consiguen que me sienta una mierda. En plan, ¿por qué esforzarse en presencia de chicas como esa?

—Coop. —El pibón de Katie se ha apoyado en su hombro y le ha susurrado algo al oído, entre risitas—. Vente conmigo —ha dicho, y los dos han desaparecido.

¿Tan fácil es? Sí, es así de fácil. Los robles se atraen entre sí.

He avistado a Stacia y a Maddie, que compartían una silla en la sala contigua con las piernas entrelazadas.

He echado mano de un libro titulado *Anagramas* y me he puesto a leer. En ese momento, he notado que alguien me miraba y he alzado la vista. Stuart. He sujetado el libro como alguien que sostuviese una copa. *Salud. Fiestas, ¿eh? Ja, ja. No vayas a creer que no sé qué hacer ni qué decir, es que me invitan a tantas reuniones que ya me salen por las orejas, y prefiero quedarme aquí leyendo, ja, ja, así que no te preocupes por mí; estoy muy a gusto aquí sola.*

Se ha encaminado hacia mí. Yo he devuelto la vista al libro, sin darme por aludida, pero he notado que tomaba una silla, se disculpaba con una chica que bailaba y ahora estaba allí, a mi lado. Ha tomado un libro a su vez, uno de tapa dura titulado *Vivir, escribir.*

—Eh —ha dicho a la vez que hojeaba el libro con el pulgar.

—Eh —le he saludado yo, que leía la misma palabra una y otra vez. Mi piel emanaba calor a través de la ropa.

—Los padres de Ross tienen una buena biblioteca.

—Gracias a Dios —he respondido yo, y hemos soltado unas risas.

—Ya te has rendido, ¿eh?

En lugar de responder, me he bebido la copa de un trago. Y en ese momento he comprendido por qué el arte de la charla insustancial se me resiste. Cuando tengo un objetivo, puedo formular y responder preguntas hasta la saciedad. En cambio, cuando carezco de propósito, me doy de bruces contra la pared. Estaba harta de la pared. Una idea, o puede que un impulso, o quizás solo estuviera imitando a los pibones del mundo; sea como sea, algo se ha apoderado de mí.

Él ha fruncido una pizca sus hermosas cejas con ademán inquisitivo.

Cuando quiero algo, lo quiero. Y quería a Stuart Shah.

Le he mirado fijamente a esos ojos profundos, negros y preciosos que tiene y le he dicho:

—Quiero que sepas que siempre he estado loca por ti.

He dejado el libro en el estante y me he largado.

¿QUÉ CLASE DE ÁRBOL SOY?
¿ESTOY EN UN BOSQUE SIQUIERA?

Y ahora estoy aquí, sentada en el capó del coche de Maddie, soltando risitas para mis adentros en la oscuridad. No me puedo creer que de verdad acabe de soltarle esa bomba a Stuart Shah. Estoy experimentando lo que deben de sentir los superhéroes. Tengo la sensación de que puedo oírlo todo, verlo todo, de que aún noto el aire vibrando entre los dos, el golpe del libro en la mano cuando lo he cerrado y el roce de su manga al partir. No consigo recordar en qué momento me sentí tan eufórica por última vez.

Seguramente cuando supimos que teníamos posibilidades de clasificarnos para el Torneo Nacional. O no, quizás cuando la señora Townsend me dijo que me habían seleccionado para el título de mejor alumno de la promoción.

Ay, Dios, qué temeraria.

Había sido una imprudente, pero tenía la sensación de haber salido victoriosa. Maddie me ha dicho que fuera valiente, y lo he sido.

Y por raro que te parezca, futura Sam, pensaba en ti mientras lo hacía. Pensaba que, cuando mirases atrás y recordases aquel momento, me verías fundiéndome en la multitud, o regresando a casa y sintiendo lástima de mí misma, y me he enfadado.

Si tú vas a ser yo dentro de... pongamos, un año, cuando haya salido airosa del primer semestre en la universidad, quiero que seas la hostia. Y no hablo de ser la hostia en el sentido de dar la imagen perfecta y feliz de alguien que siempre lo pasa en grande, como hace la gente cuando comparte las fotos de fiestas como esta, no la de una persona que se define a través de las capturas que pega en su vida. Creo que, en muchas de esas fotos, las personas fingen que se divierten para que los demás admiren su fabulosa vida. Bueno, la vida no es eso, ¿verdad?

A veces la vida es terrible. A veces la vida te depara una enfermedad rara.

En ocasiones la vida es maravillosa, pero nunca de un modo tan simple.

Y cuando mire atrás, quiero saber que lo intenté.

Pero ahora estoy sentada en el coche de Maddie con aire de marginada. Debo llevar aquí cosa de una hora.

Me ha enviado un mensaje: *¿Dónde estás?*

Se lo he dicho, pero cuando iba a volver a escribirle para preguntarle cuándo nos marcharíamos, me he quedado sin batería. No tengo internet. Y tampoco he podido contarle a Maddie lo que le acabo de decir a Stuart.

Mierda, me voy a pasar un buen rato aquí sola, futura Sam.

Vale, bueno. Oigo los pasos de alguien que baja por el camino. Debe de ser Maddie, que viene a echarme la bronca y a decirme que vuelva a entrar. *Ni hablar,* le voy a soltar. Ya he dicho lo que venía a decir.

Puede que sea una discapacitada social, pero tengo bastante seso como para no volver a entrar ahí. Fingiré que estoy superocupada escribiendo en el portátil y no puedo hacerle mucho caso.

Ay, Dios.

No es Maddie. Es alguien vestido de gris, que está mirando entre los coches.

Es Stuart.

AY, DIOS MÍO

Cuando me vio en la capota del coche de Maddie, Stuart se limitó a decir: «Eh» y se echó a reír. El biosónar resultaba abrumador.

—Maddie quería que me asegurara de que estabas bien —dijo por fin.

—Sí, estoy bien —repuse yo—. ¿Tú estás bien?

—¿Y por qué no iba a estarlo? —preguntó.

Antes de que acabara de formular la pregunta, le espeté:

—Porque acabo de lanzarte, o sea, una granada emocional. He arrancado la anilla, la he tirado y he dejado que te estallara encima.

Me percaté de que no le miraba a los ojos, sino a un vacío situado más allá de su ancho pecho gris.

—Sí, como mínimo podrías haber gritado «¡a cubierto!» o algo así —imitó el sonido de una explosión. Yo solté una risita, algo que procuro no hacer salvo en la intimidad de mi hogar, lo que te dará una idea de cómo me siento en presencia de Stuart.

—Sí —asentí yo—. Debería.

Se hizo un silencio. Y empecé a asimilar la magnitud de mis actos, como por ejemplo el hecho de que a menudo lo miraba con atención, no solo cuando íbamos juntos al instituto sino esa misma noche, sin haberle dicho prácticamente nada más que (a) estaba obsesionada con él y (b) el año que viene viviríamos en la misma ciudad.

Me disculpé.

—Perdona si te ha hecho sentir raro.

Stuart dijo:

—¡No! No, no te preocupes por eso.

En aquel momento, gracias a Dios, oímos que Dale, Maddie y Stacia se acercaban por el camino y ya no tuvimos que hablar.

Me senté adrede en el asiento delantero e intenté quitarle importancia a todo el asunto. Intenté olvidar lo que había dicho, lo creas o no. Recuerdo haber pensado: *maldita sea, más te vale borrar de la memoria lo sucedido esta noche, futura Sam.*

Cuando llegamos a mi casa, grité:

—¡Me quedo aquí!

Según cerraba la portezuela del coche, Stuart me llamó desde la ventanilla abierta del asiento trasero.

—¡Sammie!

Y yo, por supuesto, respondí:

—¿Qué?

—¡Ven aquí! —me dijo.

Di media vuelta, pensando que se me había caído algo del bolso, tal vez una bolsa con los restos de un sándwich de mantequilla de cacahuete o alguna otra porquería por el estilo.

Él me agarró el brazo —sí, has leído bien—, me agarró el brazo y le dio la vuelta, como para ponerme una inyección. Se extrajo un rotulador del bolsillo, lo destapó con los dientes y me escribió su email. Cada curva de cada letra de su nombre fue como, no sé, hacer el amor. Nunca me he acostado con nadie, pero ¿alguna vez te han escrito una palabra en la piel? ¿Alguna vez un escritor te ha escrito una palabra en la piel? Experimenté lo mismo que si estuviera trazando su nombre con la yema del dedo.

—No soy muy aficionado a los SMS —dijo.

Hace un día de la fiesta y todavía conservo las desvaídas letras del email de Stuart escritas en el brazo con rotulador. Tengo su dirección electrónica porque me la ha dado, y ahora él tiene la mía porque le he enviado un mensaje.

La madre de san Jaime, Yago, Juana del puto arco y todos los santos. Aún no me lo puedo creer.

Espera. Está conectado. ME HA ENVIADO UN EMAIL.

Sammie:

Eh, me alegro de que sobrevivieras. Como ya te dije ayer por la noche, no te preocupes. Los dos estábamos algo alterados por la fiesta y tal. En realidad, fue estimulante en parte. O sea, no nos conocemos muy bien, pero reconozco que, cuando estudiaba en el Hanover, me sentía unido a ti por un extraño vínculo. No digo que estuviera loco por ti (ja, ja) porque, para ser sincero, siempre estaba demasiado ocupado ensayando, escribiendo o haciendo los deberes como para estar loco por nadie. Pero recuerdo haberte visto por la cafetería, y cuando la señorita Cigler leyó tu redacción en voz alta, me quedé con la boca abierta. Quizás debería haberte seguido ayer por la noche, pero me pareció que preferías estar sola. Supongo que, sencillamente, no estoy acostumbrado a tanta franqueza. Pero me alegré cuando Maddie me pidió que fuera a buscarte. Y me alegro de que me confesaras lo que sentías.

Stu

Vale... le he escrito preguntándole si tiene novia. No voy a quedarme aquí actualizando el mail para comprobar si me ha contestado. Tengo muchas otras cosas que hacer. Yo no soy de las que esperan sentadas. AY, ESPERA, MIRA:

¡Ja, ja! No, no tengo novia. Si vamos a seguir jugando a ser sinceros, le dije «en realidad, no» a Ross porque siempre me está dando la lata con eso de las novias. Salí con una chica en Nueva York, pero lo dejamos el año pasado.

Por Dios, no te cortas ni un pelo, ¿eh? Ja, ja. Hum. ¿Por qué te di mi correo electrónico? Porque me pareces mona y lista.

Stu

P.D.: ¿Ese libro que fingías leer? Era *Anagramas*, de Lorrie Moore, y cuando tengas ocasión (quizás cuando estés menos ocupada) deberías leerlo. Es uno de mis favoritos.

No he parado de mirar mi buzón mientras hacía los deberes, pensando que los mensajes desaparecerían, pero no ha sido así.

Sobre todo esta parte: «Porque me pareces mona y lista».

Porque me pareces mona y lista.

Porque me pareces mona y lista.

Eso ha dicho. ¡Eso ha dicho Stuart Shah!

IDEAS

Vale, son las dos de la madrugada, pero se me acaba de ocurrir lo siguiente: Maddie es fan de los planes simplificados en contraposición a los planes punto por punto en la IRP (primera refutación propositiva, por si se te ha olvidado), pero creo que se debe únicamente a que se estresa y prefiere memorizar lo menos posible.

Por ende, a juzgar por experiencias pasadas, es probable que nos enfrentemos al colegio privado Hartford, y esos cabrones arman planes punto por punto como si les fuera la vida en ello. Además, no pasa nada si se te olvida algún punto. Ese tipo de plan no es más que lo que su nombre indica: sencillas afirmaciones del tipo «para abordar el problema, pensamos hacer tal y cual cosa» amontonadas en un orden específico. La exposición de los planes simplificados resulta más sencilla y natural, pero si quieres asegurarte de que no te dejas nada, o evitar (ejem) que se te olvide algo, es mejor presentarlos punto por punto.

Así que le voy a decir que me ceda a mí los documentos, tanto en la IRP como en la 2RP, y yo le iré pasando las tarjetas. De ese modo podrá fingir que suelta las ideas según le vienen a la cabeza.

Vale, ¿sabes qué?, le voy a enviar un email a Maddie para decírselo.

Son las cuatro de la madrugada y sigo levantada. Un coche remonta la cuesta. Es mi madre, que vuelve a casa del trabajo.

Bajé a charlar con mi madre antes de que se fuera a dormir, y la encontré preparando té. Su uniforme azul turquesa contrastaba con las viejas baldosas rojas y amarillas de las encimeras y las paredes. Coop siempre decía que la cocina y el comedor de mi hogar recordaban a un McDonald's. La casa estaba a oscuras, salvo por la lámpara que pende sobre la mesa de la cocina. Mientras rellenaba la tetera, mi madre se quitó las zapatillas de lona blanca de dos patadas.

Cuando le dije «hola», pegó un bote. Le di un susto de muerte.

—¿Qué haces levantada a estas horas? —me preguntó cuando se recuperó, mientras se sentaba a la mesa de metal.

Yo tomé asiento delante de ella.

—Faltan dos días para el Torneo Nacional, mamá, ¿qué crees tú?

Sacudió la cabeza por encima de la taza de té caliente.

—Ay, Sammie. Tienes que dormir. No es bueno que te exijas tanto.

—Y tú deberías charlar un poco. Estás haciendo muchas horas últimamente.

Musitó:

—Bueno, las facturas del médico no se van a pagar solas.

Al momento, exclamó:

—Ay, Dios.

Y me posó la mano en el brazo.

Sabía que lo lamentaba. La perdoné. Tenía grandes sombras oscuras alrededor de los ojos.

—¿Y qué te preocupa? ¿El Torneo Nacional? —prosiguió—. Será el gran estreno, ¿no?

—Sí, señora.

—Y luego ya habrás acabado, ¿verdad?

Suspiré. No me lo había planteado así, la verdad.

—Sí, supongo que sí.

Mi madre esbozó una pequeña sonrisa, más relajada.

—¿Y eso significa que pasarás más tiempo en casa?

—Depende. ¿Por qué? O sea, Harrison está a punto de cumplir los catorce, ya puede hacer de canguro. Además, le he pagado para que hiciera mis tareas mientras estoy fuera...

—No, cielo. Me refiero a pasar más tiempo con nosotros. A ver una película juntos de vez en cuando, o algo así.

Me frotó el brazo. Se me puso la piel de gallina.

Mi madre tiene un don especial para hacer que te sientas culpable. Cuando el resto de la familia miraba un partido de los Patriots en el sofá, les susurraba unas palabras a Bette y a Davy y ellas echaban a correr por toda la casa, gritando, para obligarme a dejar los deberes a un lado. Y cuando había que sacar a Perrito, lo enviaba a mi habitación hasta que el chucho prácticamente me arrancaba a rastras de mi escritorio. Mientras el perro correteaba a mi alrededor, chocando de puro nervio contra la puerta de la calle, la oía reír por lo bajo, acurrucada en su asiento del salón.

Me escabullí.

—Sí, claro. Puede que después de graduarme.

—*Mmmm* —musitó mi madre con suavidad.

Tras un silencio, me tomó la cara entre las manos.

—¿Puedo...? —empezó a decir. Acostumbrada desde hacía años a que comprobara si tenía anginas, si me había cepillado los dientes o escondía un caramelo, abrí la boca sin rechistar.

—Hum —meditó—. ¿Notas algo raro en la lengua?

Me quedé helada y me aparté.

—No. ¿Por qué?

Me miró y, fingiendo una sonrisa, se encogió de hombros.

—Por nada.

Me llevé la mano a la mandíbula.

—¿Qué pasa? ¿Arrastro las palabras?

—¡No! No —se apresuró a negar—. ¿Has hecho el equipaje?

Intentaba cambiar de tema. Si mi habla era pastosa, Maddie me lo señalaría al día siguiente, seguro. Tendría que inventar una excusa, como que me había tomado un granizado muy deprisa y se me había dormido la lengua, pero, en cualquier caso, nada que unos cuantos ejercicios de vocalización de los que te enseñan en las clases de teatro no pudieran arreglar.

—Sí —dije. Había hecho el equipaje la noche anterior. Seguramente lo desharía y volvería a hacerlo, por gusto.

—¿Has cogido los medicamentos?

—Ajá.

—¿También el Zavesca?

Gruñí.

(«¿Qué es el Zavesca?», te estarás preguntando. Futura Sam, ¿aún no te he hablado del Zavesca? Se parece a ese refresco de pomelo llamado Fresca, salvo que no es Fresca en absoluto, porque se trata de un horrible comprimido. Los efectos secundarios incluyen: pérdida de peso. Dolor de estómago. Gases. Náuseas y vómitos. Dolor de cabeza, incluidas migrañas. Calambres en las piernas. Debilidad. Dolor de espalda. Estreñimiento.)

—¿La nota del médico?

—Sí.

—¿Necesitas dinero para tus gastos?

Ahora me tocaba a mí cambiar de tema.

—No, no, no, no te preocupes, mamá.

—¿Estás segura?

—Sí, este año hemos sacado lo suficiente en la rifa como para cubrir todo lo necesario.

—*Hummmm* —repitió, como solo mi madre sabe hacerlo. Sus famosos «hum». Su mantra. Su fuerza. Si un huracán reventara las ventanas, mi madre respiraría por la nariz y diría: *Hummmm*. Una vez, cuando tenía nueve años, resbalé en el mismo sitio donde estoy sentada ahora y me abrí la cabeza contra el borde de la mesa. Mi madre llegó del patio trasero en menos de cinco segundos. Sin pronunciar palabra, me envolvió la cabeza con una camiseta y llamó a emergencias al mismo tiempo que me mecía y murmuraba: *Hummmm, hummmm, hummmm.*

Palpándome la cicatriz del cuero cabelludo, me levanté de la mesa.

—¿Sabes, mamá? Algún día te lo devolveré todo. Cuando sea una abogada famosa, o lo que sea. Te devolveré todo lo que te has gastado en las facturas del médico.

—Ay, cielo —dijo mi madre, y rodeó la mesa en calcetines para abrazarme. Estreché su minúsculo cuerpo. Su cabeza apenas me llegaba al nacimiento del cuello.

—¡Lo digo en serio! Anótalos si quieres...

—Tú mejora y ya está —repuso contra mi camiseta—. No necesito nada más. Solo que mejores.

—Vale, lo haré —prometí.

Y lo haré.

SEGÚN TODAS LAS PREVISIONES, HE AQUÍ CÓMO DEBERÍA DESARROLLARSE EL TORNEO NACIONAL:

ALGUNAS PREDICCIONES DE SAMMIE MCCOY

Maddie y yo llegamos al Sheraton de Boston en la furgoneta de Pat. Nos registramos en la recepción, colgamos los trajes y picamos algo. Ponemos tecno alemán. Revisamos los artículos más recientes sobre el salario mínimo y subrayamos las partes interesantes con rotuladores del mismo color. *Del mismo color.* Eso es muy importante.

Al alba, concurrimos en el vestíbulo, en ambos sentidos: en el sentido de acudir a un sitio donde se reúnen varias personas, y en el de participar en un concurso, con las maletas de ruedas rebosantes de pruebas documentales. Nos registramos y buscamos un sitio para practicar lejos de los demás equipos.

Nos instalamos en la mesa del equipo afirmativo, sobre un estrado, bajo los focos, en la sala de conferencias más grande del hotel. Miramos los preparativos del otro equipo con aire impertérrito.

Le estrechamos la mano al jurado.

Y empieza la batalla.

Maddie se planta en el podio y expone la argumentación propositiva. Presenta el caso. Explica por qué el plan funcionará. Como ya he dicho, se le da de maravilla. Las emociones que puede suscitar en ocho minutos, sin plantear nada salvo hechos puros y duros en un orden concreto... es algo hermoso de contemplar. Imaginad la clásica arenga que aparece hacia la mitad de cualquier película de temática deportiva, pero al principio del filme y con menos lágrimas, menos gritos y más lógica.

El equipo negativo contraargumenta. Expone su filosofía. Explica por qué nuestro plan no funcionará. Yo escucho sus argumentos con tanta atención que oigo el chapoteo de su saliva.

Segunda argumentación propositiva. Allá voy. Recojo todas las inconsistencias de su exposición, PERO... tengo que formularlas como si hubiéramos previsto esas inconsistencias de buen comienzo. Es ahora cuando nuestro traje pantalón entra en juego. No por razones utilitarias, sino con el fin de recordarte a ti misma que eres una astuta HDP a la que nadie pilla nunca por sorpresa.

Señalan las desventajas de nuestro flamante-alucinante-espectacular plan.

Maddie interviene otra vez para exponer lo tontos que son por argumentar contra nuestro maravilloso plan (sin perder de vista el plan original).

Ellos destacan nuevas inconsistencias de nuestra argumentación e hinchan el globo de su propio argumento para hacerlo más grande. Cantan victoria por última vez.

Yo cierro el debate. Destaco los hechos que mejor hablan a nuestro favor, los que peor hablan en su contra y me reitero con un toque de poesía. Mi tarea consiste en pinchar su globo-argumentación de una vez por todas, y soltar el nuestro para que salga flotando hacia el cielo. Básicamente, soy Robin Williams en *El club de los poetas muertos*. No, soy Théoden en la batalla del Abismo de Helm y los jueces de esta ronda son los Caballeros de Rohan, que esgrimen sus preguntas como lanzas. Yo cabalgo por su lado a lomos de un corcel de retórica, y voy golpeteando sus lanzas con mi espada de hechos, hasta que no les queda más remedio que seguirme.

Perdón, estoy exagerando un poco.

En cualquier caso, *voilà*, convencemos al mundo de que el salario mínimo debería ser más elevado.

Repetimos la hazaña en la segunda ronda.

Y en la tercera.

Y si lo conseguimos una vez más, ganaremos el Torneo Nacional.

LA VIDA EN TIEMPOS DE GUERRA

El último ensayo como oradoras escolares. Llevamos a cabo algunos debates falsos contra Alex Conway y Adam Levy y, para cuando llegamos a los alegatos finales, Alex estaba a punto de arrancarme los ojos. Le habría encantado verme comer mierda una última vez. Lo llevas claro, Conway. Maddie y yo somos de acero. No, de mercurio. Somos cambiantes y venenosas.

Estoy repasando las tarjetas como una monja que reza el rosario, articulando cada frase sin voz.

Maddie se pasea de acá para allá con la cabeza envuelta en su chaqueta, recitando su introducción.

Stacia pasa por delante del aula de sociales y echa un vistazo al interior. Maddie está diciendo:

—Pero en los Estados Unidos...

—¡Maddie! —la llama Stacia, apoyada en el marco de la puerta.

Esta se interrumpe y asoma la cabeza por debajo de la chaqueta.

—Hola, Stac —dice.

—¿Te apetece hacer un descanso? —propone Stacia.

—No, no puedo —responde Maddie—. Lo siento, colega.

Stacia se encoge de hombros.

Maddie vuelve a taparse la cabeza con la chaqueta.

Y esa, damas, caballeros y futura Sam, es nuestra vida en época de torneos.

Y ASÍ EMPIEZA TODO

En el Sheraton, después de la primera ronda, Maddie subraya mientras yo doy un respiro a mis ojos. Los graves retumban en los altavoces. Ella está encorvada en el suelo, junto a tres montones de papel de medio metro que incluyen análisis económicos, oscuros proyectos de ley y muchos signos de porcentaje. Unos cuantos más y nos iremos a dormir. Llevamos puestos sendos albornoces blancos, gentileza del Sheraton. Hemos colgado los trajes en una esquina.

Un silencio momentáneo cuando la canción llega a su fin.

—¡*Deutchland*! ¡*Deutchland*! ¡Otra vez! —grita ella blandiendo su rotulador rosa fosforito.

—¿Otra vez?

—¡Otra vez!

El mismo tema lleva sonando una hora en los altavoces portátiles que ha traído Maddie. Consiste, a grandes rasgos, en tres notas machaconas repetidas hasta la saciedad, debajo de voces de género indiscernible que gritan en alemán. Nos motiva. Bueno, motiva a Maddie, y como motiva a Maddie me motiva a mí. Es nuestra tradición.

Su madre, que ocupa una habitación conectada, se ha acordado de traer tapones para los oídos.

Tres años, más de veinte torneos. Trece primeros puestos, cuatro segundos. Cuando todo esté subrayado y el reloj marque las nueve de la mañana, no podremos hacer nada más. La suerte estará echada.

El año pasado presenciamos los debates de los entonces alumnos de segundo, y yo apretaba los puños de pura impaciencia, mientras comentaba que yo no cometería los mismos errores, que me pasaría todo el año perfeccionando la vocalización, cómo organizaría las pruebas, la ropa que me pondría.

Y ahora solo restan unas horas. Nuestra reputación, la razón de nuestras becas, las incontables versiones de «lo siento, no puedo ir» comprimidas en una habitación doble.

Stuart me ha enviado un mensaje: *Buena suerte!*

Yo le he dado las gracias y he apagado el móvil.

Si no lo hubiera hecho, él habría iniciado una conversación, y entonces yo me habría puesto a imaginar que me escribía toda una novela en el cuerpo desnudo. No habría podido evitarlo.

Y eso me habría distraído.

Vale, me he lavado la cara en el baño y le he dicho en voz alta a mi reflejo: «Sammie, ahora mismo no te puedes comportar como una enamorada, ahora mismo debes portarte como una guerrera».

✳✳✳

Bueno, a los rotuladores fosforito ya no les queda tinta. Maddie y yo nos hemos bebido un par de vasos de agua del grifo, nos hemos metido en nuestras camas gemelas y hemos visto un programa de telebasura.

Cuando hemos apagado la luz, Maddie ha dicho:

—Sammie.

—¿Sí?

—Estoy superestresada.

Al oírla, me he dado cuenta de que me rechinaban los dientes.

—Yo también.

Su voz sonaba distinta a lo habitual, más aniñada, un poco más suave.

—No pasa nada si no ganamos, ¿verdad?

He suspirado.

—No quiero ni planteármelo.

—Yo tampoco —se ha apresurado a decir—. Pero estaba pensando en lo que dijiste el otro día, eso de minimizar las pérdidas.

—¿Sí?

—O sea, las otras veces, aunque quedáramos segundas o terceras, era en plan: «Da igual, mala suerte. Solo tenemos que llegar al nacional». O sea, hasta tú dirías algo así, y odias perder.

—Es verdad.

Yo diría: «Da igual. No tiene importancia. Lo que importa es el Torneo Nacional».

—En realidad, cuando decidimos participar en esto, no pensamos en minimizar las pérdidas, ¿verdad?

He contenido el aliento con la mirada clavada en el techo.

—¿Qué quieres decir?

—Nos lo hemos jugado todo a una carta.

He callado. Ella ha proseguido.

—Este año ha sido muy raro. Yo... —Ha resoplado—. Tengo la sensación de que, si las cosas me salen bien, es porque tiendo a optar por el CAMINO FÁCIL. Hago teatro, dirijo el Sindicato Queer y me enrollo con chicas no tanto porque quiera hacerlo, sino porque sé que puedo. ¿Sabes? Y a finales de este año, me he dado cuenta de que tengo deseos propios. Y no solo deseos relacionados con aquello que se me da bien. Quiero cosas más importantes, que no dependen únicamente de mí.

La creía, aunque me ha sorprendido. Yo sabía por qué quería estar aquí, pero nunca había pensado que Maddie estuviera tan involucrada en este mundo como yo. Y entonces he recordado el ensayo del otro día, la chaqueta sobre su cabeza. La semana pasada, cuando me invitó a una fiesta aunque no tuviese ninguna necesidad de hacerlo. Estamos juntas en esto.

—Me he dado cuenta —le he dicho.

—¿Sí?

He tragado saliva. Esperaba que estuviera hablando de lo que yo pensaba. Esperaba no soltarle una tontería.

—Tú siempre te reías de mí por implicarme tanto en la oratoria. Aunque se te daba superbién. Pero ahora te importa tanto como a mí.

Se ha reído, una risita casi normal, y yo me unido a ella y, no sé por qué pero, cuando te ríes a carcajadas, sigues dale que te pego mucho rato después de que nada tenga gracia. Como si un peso que te carga la espalda, los hombros y el pecho flotara en el aire y se disolviera.

Cuando las risas se han apagado, se ha hecho el silencio otra vez. Oíamos el zumbido de los ascensores.

—Quiero estar con Stacia —ha dicho Maddie en voz baja, casi como si hablara para sí—. No solo porque... yo qué sé.

—Sé lo que quieres decir —he respondido al cabo de un rato—. Yo QUIERO ganar, con todas mis fuerzas. No solo porque sea competitiva. Ni siquiera tiene que ver con las otras personas. Lo quiero por mí misma. ¿Me explico?

—Sí —ha asentido Maddie—. Yo también quiero.

Poco después, se ha dormido. Casi puedo atisbar todas las risas que hemos compartido flotando en el aire, elevándose, trasladándose a otra parte a través de las paredes, y creo que yo también me voy a dormir.

TOMA YA

PRIMERA RONDA

Madeline Sinclair y Samantha McCoy
Instituto Hanover, Hanover, NH
contra
Thuto Thipe y Garrett Roswell
Instituto Stuyvesant, Nueva York, NY

Instituto Hanover: 19   Instituto Stuyvesant: 17

Bien. No te desconcentres. Banquete de celebración en Legal Sea
Foods.

SEGUNDA RONDA

Madeline Sinclair y Samantha McCoy
Instituto Hanover, Hanover, NH
contra
Anthony Tran y Alexander Helmke,
Instituto San Luis Park, San Luis Park, MN

Instituto Hanover: 18   Instituto San Luis Park: 16

Y ya van dos. Ayer por la noche tenía un dolor de cabeza horrible y estábamos preocupadas, pero al comienzo de la ronda ya lo había superado. En circunstancias normales estaría molesta con Maddie ahora mismo por haber salido a hablar por teléfono con Stacia, pero no puedo enfadarme por eso. Lo que sea que estemos haciendo, funciona.

Hace un momento han subido al ascensor dos concursantes eliminados que apestaban a colonia. Ni siquiera me han visto.

—¿Has oído lo de las chicas de Hanover? —decía uno.

—¿La del mohicano? ¿Y la del culo? Sí, tío.

—Se han clasificado para las semifinales.

—Yo apuesto por Hartford.

Las puertas se han abierto.

Mientras se cerraban, les he gritado:

—¡Lo tenéis claro!

Y les he hecho la peineta.

Mirando *El club de los chalados* sin sonido en la tele del hotel. Hago gárgaras con agua salada. Hago ejercicios de vocalización. Estoy tensa pero no nerviosa. Tengo la mente en blanco, pero no estoy dispersa.

La tercera ronda será mañana a las diez. Cuando ganemos, pasaremos a la final.

SIN TÍTULO

Recuerda lo que voy a contarte, futura Sam, porque con la ayuda de Dios, de Jesús y de todos los santos, nunca volverá a pasar. Esta mañana he mirado el reloj por primera vez cuando eran exactamente las 7.56. Maddie, como de costumbre, se ha esculpido pinchos en el pelo y yo me he alisado los rizos lo máximo posible para enrollármelos a la nuca. Hemos bajado a la recepción y hemos compartido un bagel del desayuno continental. Hemos salido a la calle un momento, con el fin de posar para una foto delante del cartel que anuncia: BIENVENIDOS, ORADORES. Recuerdo que había un Corolla granate esperando ante el Sheraton, justo delante de las puertas automáticas. Recuerdo que había un hombre con una chaqueta Carhartt fumando un cigarrillo. ¿Entiendes lo que te digo? No estoy loca. Mi cerebro no se ha averiado. Era un bagel con semillas de amapola y le hemos untado crema de queso, ME ACUERDO. Y recuerdo que los enmoquetados pasillos olían igual que si acabaran de enjabonarlos, y que el sol entraba a raudales por los ventanales de la recepción, un sol tan intenso que la gente se protegía los ojos con la mano. Hemos arrastrado las maletas a la sala Paul Revere. El equipo del Hartford estaba compuesto por una chica nigeriana de facciones angulosas y un chaval blanco, regordete, Grace Kuti y Skyler Temple, respectivamente. Los equipos eliminados y sus familias ocupaban las sillas. Algunos nos miraban fijamente, pero otros reían y hacían el bobo, aliviados de que todo hubiera terminado para ellos. Han bajado las luces, han encendido los intensos focos del escenario y, cuando la mujer del pelo corto y el pantalón de vestir con camisa de lino ha dado la bienvenida a los presentes, nos han aplaudido durante SIETE SEGUNDOS. El moderador se llamaba SAL GREGORY. Y era PARCIALMENTE CALVO y llevaba un ROLEX. LO ESCRIBO EN MAYÚSCULAS PARA DEJAR CLARO QUE RECUERDO HASTA EL ÚLTIMO DETALLE. MADDIE HA CARRASPEADO ANTES DE QUE NOS PUSIÉRAMOS DE PIE Y LUEGO OTRA VEZ CUANDO HA LLEGADO AL ES-

TRADO. HA BAJADO LA VISTA UN MOMENTO Y HA DI-CHO:

—SEÑORAS Y SEÑORES, SEGÚN UN ANÁLISIS RE-CIENTE DEL CENTRO DE INVESTIGACIÓN ECONÓMICA Y SOCIAL, EL TREINTA Y SIETE POR CIENTO DE LOS ES-TADOUNIDENSES CUYA ÚNICA FUENTE DE INGRESOS PROCEDE DE EMPLEOS RETRIBUIDOS CON EL SALARIO MÍNIMO TIENE EDADES COMPRENDIDAS ENTRE LOS TREINTA Y CINCO Y LOS SESENTA Y CUATRO AÑOS. LOS ADOLESCENTES QUE TRABAJAN PARA PA-GARSE SUS GASTOS NO SON LOS ÚNICOS QUE PERCIBEN SUELDOS BAJOS. ESAS PERSONAS SON MADRES, PADRES...

Recuerdo que yo acababa de finalizar la segunda argumentación propositiva. Maddie se ha levantado, me ha propinado una palmadita de ánimo cuando nos hemos cruzado y yo me he sentado en el estrado. Recuerdo haber entornado los ojos para protegerlos de los focos del escenario y que me picaba la pantorrilla. Todo iba bien. Alguien habla-ba. Iba de maravilla. Y, no sé ni cómo, las cosas se han ido al garete. No se me ha ido el santo al cielo ni me he perdido; sencillamente me he quedado en blanco. Ha sido igual que despertarse, salvo que ya tenía los ojos abiertos e intentaba recordar un sueño. Maddie me miraba y yo, sin saber ni lo que hacía, he soltado una risa, porque me ha hecho gracia que estuviéramos allí de buena mañana, recién levantadas. Mi primer pensamiento ha sido: *¿Qué hace Maddie aquí?*

Entonces ha dicho: «Y ahora mi compañera (no sé qué, no sé cuán-tos)», porque todo era confuso, y yo he pensado: *Ah, estoy ensayando.* Re-cuerdo haberla mirado con los ojos entornados y haberme preguntado que, si estábamos ensayando, ¿por qué la luz era tan intensa?

He mirado a nuestros oponentes sin reconocerlos. Y he mirado a la multitud, y entonces me he percatado de que estábamos en pleno Torneo Nacional y que, en teoría, yo debería estar haciendo algo, pero no estaba segura de por qué parte de la ronda íbamos, ni en qué ronda, así que he mirado las tarjetas que tenía en la mano y luego a Maddie, que ahora estaba plantada a mi lado pidiéndome con gestos que me levantara.

—Tiempo muerto —he solicitado.

Los jueces nos han concedido treinta segundos.

—¿Qué te pasa? —me ha susurrado Maddie. Hablaba en un tono de rabia contenida.

Tenía la garganta tan seca que me dolía.

—No sé por dónde vamos. O sea, lo sé, pero no sé... Sí, no sé por dónde vamos.

—¿Pero qué coño? ¿De qué estás hablando?

Tenía la sensación de que todo sucedía a cámara lenta. He notado un cosquilleo en la yema de los dedos.

—Tú dime si estamos en la segunda refutación propositiva o en las conclusiones.

—¿Qué?

—¿Segunda refutación propositiva o conclusiones? ¡Tú dímelo!

—¡Conclusiones! ¿Qué te pasa? Estás muy pálida. ¿Quieres agua?

—Sí.

Maddie ha empujado los restos de su botella hacia mí y he bebido varios tragos.

Los treinta segundos habían transcurrido.

Me he levantado. Me temblaban las rodillas, me temblaban las manos, he intentado dominar el temblor. Conocía los argumentos principales. Las conclusiones no me preocupaban. El problema era que no sabía lo que habían dicho nuestros adversarios a lo largo de toda la ronda, ni lo que Maddie había respondido, ni siquiera lo que yo acababa de decir. He inspirado profundamente.

No lo sabía, así que he improvisado.

He hecho un resumen, vago, pobre y deslavazado.

Ni siquiera he gastado los cuatro minutos.

Cuando me he sentado y han dado la ronda por finalizada, no he mirado a Maddie.

No he mirado a nadie.

He salido a la recepción, he tomado el ascensor para subir a nuestra habitación, he cerrado la puerta del baño y me he echado a llorar. Llevo tres horas sollozando tan desconsoladamente que la madre de Maddie ha llamado a la puerta del baño para preguntarme si me estaba ahogando. Lo he estropeado todo. Todo, todo.

Llevaba toda la vida soñando con este día.

Cumplí quince, dieciséis y diecisiete años, y en cada ocasión soplé las velas del pastel de cumpleaños pensando en esta habitación, en este hotel, en este torneo.

Y hemos perdido porque he olvidado dónde estaba.

TERCERA RONDA

Madeline Sinclair y Samantha McCoy,
Instituto Havover, Hanover, NH
contra
Grace Kuti y Skyler Temple,
Academia Hartford, Hartford, CT

Instituto Hanover: 14   Academia Hartford: 19

¿Sabes? A veces viene bien que te recuerden que solo eres un triste saco de frágiles huesos, enfundada en un traje pantalón acrílico, que habla consigo misma en un minúsculo portátil encerrada en el baño de un hotel.

No eres la oradora estrella de la costa este, no eres «el equipo a batir», no eres la mejor de la promoción, no eres la futura nada, no eres una joven poderosa y, de hecho, te pareces mucho a la adolescente que siempre has sido, la de las gafas enormes. Te pareces, concretamente, a la chica que eras aquel día que te sentaste a la mesa de la cocina pertrechada con un botellón de batido de cacao que habíamos comprado en los grandes almacenes de Strafford, a leer un tocho de Terry Goodkin, y bebías un vaso de leche tras otro mientras leías sin parar, hasta que llegó la hora de cenar y tú no querías dejar de leer, pero no cabíais todos en la mesa, dijeron, y se enfadaron, así que te enviaron al jardín con tu medio botellón de batido de cacao tibio, tu mayor placer en este mundo. Y pensaste para tus adentros, *hala, has terminado la novela de fantasía y te has bebido una garrafa de batido de una sentada. Bien por ti.*

Y entonces te diste cuenta de que todos los demás estaban dentro, a lo suyo, y que ni siquiera tu familia te soportaba y estabas absolutamente sola.

Esos otros perdedores, los que han quedado fuera de combate, los mismos a los que has adelantado sintiéndote la reina del mambo, volverán a casa y pasarán página. Regresarán el año que viene o se graduarán, como Maddie, y recordarán este día diciendo: «bueno, tuvimos un mal día». Y ya está.

Eso mismo habría dicho yo, creo, hace solo seis meses.

Ahora, sin embargo, me preocupa pensar si este, el peor fin de semana de mi vida, mi fracaso definitivo, no acabará siendo el mejor fin de semana que pueda recordar.

¿Y si esto solo es el principio de una larga serie de fracasos?

¿Y si esto es todo lo que soy?

¿Y si esto es todo?

A LA MIERDA

Cuando la puerta de la habitación se ha cerrado y las voces de Maddie y de Pat se han alejado por el pasillo, he salido del baño y me he metido en la cama sin encender la luz. Partiremos mañana a primera hora. Maddie me ha dejado en paz, salvo para preguntarme si quería cenar, así que estoy libre de sospecha, creo. Es decir, aunque mi madre le contó a Pat lo de la NP-C antes de que emprendiéramos el viaje, Pat no le ha dicho nada a Maddie.

Es decir, para Maddie, el numerito de antes solo ha sido una crisis nerviosa. Lo malo es —y te aseguro, futura Sam, que he tenido tiempo de sobra para pensarlo mientras berreaba en el baño— que Maddie no merecía sufrir este revés. Formaba parte de un revés mayor. Una enorme, horrible, asquerosa mano de cartas que, si no llevo cuidado, me durará el resto de mi vida. Pero Maddie no tiene la culpa. Merece saber que, lo mires como lo mires, ella no debería haber pasado por esto.

Y, por Dios, si en teoría los seres humanos saben cómo funciona el tiempo, ¿cómo es posible que cuatro años de trabajo se vayan al garete en treinta segundos? No es justo. No es justo, joder.

EN SERIO, A LA MIERDA

Ojalá regresáramos a casa en una limusina, no para disfrutar del glamour, sino para que Maddie y yo pudiéramos sentarnos cada una en una punta. Escribo esto con la pantalla medio tapada para que Maddie no pueda verla, en el coche hacia casa.

En el ascensor, mientras bajaba a la piscina, he ensayado cómo explicarle por qué me había quedado en blanco, y que lo siento, y que si pudiéramos retroceder en el tiempo, ni siquiera me habría presentado al torneo. Le habría cedido mi puesto a Alex Conway para que Maddie tuviera alguna posibilidad de ganar.

La he encontrado en el *jacuzzi,* vestida con un sujetador deportivo y unos pantalones de baloncesto. Los otros contendientes reían y se salpicaban en la otra punta de la piscina. Yo me he sentado a su lado y he sumergido los pies en el agua caliente. Tenía la cara más reseca que un depósito de sal. Su tez también estaba enrojecida y llevaba el pelo lacio y sucio. No ha dicho nada.

—Bueno —he empezado yo—. Se acabó.

Ella ha esbozado una sombra de sonrisa.

—Sí. Hicimos lo que pudimos.

Yo he cazado la ocasión al vuelo.

—En realidad, no. Yo no.

—Sí, es que...

Maddie ha arrugado la cara, haciendo esfuerzos por no llorar.

—No es buen momento. ¿Te importa que lo hablemos más tarde?

—Deja que te diga una cosa. En realidad, un par de cosas. Estuviste alucinante. Fui yo la que metió la pata. —He inspirado hondo—. La otra noche, cuando estuvimos hablando, antes de que empezara el torneo, antes de la fiesta en realidad, debería haberte dicho una cosa muy importante que he descubierto sobre mí misma. En realidad,... jo, no paro de decir «en realidad».

—Necesito que te calles un ratito —me ha interrumpido Maddie, apretando los dientes—. Te lo pido como amiga. No tiene nada que ver contigo, ¿vale? Yo te dejé a solas con tus pensamientos. ¿Me puedes dejar a solas con los míos?

—Sí, pero esto guarda relación con las razones de que perdiéramos...

Maddie ha levantado la voz, que ha resonado por el recinto.

—¡Me da igual! ¡Y a ti también te da igual! A todos nos pasan cosas. Mejor que nos dé igual.

Yo no acababa de entender a qué se refería. Estaba a punto de echarme a llorar otra vez, porque sabía que no estaba diciendo la verdad. ¿Qué pasaba con sus palabras de la primera noche, cuando apagamos la luz? Quería que reconociese eso, como mínimo.

—Pero las dos queríamos...

—¡No se consigue lo que uno quiere! ¡No siempre se consigue lo que uno quiere! —Ahora estaba gritando.

Los oradores de la otra punta se han reído por lo bajo y nos han mirado.

—¿Qué miráis? —ha vociferado Maddie.

Se han callado de golpe.

Ella ha sacado los pies del *jacuzzi* y ha abandonado el recinto, golpeando al salir la pared de cristal con tal fuerza que la ha hecho temblar. El estómago me dolía igual que si me hubiera atizado a mí. Me he levantado y he visto un teléfono iluminado en una de las mesas de plástico. Lo he tomado, pensando que alguien se lo había dejado olvidado. La pantalla mostraba una conversación.

Stacia: Tenemos que darnos un tiempo

Stacia: Ni siquiera íbamos en serio

Yo: Como mínimo, explícame por qué. Qué he hecho??

Stacia: No lo sé, mientras estabas fuera he tenido tiempo para pensar

Stacia: Necesito estar sola

Era el teléfono de Maddie.

Otros momentos memorables acaecidos durante las cuatro horas que ha durado el trayecto de vuelta a casa, a saber:

- Le digo a Maddie que lamento mucho lo de Stacia
- Maddie responde que no sabe de qué estoy hablando
- La madre de Maddie nos pide que no nos hablemos en ese tono, que estos días han sido muy estresantes
- Yo observo que, como mínimo, nos clasificamos
- Un ciervo cruza la carretera
- Maddie dice que ojalá fuera un ciervo para que la atropellase un coche y morir
- Yo respondo que no tome la muerte a la ligera
- Maddie me pide que deje de tomarme las cosas tan a pecho por una vez en la vida
- La madre de Maddie nos regaña a las dos
- Maddie lamenta haberse inscrito en el equipo de debate al principio
- Tomamos un helado

VERDADES BOMBA

Cuando estábamos a menos de un kilómetro de mi casa, estaba a punto de romper a llorar otra vez porque, como ya sabes, cuando he intentado explicarle a Maddie lo de la NP-C, no me ha querido escuchar, así que, como cualquier ser humano normal y corriente, he probado suerte de nuevo.

Reinaba un relativo silencio en el coche porque Pat había bajado la radio para que pudiera indicarle el camino, y resultaba tranquilizador y tal oír únicamente el zumbido del aire acondicionado y ver los árboles pasar, ASÍ QUE, PONME VERDE SI QUIERES, PERO ME HA PARECIDO UN BUEN MOMENTO.

Le he soltado:

—Maddie, padezco una enfermedad que me afecta a la memoria. Por eso me quedé en blanco en el torneo.

Maddie ha guardado silencio, lo que me ha parecido una buena señal hasta que he vuelto la cabeza hacia el asiento trasero para mirarla y he descubierto que ni siquiera había pestañeado.

Ha dicho:

—¿Qué?

Pat ha soltado un suspiro y yo he continuado:

—Me han diagnosticado Niemann-Pick tipo C, una enfermedad degenerativa que afecta al cerebro. Eso de no saber dónde estaba fue... un síntoma de la enfermedad.

Por el espejo retrovisor, la he visto fruncir el ceño.

—¿Mamá?

—¿Sí?

—¿Es verdad?

Silencio.

—Sí.

Maddie ha buscado mis ojos en el espejo.

—¿Cuánto tiempo hace que lo sabes?

—Desde las vacaciones de invierno.

En ese momento hemos tomado el desvío de mi casa y el coche de Pat ha patinado en la gravilla de la empinada cuesta. He dicho:

—No os preocupéis. Dejadme aquí. Iré andando.

—Sammie... Dios mío. Lo siento. —Su tono de voz no lo sugería. Parecía enfadada—. ¿Por qué no me dijiste nada?

Me he desabrochado el cinturón de seguridad y he echado mano de mi bolsa. Se me han caído todos los papeles. Impresiones de horarios, puntuaciones, un sencillo mapa de Boston.

—Pensaba que no querrías formar equipo conmigo —he musitado mientras recogía las hojas.

Maddie ha lanzado una exclamación que ha sonado a algo entre asco y tristeza.

—¿Qué clase de persona crees que soy?

—No pensaba que fueras a pasar de mí como amiga ni nada de eso, pero temía que pensaras que no sería capaz de afrontarlo —he dicho mientras amontonaba los papeles de cualquier manera.

—¡Esa no es la cuestión! —ha gritado Maddie, y luego ha proseguido con voz más suave—: Me mentiste.

Pat ha tendido la mano hacia Maddie para acariciarle la rodilla.

—Chicas, ¿por qué no os dais un poco de tiempo?

—Bueno... —Maddie ha soltado otro ruido, el que haces cuando aspiras deprisa por la nariz—. Qué oportuno.

—¿Qué? —he exclamado yo mientras cerraba la cremallera con tanta fuerza que he estado a punto de rasgar la bolsa—. ¿Qué he hecho ahora?

—Tiras bombas y te largas —ha musitado en dirección a la ventanilla—. Típico de Sammie McCoy. Va por ahí lanzando verdades bomba. ¿Qué importa lo que pase después?

—Gracias, Pat —le he dicho a la madre de Sammie forzando una sonrisa, y he cerrado la portezuela con rabia.

Mientras me alejaba, he oído que Sammie bajaba la ventanilla.

—Siento que estés enferma, pero no finjas que no has esperado adrede a estar en casa para decírmelo.

—Maddie —he oído decir a Pat a mi espalda.

Me he dado la vuelta.

—¿Y eso qué importa? ¡Te lo he dicho! Es mi problema. ¡Tengo derecho a decidir en qué momento te lo digo!

—Exacto —ha chillado Maddie mientras daban marcha atrás—. ¡Tú lo controlas todo!

—Sí, claro —he musitado a nadie en particular—. Ojalá tuvieras razón.

No imagina hasta qué punto se equivoca.

CUASIMODO VUELVE AL CAMPANARIO

Después de la pelea, solo quería acurrucarme en la cama a mirar *El ala oeste de la Casa Blanca* y no salir hasta la graduación, pero aún tenía que aguantar un sermón. Cuando he entrado en el jardín, mi madre ha soltado la segadora en mitad de una pasada.

Ayer por la noche le dejé un recado en el contestador. Me llamó tres o cuatro veces hasta que le envié un mensaje de texto. Prefiero hablarlo en persona, le dije, y necesito recuperarme del fracaso.

—Eh —me ha gritado mi madre desde la otra punta del jardín cuando yo me deslizaba sigilosamente hacia la puerta principal—. ¡Eh!

—Espera un momento —le he dicho, y prácticamente he corrido adentro.

Allí estábamos, en persona, y ya no podía evitarlo. Notaba la energía de mi madre cabecear y agitarse como un barco en plena tormenta. Bette y Davy hacían un puzle en el suelo. Mi padre estaba en la cocina y ha soltado el plato que estaba lavando cuando me ha oído cruzar el pasillo.

Me han seguido y se han plantado a la entrada de mi habitación vestidos de estar por casa, mi madre con los vaqueros rotos y una camiseta de béisbol de Mickey Mouse, mi padre con su gorra de los Patriots y chándal.

—¿Qué ha pasado? —ha preguntado mi padre.

Mientras deshacía la maleta, les he resumido el incidente al detalle, omitiendo las palabrotas y el llanto. Antes de que hubiera terminado, mi madre ha entrado en el cuarto y me ha arrancado un abrazo.

—No debí dejar que fueras —se ha lamentado con voz queda.

—No ha sido para tanto —he dicho yo. Mi corazón vacilaba entre la rabia y la tristeza—. Habría sido peor no ir.

—Pero no estábamos allí contigo, Sammie —ha observado, y se ha separado para mirarme. Varios mechones sueltos le cruzaban la cara y tenía los ojos llorosos. Parecía joven, insegura. Me he sentido incómoda. Me dolía el estómago. No me gusta que mi madre tenga ese aspecto por mi culpa.

—Vale. —He intentado zafarme de sus manos, despacio—. Tenemos que ser fuertes. Vamos a pensar un plan...

—Sammie, para el carro —me ha interrumpido mi padre con una voz más aguda de lo habitual.

Los he mirado, esperando.

—¿Qué? ¿Qué queréis que haga?

Mi padre ha tragado saliva.

—No, yo solo... nada. ¿No entiendes lo que intento decirte?

No. No lo entendía. Sobre todo si me hablaba en ese tono de «pobrecita, Papá Noel no existe». He tirado una camisa al armario.

—No puedo parar el carro. No puedo parar. No puedo retroceder en el tiempo y decidir que no voy a ir al torneo.

Mi padre ha empezado a hablar a toda prisa, levantándose la gorra y mesándose los rizos al mismo tiempo.

—¿Y si hubieras estado en mitad de la calle, Sammie? ¿Y si hubieras olvidado dónde estabas y te hubieras internado en alguna zona peligrosa? ¿Y si te hubieras perdido?

—Tenemos que estar seguros de que podemos ayudarte. —Mi madre ha esbozado una sonrisa triste entre las lágrimas. Mostraba la misma expresión que Davy y hablaba igual que ella cuando intenta convencer a una gallina de que vuelva a entrar en el gallinero. *¡Eh, gallinita! ¡Venga, gallinita!*

No me apetecía nada mantener esta conversación. No me gustan las conversaciones basadas en hipótesis, habida cuenta de que todo había terminado. Ya me había pasado un buen rato llorando porque todo es un asco, y ahora no quería volver a sentirme así únicamente porque mis padres necesitaban su propia ración de llanto. No, gracias.

—¿Sammie? Tierra a Sammie —ha dicho mi padre.

He tirado unos pantalones al armario. No sabía ni por qué me molestaba en deshacer el equipaje. Estaba trasladando la ropa de un montón a otro, nada más.

—Me estáis diciendo que queréis más información. ¿Es eso?

—Queremos asegurarnos de que no vamos a perderte —ha declarado él.

Al oír eso, he frenado en seco.

Mi madre se ha cruzado de brazos y ha carraspeado.

—Es la primera vez que te marchas y no sabíamos en qué estado regresarías.

Ahora hablaba más como mi madre y menos como una niña, más como los *hummmm,* el cansancio y la presión y más presión, que soportaba todo el día sin apenas perder la paciencia.

Empezaba a entender lo que pretendían decirme. Pero eso no significa que estuviera de acuerdo.

Me he acercado a mi madre, le he tomado la mano y luego he tomado la de mi padre con la otra, y nos hemos sentado en el suelo de mi habitación. Me parecía lo apropiado para crear un clima tranquilo y estable. Siempre nos sentábamos así cuando me leían, alrededor de un montón de libros de la biblioteca. Y también después, cuando yo les leía a ellos, los peques enroscados a sus cuerpos.

—Bueno, ¿y qué plan es ese, Sammie? —Mi padre ha echado mano de un ejemplar de *Una arruga en el tiempo* y lo ha hojeado mientras hablaba—. ¿Cómo vamos a asegurarnos de que estás atendida si vuelve a pasar ALGO ASÍ?

Mucho mejor. Eso podía afrontarlo. O sea, podía afrontarlo si me escuchaban, no discutían conmigo y me dejaban salirme con la mía.

—Si las pérdidas de memoria se manifiestan a este ritmo, puede que sufra un episodio leve cada cuatro meses. Eso suponiendo que se produzcan siquiera. No hay razón para asustarse.

Mi madre ha lanzado una carcajada sarcástica.

—Ja.

Mi padre ha intervenido:

—La doctora Clarkington nos ha dicho...

—La doctora Clarington no posee suficiente información sobre los síntomas de la enfermedad en una persona de mi edad.

Él ha negado con la cabeza.

—Pero te desorientaste tanto que no sabías dónde estabas. No necesito más información.

Mi madre ha asentido.

—Una vez es demasiado.

—Maldita sea. —Pensaba que ya habíamos superado eso. Les he soltado las manos—. Os quiero mucho, pero a veces sois tan IDIO-TAS...

—Cuidado —me ha avisado mi madre.

—El especialista ya le ha dicho a la doctora Clarkington todo lo que sabe. ¿Qué más queréis? ¿Qué me vaya a vivir a Minnesota y me pudra en la clínica Mayo?

—No te alteres —me ha advertido mi padre.

—¿Es eso lo que queréis?

Estaban a punto de echarse a llorar. No quería verlo, así que he clavado la vista en el techo.

He oído a mi madre musitar:

—Eso es lo peor que le puedes decir a Sammie cuando está alterada.

—Sé que todo esto da miedo, pero soy YO la principal afectada, ¿vale? Y me corresponde a mí decidir cómo me lo tomo. Y me lo voy a tomar con una actitud muy, pero que muy práctica. Y racional. Deberíais alegraros de que no me haya deprimido, como la chica esa de... —Ahora sí los he mirado—, Michigan, que intentó suicidarse cuando descubrió que tenía leucemia.

—Por Dios, Sammie —ha protestado mi padre.

Mi madre ha echado un vistazo al pasillo para asegurarse de que Bette y Davy no me hubieran oído.

—¡Lo leí en el *Detroit Times*! ¡Esas cosas pasan! Yo estoy contenta, estoy centrada y haré cuanto esté en mi mano por mejorar. Salvo renunciar a mis objetivos. Ralph Waldo Emerson dijo en cierta ocasión que... que... —Me he aturullado—. Dijo en cierta ocasión que...

—Samantha —me ha cortado mi madre—. Escúchame.

—¡Vale! —he replicado con los puños apretados. Ella se ha quedado esperando—. Vale.

—No podemos acompañarte a todas partes para controlar tu estado de salud...

He abierto la boca para protestar.

—...y, de todos modos, es posible que no siempre sepamos qué hacer —ha proseguido mi madre, levantando las manos con ademán de impotencia—. Así que tendrás que..., tendrás que cooperar. Tienes que ser lista.

—¿Te estás quedando conmigo?

—Ser lista no siempre significa sacar buenas notas, tener mucho vocabulario y todo eso, Sammie. Debes ser realista.

Mi padre ha metido baza:

—Empezar a prepararte para el futuro.

—¿Y qué creéis que llevo haciendo los últimos dieciocho años de mi vida?

—No, no me refiero a eso. Me refiero a un futuro sin...

Ha enmudecido de golpe y yo no sabía por qué. Mi madre miraba al frente, pero había escondido la mano detrás de mi padre. Para pellizcarlo, seguramente. Para pedirle que se callara. Lo que faltaba. Ese gesto me ha llegado al alma. Quizás porque trabajan muchísimo y rara vez están juntos, no estoy acostumbrada al magnetismo de sus energías combinadas. Júpiter y Marte alineados. Qué cabrones. Las dos causas biológicas de todas mis virtudes y defectos unidas en un mismo espacio. Creen que me están protegiendo. Pero yo los conozco tan bien como ellos creen conocerme a mí.

—Bueno —he dicho. He tragado saliva y he proseguido—: Ya no tengo que prepararme para el debate, así que podré centrar todos mis esfuerzos en terminar el curso sin incidentes.

—Bien. Y en descansar —ha apuntado mi madre.

—Y en conservar mi título de primera de la promoción.

Mi padre ha desplazado uno de mis zuecos para colocarlo junto al otro.

—Y en visitar al médico.

—Y en encontrar OTRO médico que nos inspire confianza en Nueva York.

Mi padre ha asentido.

—Nos lo tomaremos con calma. Paso a paso.

Yo he asentido a mi vez.

—Sí, paso a paso hacia el próximo curso. Estoy de acuerdo.

Mi madre ha posado la mano sobre la mía.

—Vale —ha dicho. Me ha sonreído menos con la boca y más con los ojos—. Sí.

Y ya está.

Y ahora estoy aquí, junto a la ventana del desván, y todo tiene muy mala pinta. No soy boba, futura Sam. No he pasado por alto el tono que usan mis padres para hablar conmigo y soy consciente de la expresión de inocencia, los ojos muy abiertos, chucu-chucu que viene el tren, que adopto para responderles. *¡El año que viene! ¡Me pondré bien! ¡Estoy de maravilla! ¡Puedo superar esto!*

Incluso contigo recurro a subterfugios.

Porque la verdad es que la pérdida de memoria fue mucho peor de lo que he descrito aquí. Antes de recordar quién era Maddie, estuve a un pelo de ponerme a babear y tomarle la mano allí mismo en el estrado, igual que una niña perdida en el parque, para pedirle que me llevara a casa con papá y mamá.

No sé cuánto rato me quedé allí callada, parpadeando y mirando a mi alrededor, antes de pedir «tiempo muerto». A mí me pareció una eternidad.

Por muchos planes que haga, por más que coopere, siento que mi cuerpo me falla, y no sé cómo evitarlo.

HABLANDO DE ABISMOS DE DESESPERACIÓN, MEJOR NO HABLAR

He ido a buscar un vaso de agua (¡gracias por recordarme que beba agua, Zavesca!) y les he oído hablando en la planta baja.

—¡Ni soñarlo! —estaba diciendo mi padre.

—¿Pero qué sentido tiene decírselo? —ha susurrado mi madre—. Ya sabes cómo se pondría.

—¡Estoy de su parte! ¡Los dos estamos de su parte! Quiero que siga adelante, que viva y sea feliz. Pero ¿cómo quieres que pasemos de lo que dice la puta ciencia, Gia?

—¡Para de decir tacos!

—¡Hablo en serio! —ahora mi padre hablaba casi a voz en grito.

Mi madre ha chistado para hacerlo callar.

—Ahora mismo está bien. No creo que empeore en una buena temporada. Tiene que... seguir siendo ella misma. Me niego a tratarla de manera distinta.

—Esto no es un cáncer, G. Solo de pensar que... no pueda valerse por sí misma, u olvide dónde está, o quiénes somos...

—Ya lo sé.

Un largo silencio. Un par de sollozos. Me he preguntado si se habrían dado cuenta de que les estaba escuchando. He contenido el aliento.

—Dentro de pocas semanas el curso habrá terminado —ha dicho mi madre por fin—. Dejemos que las cosas sigan su curso.

—Tienes razón —ha concedido mi padre.

—¿De verdad?

—Sí. Tomaremos las precauciones que sean necesarias, pero no podemos, ya sabes, obligarla a vivir entre algodones. El especialista dijo que hiciéramos lo posible para que no se deprimiera.

—Exacto.

Odio esa palabra. Oírla ha sido deprimente, como si dos manos gigantescas me aplastaran por arriba y por abajo. No estoy DEPRIMIDA. Puede que me sienta PRESIONADA, claro que sí. Mis días están contados y tengo mucho que hacer. A veces la presión es enorme, y otras tengo la sensación de que me esfuerzo en vano, pero no estoy DEPRIMIDA.

Mi padre ha seguido hablando.

—Pero tenemos que estar de acuerdo en que, no, no está en posición de mudarse a Nueva York el curso que viene.

—Estamos de acuerdo —ha asentido mi madre.

He soplado el aire que estaba conteniendo. Unos destellos rojos han brillado en la oscuridad y me he percatado de que había cerrado los ojos con fuerza.

—Gracias —he oído decir a mi madre.

—¿Por qué?

—Por estar de mi lado.

Y se han besado. Puaj.

He estado a punto de bajar para discutir con ellos, pero al final no lo he hecho. He recordado la palabra clave. Mi padre ha dicho: «No ESTÁ en posición de mudarse a Nueva York el curso que viene». ESTÁ. Es normal que digan eso después de una crisis. Solo piensan en el presente. Pero tú y yo sabemos, futura Sam, que el presente es un mero tránsito a otra parte. A lo que sea que se avecine.

La segunda conclusión positiva que cabe extraer de todo esto es que no volverán a pedirme que deje el instituto; al menos, eso parece. Así pues, han transigido, futura Sam.

Acaban de aflojar una pizca, y paso a paso se recorre un buen trecho.

«Bueno, vale», dirán, «Sammie puede terminar el año escolar, pero ¿será capaz de sacar buenas notas?»

Bueno, vale, Sammie ha sacado buenas notas, pero ¿conseguirá ser la mejor de la promoción?

Bueno, vale, Sammie es la primera de la clase, pero ¿aguantará todo un semestre en la Universidad de Nueva York?

Etcétera. Así que les demostraré que sí soy capaz. Puedo hacerlo. Y no se atreverán a prohibirme que estudie en la universidad, no si les he demostrado que se equivocan.

Ya lo verán.

FUERZAS ESPECIALES

Con el fin de sentirme menos PRESIONADA y de alcanzar mis objetivos sin sufrir más episodios, he reunidos unas fuerzas especiales anti NP-C formadas por mis iconos feministas favoritos, cada uno encargado de inspirarme de un modo distinto. Recorto sus fotografías, las pego en la pared y escribo citas en globos que salen de sus bocas, con rotulador. Menos mal que nadie entra nunca en mi habitación, porque es lo más plasta desde la invención del queso (5500 a. C., en un lugar que ahora se conoce como Cuyavia, Polonia).

Las fuerzas especiales anti NP-C incluyen a:

ELIZABETH WARREN

Misión: averiguar lo más posible sobre la enfermedad y asegurarse de que los profesionales de la salud les están diciendo la verdad a mis padres, no intentando venderles un seguro médico.

BEYONCÉ

Misión: recordarme que soy perfecta y una mujer independiente. O, más bien, una chica. Aun si Stuart pasa de mí, me amaré a mí misma. (Todavía no me ha dicho cuándo exactamente quiere que tomemos un café. Da igual. Soy una chica independiente).

MALALA YOUSAFZAI

Misión: ayudarme a recordar que debo ser menos egoísta y que también las chicas jóvenes pueden cambiar el mundo. Yo siempre estoy pensando en lo qué haré cuando crezca, pero ella se puso en plan: «no, quiero transformar el mundo ahora, aunque solo sea una adolescente».

SERENA WILLIAMS

Misión: aprender algo nuevo (tenis). En teoría, a las personas que sufren pérdida de memoria les conviene aprender cosas nuevas. Cuidar más de mi cuerpo y no tener miedo de convertirme en una «musculitos». Voy a necesitar nuevos músculos si los viejos se debilitan.

NANCY CLARKINGTON
Bueno, esta mujer es mi doctora, literalmente, así que debo confiar en su competencia y hacer todo lo que me diga. Le pedí su número de móvil para poder enviarle preguntas siempre que me asalte una duda, día y noche, por si acaso. ¿Es raro?

Pase lo que pase, no puedo volver a sufrir un episodio como el del Torneo Nacional, como mínimo hasta que las notas obren en mi poder y mi puesto de primera de la promoción no peligre.

Si me quiero salir con la mía, necesito estar algo más que inspirada, debo emplear aún MÁS estrategias si cabe. Tendré que pensar tácticas distintas a las que utilizo habitualmente. Tengo que dar lo mejor de mí misma y asegurarme de que las fuerzas no me fallen demasiado pronto.

SÍ, SÍ, SÍ

Stuart Shah: Quedamos el miércoles??

NADIE SE TOMA LAS COSAS TAN A PECHO COMO TÚ Y YO

Al cabo de unos días, el sol se cuela por las rendijas, los narcisos florecen, los pajaritos cantan y yo tengo caballos en el estómago, que no debe de ser sino la reacción biológica que tiene lugar cuando tus sustancias químicas se combinan con las de otra persona. Stuart me pidió que lo esperara en los bancos del jardín después de clase porque, por lo visto, vive cerca de allí y había pensado que podríamos ir paseando al pueblo.

Yo llevaba mi conjunto favorito, sin contar el traje pantalón de los debates: un vestido de domingo que mi madre me compró hace dos años, de algodón, azul cielo y con el cuello de pico. Esa mañana me había secado el pelo al aire, así que lo llevaba suelto y rizado, casi por los hombros. No sabía si estaba guapa, pero tras una conversación imaginaria con Maddie, decidí que me daba igual. La recordé mirándose al espejo y preguntando: «¿Según qué baremo?»

Acababa de terminar los deberes de cálculo y Stuart llegó en el preciso instante en que cerraba el libro de texto. Iba de negro, como de costumbre, y llevaba gafas de sol. Caminaba deprisa.

—¡Sammie! —me saludó—. ¡Hola!

Yo me levanté, no sin antes guardar las cosas en la mochila.

—Eh.

Cuando estuvo tan cerca como para tocarme, se detuvo. Se quitó las gafas de sol y me percaté de que miraba mi vestido. Seguí la trayectoria de su mirada por miedo a llevar una mancha o algo así. Cuando nuestros ojos volvieron a encontrarse, parecía nervioso.

—Han pasado unos cuantos días —dijo.

—Una semana —repuse yo.

Sonrió. Yo hice lo propio.

—¿Qué te apetece hacer? —preguntó.

—¿Damos un paseo?

—Vale.

Y ya no paramos de hablar. Paseamos pegados, tan juntos que nuestros brazos se rozaban de vez en cuando, primero por los senderos y luego por el pueblo, donde Stuart saludaba a algún que otro conocido. Me formulaba una pregunta detrás de otra, como un buen periodista. «¿A qué centros os enfrentasteis? ¿Dónde os alojasteis? ¿Habías estado antes en Boston?»

Cuando le conté que habíamos perdido (obviando algunos detalles seguramente pertinentes), hizo una mueca de dolor. Pasó su brazo por mis hombros y me estrechó brevemente, lo que me provocó una sensación confusa en las tripas: el retortijón que siento cuando recuerdo que perdimos, combinado con el revoloteo que noto cada vez que una parte del cuerpo de Stuart se acerca a más de quince centímetros del mío.

—Debió de ser horrible —dijo, y me contó que, durante la última función de *Hamlet,* olvidó un soliloquio entero—. ¡La última noche! ¡Lo había recitado miles de veces!

—No me enteré —repuse mientras trataba de recordar si me lo habían contado o no.

—Claro, porque nadie se dio cuenta.

—¿No? —me extrañé.

—Para nada. Y aunque se hubieran percatado, no les habría importado.

—¿Seguiste con la función como si nada?

—Sí, nadie lo notó. Pero yo lo recordaré toda la vida. Porque metí la pata.

—Sí, yo también recordaré el torneo toda la vida.

Creo, recuerdo haber añadido en silencio.

Stuart y yo nos apartamos para ceder el paso a dos alumnos del Dartmouth que recorrían la acera en monopatín.

—Puede que demos demasiada importancia a la opinión ajena a la hora de considerar algo como un éxito o un fracaso —caviló Stuart—. O sea, puede que tengamos tendencia a compartir demasiado. Tal vez por eso las cosas buenas pierden su encanto, porque lo anunciamos todo a los cuatro vientos.

—Quieres decir que el éxito no puede depender únicamente de que los demás lo sepan.

—Exacto. Eso es lo malo de tomarse las cosas tan a pecho cosas como tú y yo —prosiguió—. Tendríamos que hacernos a la idea de que a nadie le importa tanto como a nosotros porque, ¿sabes qué?, les trae sin cuidado. Éxitos, fracasos, lo que sea, nadie te va a propinar una palmadita en la espalda por pasarte el día entero estudiando o investigando, o renunciando a todo por escribir. Tenemos que hacerlo por nosotros mismos.

Para cuando concluyó su perorata, Stuart estaba plantado en mitad de la acera. Parecía incapaz de andar y hablar al mismo tiempo, sobre todo si el tema le apasionaba. Qué mono.

En aquel momento me di cuenta de que se estaba contradiciendo.

—¡Pero a ti sí te han dado una palmadita en la espalda! —le acusé—. ¡Has publicado!

Se detuvo otra vez, y en esta ocasión estaba aún más serio si cabe.

—Pero ¿y si no hubieran publicado mis cuentos?

—En ese caso... —Tragué saliva—. Sí, en ese caso tendrías que apoyarte en lo mucho que disfrutas haciendo lo que haces.

—Exacto. Y seguramente ahora me estaría esforzando el doble —musitó.

—Ya entiendo lo que quieres decir —repuse.

Pensé en mis padres y en esa horrible frase: «Asume tus limitaciones». Quizás las reflexiones de Stuart podían aplicarse también a la inversa. Las limitaciones de las que hablaban mis padres me venían impuestas por OTRAS PERSONAS. Debía centrarme en MIS PROPIOS OBJETIVOS.

Seguimos andando, en silencio. Nos habíamos puesto muy trascendentes, supongo.

Había acudido a la cita decidida a mostrarme superrelajada, futura Sam. En plan *traaaanqui,* no pasa nada. Pero yo no soy así. Y estuve a punto de derretirme de alivio al descubrir que él tampoco.

Rompió el silencio diciendo:

—¿Qué estás leyendo?

Y, por supuesto, la conversación volvió a fluir, porque estoy leyendo un libro sobre una alucinante alternativa al capitalismo llamada «economía heterodoxa», que viene a decir que la economía tal y como la conocemos presupone que... ay, espera. Perdón. Da igual.

Paramos a tomar granizado de café en el campus de Dartmouth. Había gente vestida con ropa primaveral por todas partes y me acordé de una palabra que apareció en el examen de selectividad: «lánguido».

—¿Y cómo te mueves por Nueva York? —le pregunté.

—Si tengo tiempo, voy andando a todas partes. El metro solo es más rápido si tienes que cambiar de distrito.

—¿En serio? Parece físicamente imposible.

Levantó las manos en ademán de rendición.

—Vale, no siempre. Es que me gusta caminar.

—¿Y llegas a tiempo a todas partes?

—No tengo un, ejem, horario muy estricto.

—¿Dedicas todo el día a escribir?

Entornó los ojos, casi como si la pregunta le doliera.

—Lo intento. También trabajo como ayudante de camarero un par de noches a la semana en un club del centro. El trabajo consiste básicamente en vestirse de negro y escuchar las conversaciones de los ricos, así que es ideal. Lo estaría haciendo de todos modos —explicó, y soltó una carcajada.

A continuación, Stuart procedió a imitar a una señora un tanto *snob* pidiendo un cóctel.

—Y ASEGÚRATE de que el zumo de LIMA proceda de cultivos de la zona, me da igual que no se cultiven limas en el país.

—Y el hielo, de un GLACIAR... —añadí.

—Y el vaso de un VIDRIERO sueco...

Nos reímos con tantas ganas que solté un ronquido.

Volví a notar el biosónar, ondas de energía irradiando de su cuerpo cuando se recostó en la hierba mientras que yo permanecía erguida, consciente de los arañazos de afeitado que mostraban mis piernas desnudas.

Su nariz, recta salvo por una protuberancia cerca de la punta, como si se la hubiera roto en el pasado.

Tiene una peca en la clavícula.

Me ofreció un sorbo de su café y yo bebí; pegué mis labios a la pajita y no le importó.

Estoy aprendiendo.

No existe un lenguaje secreto, futura Sam, que debas conocer para hablar con alguien que te gusta. Hablas y ya está. Y si tiene una conversación inteligente sobre la vida, el trabajo y las mejores cafeterías de Manhattan, te puedes dar con un canto en los dientes.

Yo siempre me había imaginado a Stuart caminando por las calles de Nueva York con sus largas zancadas, adelantando a todo el mundo con la cabeza gacha, pensando en espacios, diálogos y personajes, pero ahora lo tenía delante y era muy distinto. Más dulce. Más relajado.

Y puede que también exista una versión más dulce de mí misma.

No tienes por qué comportarte como un robot, futura Sam. No hace falta que todos tus actos persigan UN objetivo. A veces hay que parar, o cuando menos darse un respiro. A veces una puede limitarse a existir sin más.

A lo que íbamos. Al final Stuart tuvo que marcharse al club Canoe, donde trabaja unas horas como camarero mientras está en Hanover.

Nos pusimos de pie.

Me miró un buen rato con esos ojos negros y húmedos que tiene, y se inclinó despacio hacia mí. Ay, Dios mío, se estaba acercando mucho. Inminentes quemaduras por radiactividad. Ahogué una exclamación.

Él se apartó muy deprisa.

—Perdona. ¿Te puedo besar en la mejilla?

—¿Es lo habitual? —pregunté, y al momento me ruboricé.

—¿Lo habitual en qué sentido? —me interrogó.

—Lo habitual en... ¿estos casos?

¿Te acuerdas de que ACABABAS DE DECIDIR que no querías ser un robot?

No respondió de inmediato. Ahora estaba nervioso. Se palpó el pelo de la coronilla y miró a su alrededor.

—¿Qué casos?

—Después de lo que acabamos de hacer. Pasar un rato juntos. Lo que sea.

—Ah... —Stuart trató de reprimir una sonrisa sin conseguirlo. Se encogió de hombros, miró al infinito y luego volvió a posar los ojos en mí—. No hace falta definirlo.

—Definámoslo —le solté a toda prisa, y aguardé. Stuart abrió la boca, desconcertado, y yo me sentí una pizca culpable por haberlo presionado, pero enseguida se me pasó. Un beso, sin contexto ni significado, es la charla insustancial de los besos. ¿Y qué pasaría si NO quisiera definirlo y se largara por piernas y no volviera a hablarme nunca? Pues que yo seguiría con mis cosas, en mi cuartito del desván, añorándolo a distancia. Y qué. Estoy acostumbrada. Menuda novedad—. Perdona —continué—. Ahora mismo estoy demasiado liada como para hacer el gilipollas.

—No haces... —me dijo entre risas, y sacudió la cabeza—. No haces el gilipollas.

Se puso las gafas de sol para protegerse los ojos del ocaso y en las lentes brillaron dos esferas ardientes. Me tomó una mano entre las suyas y dijo:

—Quiero besarte en la mejilla porque ha sido una bonita cita.

Una cita. UNA CITA. Asentí con la cabeza.

Se inclinó y me posó los labios en la mejilla, a un par de centímetros de mi boca —mil uno, mil dos, mil...—, y se marchó.

UUUFFFFFFFF

Y entonces llegó lo inevitable. Cuando entraba en casa, el móvil me avisó de un email de la señora Townsend.

Sammie:

Me apenó mucho enterarme de que no habías ganado el debate. ¡No te preocupes, nena! Espero que te encuentres bien y que hayas descansado. También quería decirte que, si bien no conocen los detalles, he informado a tus profesores de las circunstancias atenuantes y les he pedido que acudan a mí directamente en caso de problemas o dudas.

Sé que estás sometida a mucha presión últimamente, así que he querido recordarte las tareas que podrías haber pasado por alto durante la semana del Torneo Nacional.

Química avanzada
- Resumen de los temas 14 y 15
- Resumen del tema 16
- Examen parcial de los temas 14 a 16

Cerámica
- Cuenco esmaltado

Según se aproxime el final del curso, sobre todo los finales, dime por favor cómo te puedo ayudar. NO TE AGOBIES.

Y ven a verme. Te echo de menos.

Sra. T

¿Cómo era posible que se me hubieran pasado las fechas de entrega? Las había escrito en la agenda, en este mismo ordenador, en el mismo escritorio en el que redacto este documento. Verde para biología, azul para literatura avanzada, naranja para historia europea avanzada, marrón para cerámica y amarillo para química. ¡Están ahí mismo, hostia! Las estoy mirando tan fijamente que me taladran la retina.

Qué raro. Esto tiene mala pinta.

Tracé un camino de cada color en los días restantes del calendario —unas pocas semanas— y anoté dos veces los trabajos y exámenes que tenía pendientes, una en el ordenador y otra en el planificador.

Cuando hube terminado, reparé en otro color, violeta intenso, una hora cada día de la semana hasta la fecha de la graduación. Ese día el color violeta ocupaba todo el calendario.

Dice: «Discurso de la ceremonia de graduación».

Me vinieron a la mente los cuchicheos de mis padres, «estamos de acuerdo», y me pregunté cuántos pasos del largo trecho hacia mi objetivo de enredarlos había recorrido. ¿De verdad estaba engañando a alguien? Me visualizo a mí misma parpadeando bajo los focos cuando emergí de la negrura en el Sheraton, a Maddie mirándome, enfadada, y siento un miedo tan intenso que me entran ganas de llorar.

Todo se podría ir a paseo en un abrir y cerrar de ojos y, si sucede, adiós Universidad de Nueva York.

Mierda.

RECURSOS ALTERNATIVOS, PRIMERA FASE

Allí estaba yo, en un rincón del estudio de cerámica, a la hora del almuerzo, sudando la gota gorda mientras arañaba y amasaba la arcilla húmeda con saña. Los deberes de química abiertos sobre un taburete, a mi lado. Descansaba cada pocos segundos para escribir las respuestas y luego seguía modelando el maldito cuenco, que a estas alturas más bien parecía el primo alcohólico de una vasija, torcida, simpática y nada funcional, como el primo de mi padre, Tim, que siempre que nos reunimos me pregunta cuándo voy a hacer algo útil con este cerebro mío como concursar en *Jeopardy* y conseguirle una pasta; razón número 5.666 para mantener intacto dicho cerebro y salir de aquí por piernas.

A lo que íbamos. En aquel momento entró Coop y cerró la puerta tras de sí. Extrajo una bolsita con autocierre y un librito de papel de fumar Zig zag del bolsillo de su pantalón.

—¿Sammie?

Apagué el torno.

—Sí, ¿qué haces?

—Eh —dijo sin responder, soltó una risita y se acercó. Además del bolsillo para la parafernalia del fumeta, el pantalón Carhartts de Coop contaba con otro bolsillo trasero para un minúsculo cuaderno y uno lateral en el que llevaba una colección de portaminas.

—Bonito almacén —le dije al tiempo que señalaba sus pantalones con un dedo embarrado.

Tras colocarse un taburete entre las piernas, se sentó delante de mí y se puso manos a la obra. Encorvado como un relojero, pellizcaba y deshacía con suma delicadeza pequeños cabos verdes. Un mechón de cabello le tapó los ojos y Cooper, frunciendo el ceño, se lo sopló.

—Sí —musitó—. Las mochilas dan mucho calor en esta época del año.

—¿De verdad has entrado aquí solo para liarte un porro?

—Lo hago siempre a la hora del almuerzo —repuso. Encogiéndose de hombros, lamió el borde del papel—. Y entonces te he visto. ¿Y qué? ¿Qué haces?

—Trabajos pendientes.

—Ah, por culpa del Torneo Nacional, ¿no?

—¿Cómo lo sabes?

—Me lo contaste aquella noche en la iglesia. Además, nadie hablaba de otra cosa. O sea, no de que hubierais perdido. Todo el mundo estaba en plan: «hala, nuestro equipo de debate en los nacionales». La gente se emociona con esas cosas. Yo iba por ahí presumiendo de que te conocía.

Me eché a reír. Coop lió un impecable canuto con la punta de los dedos.

—Pero ahora estoy jodida. —Señalé los deberes de química, también embarrados—. Jodida, no, pero... ¿Te acuerdas? —Me callé, dudando si volver a sacar el tema. Sin embargo, Coop no se lo había contado a nadie después de que le pidiera que guardara el secreto el día de la fiesta. Era muy amable por su parte—. ¿Te dije que uno de los síntomas de la enfermedad es la pérdida de memoria?

—Sí —dijo Coop—. ¿Cómo va eso? ¿Te encuentras bien?

—Se me olvidó entregar un montón de trabajos. A mí NUNCA se me olvidan las tareas. Nunca. Y ahora me da miedo olvidarme de algo en un examen o mientras pronuncio el discurso de graduación o...

Coop esbozó una sonrisa indolente y se encajó el porro detrás de la oreja.

—Ya, y te preocupa pensar que vas a ser normal.

Le propiné un puñetazo suave.

—No...

—Acabas de recitar una lista de mis preocupaciones más habituales.

Lo medité un ratito y eché un vistazo al canuto.

—Ya, pero tú podrías, no sé, fumar menos, ¿no?

El miró al techo con ademán meditabundo y luego, encogiéndose de hombros, volvió a posar los ojos en mí.

—Pero si la mejor alumna de toda la promoción sufre los mismos problemas que yo, ¿por qué agobiarse?

En ese momento tuve una idea.

—¿Te puedo preguntar una cosa?

Coop apoyó los antebrazos en el taburete y me miró como si nada le apeteciera más en el mundo que responder a mi pregunta.

—Dispara, Samantha.

—¿Cómo te las arreglas para no catear?

—Hum —murmuró al mismo tiempo que hacía tamborilear los dedos en sus bíceps.

—O sea, ¿qué haces para asegurarte de aprobar aun estando... bueno...? —Lancé otro vistazo al porro—, ¿mentalmente alterado?

—Bueno, en primer lugar no me limito a aprobar. Saco buenas notas.

—Ya lo sé.

—¿Y cómo lo sabes? —me preguntó. Yo llevaba mucho tiempo sin ver a Coop mostrando sorpresa. Seguramente desde la infancia.

—Siempre miro el cuadro de honor, por si aparece algún conocido.

—Ah. —Coop volvió a extrañarse. Vale, seguramente estaba colocado, pero se estaba tomando la conversación en serio—. Bueno, trabajar, lo que se dice trabajar, no «trabajo» mucho. —Dibujó las comillas en el aire con los dedos—. Sé lo que hay que saber, que consiste en cómo transmitir de manera eficaz que he aprendido algo sin aprenderlo en realidad. ¿Me sigues?

—Sí.

Observaba fascinada aquella nueva faceta de Coop; no se parecía en nada al colgado en el que, suponía yo, se había convertido desde que dejamos de ser amigos.

—Por ejemplo —prosiguió—. El problema de la memoria. Yo no memorizo nada. Requiere demasiado tiempo. En cambio, provoco oportunidades para acceder a... recursos alternativos. Como un móvil, un examen de recuperación o personas de buen corazón que, casualmente, se sientan cerca de mí.

Mientras Coop hablaba, visualicé todos los colores de mi agenda emborronados, las fechas, los trabajos, los instantes en los que, apartando la vista del examen, volviera a mirarlo sin ver nada salvo números o palabras que no sabría interpretar, y sin poder recurrir a nadie ni pedir «tiempo muerto». Me imaginé a mí misma suspendiendo una y otra vez hasta que me dejaran graduarme por pena.

Echado hacia delante, Coop me observaba barruntar.

—¿Qué significa esa expresión? —me preguntó.

—¿Me los podrías enseñar?

—¿Qué?

—Esos recursos alternativos que tienes.

Ladeó la cabeza.

—¿Me estás pidiendo que te enseñe a copiar?

Suspiré. No quería responder con un sí, pero, como dice mi madre «al pan, pan y al vino, vino». Lo había intentado de la manera tradicional, futura Sam, como Dios manda, trabajando duro, estudiando y memorizando, y fíjate cómo había acabado. Además, ¿qué son dos semanas comparadas con cuatro años? La balanza de la moral sigue inclinada a mi favor, ¿verdad?

—Sí.

Coop sonrió y me guiñó un ojo. En aquel momento entendí por qué las chicas lo escogían como base de su pirámide humana, ya lo creo que sí.

—Vale —dijo, y devolvió cada herramienta a su bolsillo—. Pásate por casa cuando quieras.

UNA ESCENA DE LA VIDA EN PROVINCIAS: DURANTE LA CUAL MI MADRE CAMBIA DE BANDO (POR AHORA)

Mi madre reparte los espaguetis en varios cuencos, mientras yo tomo notas del *Ensayo sobre la ceguera* de José Saramago para literatura avanzada, e intento no pensar en que Maddie SIGUE sin dirigirme la palabra cuando nos cruzamos en el instituto. Mi padre viene de camino procedente del trabajo. Harrison disfruta de su cuota de tiempo diario delante del ordenador. Bette está debajo de la mesa, recortando figuras de cartulina para sabe Dios qué. Davy, a su lado, juega a algo que llama «la Sirenita» y que consiste en ponerse un sujetador de mi madre, arramblar con todos los tenedores y, en vez de hablar, señalar las cosas con los ojos muy abiertos a menos que le viertas agua en la boca.

Davy me estira los vaqueros y señala su cuenco de espaguetis, luego a mi madre, que está delante de los fogones, y otra vez a mí.

—¿Qué? —le pregunto—. Esos son tus espaguetis.

Señala los míos, que están cubiertos de salsa y niega con la cabeza.

—Ah, ¿sin salsa?

Asiente con vehemencia.

—Mamá —digo—. Davy no quiere salsa en los espaguetis.

—Yo no juego a la Sirenita —replica mi madre, que se ha sentado a comer—. No después del incidente del baño.

En cierta ocasión, como Davy se mete tanto en su papel de Sirenita, no quiso decirle a Harrison dónde estaba la pasta de dientes y él la salpicó con agua del inodoro. Ahora Davy me mira con ojos suplicantes.

Echo mano de mi vaso y le vierto un poco de agua en la cabeza. Davy ahoga un grito.

—¡Sin salsa, por favor! —dice entre risas, y se seca las gotas de los ojos.

—¿Me das un tenedor de tu colección? —le pido.

Recoge uno del suelo. Yo me lo froto contra los vaqueros. Ya está limpio.

Bette alza la voz por debajo de la mesa.

—¿Quién es Stuart?

Me agacho. Sentada con las piernas cruzadas, sostiene mi móvil con cara de no haber roto un plato.

—Dame eso.

Tiendo la mano.

Bette se ríe y agita el teléfono.

—Dice Stuart... —empieza, mirando la pantalla—. ¿Te apetece venir al club Canoe...?

—¿Quién es Stuart? —pregunta mi madre.

—¡Dame eso! —chillo.

—No hace falta gritar —me regaña mi madre.

—Vale —dice Bette, y tira mi móvil al suelo.

Me lo guardo en el bolsillo. Comemos en silencio durante un rato. Pienso que se han olvidado del tema hasta que Harrison grita desde la habitación contigua:

—¿Quién es Stuart?

Stuart: Te apetece venir al club Canoe mañana por la noche mientras esté trabajando?? Es martes, así que habrá poca gente. Podrías sentarte en la barra a hacer los deberes. Hacerme compañía.

Yo: Claro!!

Más tarde les pido permiso a mis padres, que están leyendo en el salón, mi madre con los pies apoyados en el regazo de mi padre.

—¿Puedo ir al club Canoe mañana por la noche?

Mi madre vuelve la cabeza hacia mí.

—¿Habrá algún reanimador acreditado en el local?

Lo medito. En teoría, para trabajar en un restaurante estás, o sea, legalmente obligado a tener un título de primeros auxilios.

—Sí —digo.

—¿Quién?

Se me da fatal mentir. Dios mío, soy patética. Siempre que intento mentir se me seca la boca. Soy una versión rara de Pinocho. Espero que algún día lo superes, futura Sam. Soy consciente de que los abogados mienten de maravilla, pero espero no encontrarme nunca en la tesitura.

—Pues el encargado del club Canoe —respondo.

—¿Y quién es? —replica mi padre.

—No lo sé, pero quienquiera que sea está legalmente obligado a tener un título de primeros auxilios. —Luego añado en voz muy baja, porque la lengua se me está secando otra vez—: Creo.

—Mejor no —dice mi padre, y devuelve la vista a su novela de Stan Grumman.

—¿Qué pasa? ¿Pensáis que me va a dar un ataque en medio del CLUB CANOE? Venga.

—Sí —responde mi padre sin despegar la vista de libro—. Podría pasar.

Mi reacción no ha sido la mejor del mundo, lo reconozco. Recupero la compostura.

—Sammie... —Mi madre suspira—. ¿No querías centrarte en los estudios?

—Sí, pero no quiero ser un robot al que solo le queda una semana para terminar el instituto y que al final se graduará sin haber salido nunca con un chico.

En esta ocasión, tanto mi padre como mi madre se vuelven a mirarme. Ella sonríe. Él no.

A partir de ahí, todo lo que pronuncian mis labios recuerda a un anuncio de la teletienda.

—¡Solo voy a hacer los deberes en el trabajo de un amigo mío! ¡Dice que los martes hay poca gente! ¡Pensaba ir andando después de clase! ¡Podéis venir a buscarme cuando termine!

—Vale —accede mi madre, y le propina a mi padre unos cuantos codazos.

—¿En serio?

—¡Sí!

—Gia... —la reprende mi padre en tono suave.

Carraspeo. Como es natural, me he guardado un as en la manga.

—En caso de emergencia, el centro médico está más cerca del club Canoe que de esta casa.

—¡Es verdad! —exclama mi madre a la vez que le clava el codo a mi padre otra vez.

—¡Ay! —Mi padre me mira—. Vale.

POR FAVOR...

Hoy, de camino al instituto, he adelantado a tres pescadores que caminaban por la maleza enfundados en sus petos Carhartt junto a la 89. Llevaban neveras rojas para cebos en las manos y botas de pescador echadas al hombro. Debían de dirigirse al río Connecticut y, cuando he cruzado el puente a las afueras de Hanover, me han entrado ganas de parar el coche y quitarme los zapatos. No lo he hecho, porque tenía que acabar unos deberes de cálculo, pero me he percatado de que llevaba muchos veranos sin chapotear en el arroyo que discurre cerca de casa, como mínimo desde que tenía ocho o nueve años.

Sea como sea, iba por los pasillos del instituto como flotando en una nube, pensando en la vida, en Stuart y en los secretos de la pesca cuando he avistado a Maddie sentada en el suelo, cerca de su taquilla, acompañada de unos colegas, y me ha invadido la misma sensación de calma que antes, así que me he acercado a saludarla, como si lo hiciera a diario, o como si no nos hubiéramos peleado la última vez que nos vimos.

Los he pillado en plena carcajada y Maddie me ha saludado con la cabeza, sonriendo.

—Eh —me ha respondido en un tono más bien amistoso.

Superrelajada. Traaanqui.

—¿Sabes qué...? —le he dicho, enseñando las palmas de las manos.

—¿Qué? —ha preguntado a la par que echaba una ojeada a las personas que la rodeaban.

—¡Stuart y yo hemos quedado!

—Guay —ha contestado con indiferencia, y ha sonreído con los labios cerrados.

No sé lo que esperaba, supongo que alguna clase de felicitación, quizá algo que sugiriera un signo de exclamación, habida cuenta de que estaba ahí cuando Stuart y yo hablamos por primera vez y que fue más o menos responsable de ello.

—Sí —he insistido yo—. ¡Como lo oyes!

Maddie ha sacado su teléfono, lo que, como tú y yo sabemos, significa: «doy esta conversación por terminada». Pero a mí no me apetecía dejarlo ahí. El viento sopla a mi favor por fin. Quería que Maddie fuera testigo. Quería compartirlo con ella.

Me he inclinado para acercarme.

—Esto, ¿podemos hablar?

Maddie seguía pasando fotos.

—Pienso que tu madre tenía razón —he empezado. Tenía la boca más seca que el Zavesca—. Que debíamos darnos un tiempo, y solo quería disculparme.

No ha respondido. Ahora su pulgar se movía más deprisa. Puede que no me estuviera explicando bien.

—Intento pedirte perdón por no haberte contado lo de... —He mirado a sus amigos, que también pasaban fotos—. Ya sabes.

—Maldita sea, tía —me ha soltado de sopetón a la vez que apoyaba los brazos en las rodillas—. ¿Acaso no sabes interpretar el lenguaje corporal?

Me he incorporado de golpe. Recuerdo haber soltado un ruido que odio, el mismo que hacen los niños cuando les dices que no pueden tomar postre.

—Puedo... —he balbuceado, pero me he callado y me he quedado allí plantada, mirándola.

Maddie se ha levantado y me ha arrastrado a un lado. Notaba que seguía enfadada conmigo, pero ha sido un alivio que reaccionara cuando menos.

—Te lo voy a decir sin tapujos. Me dolió mucho que no me lo contaras.

He esbozado una sombra de sonrisa.

—¡Y lo siento! Estamos en la misma onda. ¡Eso es lo que intento decirte!

—Sammie, no he terminado.

—Vale. —He asentido. Por mí, Maddie podía seguir hablando hasta quedarse sin voz, siempre y cuando volviéramos a ser amigas. He soltado un suspiro de alivio (prematuro, según se vería enseguida).

—Eso de que estés enferma... No sé cómo llevarlo.

He tomado aire otra vez y he dejado que se asentara en mi cuerpo junto con sus palabras. Pero no han llegado a ninguna parte que les diera sentido.

—¿Qué quieres decir?

Maddie ha unido las manos como si rezara. Llevaba las uñas pintadas de morado.

—¿De golpe y porrazo somos amigas, justo cuando te pones enferma? Antes de eso, nunca habías querido ir a ninguna parte conmigo, al margen de los ensayos y los debates. Pero ahora, claro, necesitas compartir con alguien tus penas y tus crisis existenciales, y yo soy la *insta* amiga que tienes más a mano.

—Eso no es...

—Solo digo... Hice un esfuerzo enorme para que trabáramos amistad, ¿y tú ni siquiera te dignas a compartir conmigo lo que de verdad te angustia? No, estás demasiado obsesionada con tus cosas, demasiado ocupada con «el show de Sammie».

He levantado las manos en ademán de impotencia.

«¿El show de Sammie?» ¿Yo? ¿Una persona que a duras penas se despega de la pared en una fiesta? ¿La que habla con un ordenador porque no se atreve a hablar con gente de carne y hueso?

—A ver, no siempre eres así, Sammie —ha dicho Maddie, y ha cerrado los ojos un momento. Me ha mirado otra vez—. Estaba exagerando. Pero te he evitado porque me daba miedo que me utilizaras como paño de lágrimas cuando te viniera en gana, sin dar nada a cambio. Y, claro, nunca podría echártelo en cara porque estás enferma y todo el mundo debería complacerte.

—Yo no haría eso —me he apresurado a responder.

—Hacemos esas cosas sin darnos cuenta —ha replicado ella—. Nadie nos lo puede reprochar.

Me he limitado a mirarla, esperando. Ahora no me atrevía a hablar por miedo a tirarle mi basura encima.

Maddie se ha llevado las manos a las mejillas y ha suspirado, sin despegar los ojos de mí.

—¿Entiendes lo que te digo? Yo qué sé. Puede que esté pagando contigo mis malos rollos.

He tragado saliva y he respondido con las palabras más inofensivas que he podido encontrar.

—Ahora no entiendo nada de nada.

—Yo tampoco —me ha espetado, y entonces ha sonado el timbre de la primera clase.

UN JUEVES NORMAL Y CORRIENTE, IGUAL A CUALQUIER OTRO JUEVES

ESTOY DE LOS NERVIOS. Stuart me ha enviado otro mensaje para decirme que termina de trabajar a las seis, de manera que iré al salir de clase, hacia el último período de su turno, y pasaremos juntos unas tres horas como poco. COMO MUY POCO.

Vale, accedo.

¿A qué hora llegarás?, me pregunta.

Si le contesto que dentro de cinco minutos, ¿notará que estoy ansiosa por verlo?

¿Y si me propongo usar a Stuart igual que, según dice Maddie, le estaba utilizando a ella?

Pero no yo no he usado a nadie. Juro ante ti y ante todos los santos, futura Sam, que jamás he intentado utilizar a Maddie.

No puedo contarle a Stuart lo de la NP-C. A saber cómo reaccionará. Si se asusta como Maddie, me quedaré más sola que la una.

¿Diez minutos es un plazo excesivo? ¿Pensará que no siento un gran interés, que voy en plan de amiga?

Me decanto por un período de ocho minutos, porque ha sido él quien ha tomado la iniciativa de escribirme, pero soy consciente de que más o menos le obligué a decir que nuestra primera salida juntos había sido una cita. Así pues, ni una cosa ni la otra. La media estadística.

Ay, Dios mío, solo tengo un vestido bonito y ya lo ha visto. Llevo las gafas sucias. Y zuecos, unos vaqueros cortados y una sudadera enorme con el logo de EXCEDENTES DAN & WHIT'S, porque Perrito ha vomitado en la ropa limpia esta mañana y mi segunda opción era una camiseta que me compró mi padre en plan de broma que lleva estampada la frase: «EL CHOCOLATE ES LA LECHE» y que, cómo no, lleva una mancha de batido de cacao en la pechera porque sí, «el chocolate es la leche», muchas gracias.

Esta indumentaria viene a decir: «Solo soy una joven normal, ambiciosa y desenfadada que no sufre ninguna enfermedad degenerativa». ¿No?

No es un atuendo femenino en un sentido tradicional, pero si Elizabeth Warren se hubiera preocupado por su aspecto no habría tenido tiempo de condenar las prácticas bancarias corruptas. Ay, Dios. Acaba de decirme: «Nos vemos dentro de un rato». Vale, lo veré dentro de un rato. Lo veré dentro de un rato para celebrar la segunda cita de toda mi vida y quizás la última, porque mira cómo olvido mi propio nombre. Mira cómo entro en el club Canoe y todas las personas que conozco se han reunido allí para obligarme a asumir la realidad. Y el club NP-C al completo (que es como los he bautizado después de recibir dos boletines digitales) está allí con sus sillas de ruedas y sus camisas hawaianas para decir: *¡Sorpresa! ¡Hemos pagado a tu ligue para que finja que le gustas y así evitar que te sientas más marginada de lo que ya estás! ¡Pero ahora eres una de los nuestros! ¡Una estrella fugaz!*

Quizás debería ser más compasiva.

Quizás debería haberme puesto la camiseta del chocolate.

Ay, Dios. Paso de él. Quiero decir, DE TODO. Perdón. Quería decir «paso de todo». Un desliz freudiano.

LOS SERES HUMANOS LLEVAN SIGLOS HACIENDO ESTO MISMO: LECCIÓN DE ANATOMÍA

Antes, el club Canoe era el típico local por el que yo pasaba de largo, el clásico restaurante al que mis padres únicamente acudían para celebrar sus aniversarios o al que los alumnos de Dartmouth llevaban a sus abuelos cuando estaban de visita. Ahora, en cambio, tengo la sensación de que es mío y de nadie más.

La acera que pasa por delante es mía y de nadie más.

El desvío que tomamos para ir a casa de Stuart es mío y de nadie más.

Su zona de aparcamiento es mía.

Empezaré por el principio.

Cuando entré, Stuart secaba la madera lacada de la barra con un trapo blanco, delante de las filas y filas de botellas que se alinean en el interior de una canoa hueca colgada en la pared. Llevaba una camisa negra, arremangada. Cuando me vio, rodeó la barra para salir a la zona de los clientes y me abrazó. Recuerdo que me retuvo un ratito entre sus brazos, el tacto de los músculos de su espalda. Nunca había estado tan cerca de otro ser humano, no en ese sentido, cuando menos. Nunca me había parado a pensar en la estructura ósea de otra persona.

Dejé la mochila en el taburete de cuero que había a mi lado. Al otro lado de ese asiento vacío, una mujer de mediana edad leía un libro y bebía una jarra de cerveza negra bajo las verdes lámparas colgantes. El único cliente del bar sin contarme a mí.

—¿Qué tal? —me preguntó Stuart.

—Bien —respondí yo mientras intentaba evitar que los dientes me castañetearan de nervios, o quizá sencillamente de frío. ¿Por qué en todas partes ponen el aire acondicionado tan alto? Le miré las manos, que hacían girar un vaso bajo el chorro del agua del grifo y luego lo sacudían para secarlo antes de añadirlo a una fila—. ¿Y tú?

—Por aquí —dijo. Me miró un momento antes de agitar otro vaso—. E intentando escribir.

—¿Tienes una entrega inminente? —proseguí yo, atrapando su mirada otra vez mientras él procedía a cortar la primera de una larga hilera de limas, para luego depositar las rodajas en recipientes de plástico.

—Siempre —repuso con una pequeña sonrisa que, por alguna razón, me alivió muchísimo—. Y tú, ¿en qué andas? ¿Con los finales?

—Casi —asentí—. Estudiando.

—Debe de ser muy duro con este tiempo tan bueno —comentó él.

—A mí eso me da igual —respondí al tiempo que fingía jugar con el posavasos.

—¿Se acabaron las fiestas?

—¡Ja! Ya lo creo. La de Ross fue la primera y la última. —*Recuerda, me dije. No te comportes como un robot*—. Seguramente.

Stuart dejó de cortar y se secó las manos en el delantal.

—¿Y cómo llevas el rollo de la graduación? Yo me puse tan nervioso la víspera de la mía que casi me duermo por la mañana. Tuve que correr al estadio sin nada debajo de la toga salvo un bóxer, porque no tuve tiempo de vestirme.

—Bueno —tragué saliva—. Yo no me lo puedo permitir. Tendré que llevar algo más que ropa interior debajo de la toga...

Nos ruborizamos los dos. Stuart miró mi sudadera.

—...porque soy la encargada de pronunciar el discurso —concluí.

—Claro —dijo sacudiendo la cabeza despacio.

—¿Qué pasa? —le pregunté mirándolo con atención.

—Nada —respondió mientras me sostenía la mirada—. Es genial.

Oír esas palabras viniendo de sus labios, del cuerpo que había debajo de su ropa, fue igual que si me las hubiera escrito en la piel otra vez.

La mujer de mediana edad carraspeó.

—¿Te importa ponerme otra, Stu?

—¡Ah! Claro. Cómo no. —Mientras rellenaba la jarra de la mujer, Stuart dijo—: Has escogido el mejor día para venir, Sammie, porque esta mujer también es... bueno, es Mariana Oliva.

—Hola —la saludé, y nos estrechamos la mano por encima del taburete. Mechones grises veteaban su mata de pelo castaño y tenía arrugas de expresión en la piel cobriza.

Stuart la señaló con un gesto mientras ella tomaba un sorbo de cerveza.

—Es uno de mis ídolos.

—Ah, ¿es profesora de Dartmouth?

—No, vivo en México D.F.—repuso Mariana—. Estoy aquí para hacer unas lecturas dentro de un par de días.

Stuart pasaba la vista entre la escritora y yo.

— Su libro *Bajo del puente* es uno de mis favoritos de todos los tiempos.

—Gracias —dijo Mariana, y levantó la copa como para brindar—. Eres muy amable.

Stuart y Mariana se enfrascaron en una conversación sobre la narrativa en primera persona en contraposición a la de tercera persona, y yo me sentí como se deben de sentir los aficionados al deporte, supongo, cuando ven jugar a su equipo favorito, solo que en este caso el deporte cambiaba cada pocos minutos, y la pelota, y el campo.

Mariana y Stuart tenían opiniones formadas sobre todos los temas habidos y por haber.

Acerca de Shakespeare: «No era un solo hombre. Era un grupo de amigos de sexualidad confusa que competían mutuamente.»

Acerca de los perros falderos: «Son como ratas. Pequeñas ratas neuróticas».

Acerca del viaje a la Luna: «Yo creo que fue real. Ahora bien, también creo en la astrología, así que no me hagas mucho caso».

Acerca de las novelas como arte en decadencia: «Las novelas reflejan la conciencia de un país. Si decimos que están en decadencia, estamos reconociendo un fracaso. Depende de si estás dispuesto a hacerlo».

—Yo no —sentenció Stuart.

—Yo tampoco —convino ella, y se estrecharon la mano.

Me incluían en la conversación, y yo intervenía cuando podía, pero me dedicaba principalmente a escuchar.

—¿Tú que opinas, Sammie? —me preguntaba Stuart.

Y al final tuve que reconocer que no me atrevía a opinar de casi nada.

—Soy una especie de esponja —expliqué, y noté cómo se me secaba la boca—. Tengo algunas ideas formadas, pero no son definitivas. De momento, quiero aprender todo lo que pueda.

Mariana me tomó la mano.

—Una postura muy sabia —dijo, y me la apretó—. Muy sabia para una chica de tu edad.

De reojo, advertí que Stuart me sonreía y entonces nos miramos. Sus ojos recorrieron mi rostro de arriba abajo.

Mariana prosiguió a la vez que tomaba un sorbo de cerveza.

—Me encantaría volver a tener tu edad. Dedicaría menos tiempo a pensar en los hombres y más a aprender.

Stuart soltó una tosecita y yo noté un cosquilleo en las mejillas.

—¡Ay! —se rio Mariana, que ahora pasaba la vista entre los dos—. Lo siento. No, el amor es hermoso. Jamás le deis la espalda. Y no os arrepintáis de nada. Pero ahora mismo mi amor es el trabajo. —Se volvió a mirarme—. ¿Qué vas a estudiar?

—Económicas y Ciencias Sociales. Y luego Derecho —respondí yo irguiendo la espalda.

—Bien. Pero no te encasilles. Estudia todo lo que puedas.

—¿Cómo qué? —pregunté, y me entraron ganas de sacar mi libretita para anotarlo.

Pronto los tres nos pusimos a hablar de política y luego de salarios, un tema sobre el que, como ya sabes, tengo mucho que decir, y cuando por fin alzamos la vista, el jefe de Stuart le estaba tocando la espalda para decirle que su turno había terminado.

Stuart contó el dinero de la caja y limpió la barra.

Mariana se despidió de mí con dos besos y le dijo a Stuart que le esperaba en la lectura.

Por fin, Stuart salió del servicio vestido con una camiseta, la camisa echada al hombro y las gafas de sol puestas.

—¿Lista? —me preguntó.

—Sí —respondí yo. Tenía las manos inquietas, el paso firme y el pensamiento locuaz según nos internábamos en el atardecer, y así es como me gustaría recordar a Stuart, como lo vi ayer por la noche, con la piel casi naranja contra el ocaso, el reflejo del sol nuevamente en sus lentes.

Espero que el resto de mi vida sea así, recuerdo haber pensado. *Alternando con escritores famosos, charlando de libros y de política.*

—Quiero ser un escritor tan bueno como Mariana —declaró él tras un silencio.

El sol ya se había ocultado detrás de los árboles. Nos detuvimos en mitad de una vía minúscula, su calle.

—Estoy segura de que lo conseguirás —afirmé yo.

—Ya, no es... da igual. Me desconcentro. Me cuesta... terminar lo que empiezo. Quiero ser uno de esos escritores que no hacen nada más, que escriben historias memorables, relevantes, profundas. No éxitos de un día.

—Todo llegará —le dije, y le posé la mano en el brazo con un gesto que quería ser reconfortante.

—Eso espero —repuso. Hasta ese momento, siempre se había mostrado optimista; vehemente, sí, pero optimista. Ahora parecía agobiado.

—¿Qué quieres decir?

Levantó las manos con ademán de impotencia.

—He renunciado a todo por esto. No estoy estudiando. De momento puedo vivir en casa de mis padres, claro, pero no por mucho tiempo. Tengo que triunfar. O sea, en el sentido que comentamos la última vez que nos vimos. Tener éxito tal como yo lo entiendo. No puedo seguir así.

Seguimos andando hasta llegar a una vieja casa de color crema con molduras blancas.

—Sí. —Me toqué un punto entre las costillas, cerca del esternón—. Está aquí. Una presión constante que viene de dentro, no de fuera.

—Lo he notado en ti —observó Stuart—. Tú posees ese impulso. Me encanta estar cerca de alguien como tú.

—A mí también me gusta estar contigo —repuse en un tono suave. Nada propio de mí. Porque yo nunca había dicho nada parecido. Y me habría conformado con eso, con oírle decir que mi ambición le gustaba.

—Bueno, ¿y qué vas a hacer ahora? —Stuart volvió la vista al domicilio de sus padres y dobló las patillas de las gafas sin guardarlas—. ¿Quieres entrar?

—Me gustaría —dije. Miré el móvil. Mi madre me había enviado un mensaje de texto para preguntarme si me recogía en el club Canoe al salir del trabajo—. Pero no puedo. Lo siento. Me gustaría...

—Claro —asintió él, y se acercó a mí mientras sus ojos oscuros me miraban como adormilados—. ¿Te parece bien? —preguntó.

—Sí, pero yo nunca... —No sabía cómo expresarlo. Así que lo dije tal cual—. La verdad es que no sé cómo se hace.

Stuart sonrió.

—¿Quieres probar?

A guisa de respuesta, acerqué la boca a la suya y la dejé ahí, y sus labios se movieron un poco, suaves al principio y luego más sólidos, nada que ver con algo que yo hubiera experimentado hasta entonces. Noté su lengua, así que abrí la boca. *Los seres humanos llevan siglos haciendo esto mismo,* recuerdo haber pensado, y luego dejé de pensar, porque su boca era cálida y húmeda, y sabía a lima.

Y entonces me sentí como si me derramaran agua caliente por encima, despacio, y me entraron ganas de aferrarlo con más fuerza. Le recorrí los brazos con las manos, hacia abajo y luego hacia arriba, los hombros, hasta su rostro.

No quería parar.

Mi móvil vibró en el bolsillo. Solté a Stuart. Él me soltó a su vez.

—Adiós —le dije, y luego me aseguré de cerrar la boca porque respiraba con dificultad.

—Adiós —respondió, y también cerró la boca, como si quisiera decir algo más, pero no pudiera.

Me encaminé al club Canoe, subí al coche de mi madre y fingí que nada había cambiado.

Pero no puedo dejar de pensar en ello. No sabía que deseaba experimentar esas sensaciones hasta que me asaltaron. Me he enrollado con Stuart Shah. *Me he enrollado con Stuart Shah.*

Me siento una persona distinta a la que era doce horas atrás, como si hubiera mudado una capa de piel apergaminada y rota por otra nueva y sonrosada, como si estuviera haciendo la metamorfosis. Igual que la señora Qué de *Una arruga en el tiempo,* cuando abandona la Tierra entre distintas dimensiones hasta llegar a un planeta grisáceo que tiene dos lunas. En la Tierra solo era un montón de harapos con botas, pero en el nuevo planeta se transforma en una criatura maravillosa y alada, dotada de un poderoso cuerpo, casi indescriptible. Yo todavía llevo los zuecos y la sudadera, aún percibo el olor de la noche pasada en ellos, pero parezco distinta. Soy distinta.

Conozco los mecanismos del amor, futura Sam. He leído al respecto en *National Geographic*. Las neuronas se activan y se produce una descarga de adrenalina, algo que los neurólogos denominan «la química del apego», y eso, combinado con el imperativo evolutivo de la reproducción, crea un patrón de conducta condicionada. Las mismas razones que te inducen a tomar otra golosina te llevan a buscar al objeto de tu amor, porque quieres volver a experimentar esas sensaciones tan agradables.

Pero nadie me dijo nunca lo fácil que sería, lo bien que me sentiría. O sea, me lo dijeron, lo intentaron, Shakespeare lo intentó, los Beatles lo intentaron, pero yo jamás comprendí que hablaban de ESTO.

GUÍA DE RECURSOS ALTERNATIVOS, POR COOPER LIND

Me pasé por el jardín de Coop a buscar su «guía de recursos alternativos», que consistía, a grandes rasgos, en un viejo bloc de notas de secundaria lleno de garabatos de Garfield haciendo mates en una canasta de baloncesto, salpicados de alguna que otra idea, pero había buen material. Nos sentamos en la valla que separa nuestros terrenos como solíamos hacer en la infancia. Yo tomaba nuevas notas y Coop lanzaba un balón a un árbol cercano, intentando acertar en el centro.

Vale, y habida cuenta de que consideramos esto un documento oficial, que conste que solo usaré dichos recursos en caso de NECESIDAD, a saber: ÚNICAMENTE CUANDO CORRA EL RIESGO DE SUSPENDER. Catear los finales podría reducir mis medias a notables o aprobados, lo que pondría en riesgo mi título de mejor alumna de la promoción. De no darse el caso, me atendré a las reglas hasta el final.

(Lista editada a conciencia con el fin de excluir la posibilidad de seducir a chicas de la clase para que me chiven las respuestas).
- «La impresora ha emborronado esta pregunta y no se lee bien». Mientras el profesor mira el papel, echar un vistazo al examen del vecino. Particularmente eficaz en los exámenes de matemáticas. [EMPLEARLO EN EL FINAL DE CÁLCULO].
- Ir al baño tan pronto como la gente empiece a hacer el examen, para evitar sospechas. Una vez allí, buscar la información en el móvil. [EMPLEARLO EN EL TEST DE LITERATURA AVANZADA, sobre todo en la sección de opción múltiple].
- No asistir a clase el día del examen con el fin de hacerlo en «situaciones ventajosas», es decir, a solas al final de las clases, cuando es más fácil consultar el libro de texto. [HISTORIA EUROPEA AVANZADA].

Después de copiar todo aquello que podía usar, he pronunciado esa misma frase para mis adentros: *Bueno, ya tengo todo lo que puedo usar,* y entonces me han venido a la cabeza los comentarios que Maddie me hizo el otro día, así que he dicho:

—Coop, no pensarás que te estoy utilizando, ¿verdad?

—O sea... espera, ¿qué?

—No pensarás que te pido mucho sin dar nada a cambio.

—No. ¡No! —se ha apresurado a responder, y ha corrido hacia el árbol para recuperar el balón.

Cuando ha regresado, ha proseguido:

—Créeme, me han utilizado otras veces, y tú no me estás utilizando. Me pediste lo que querías con toda claridad y yo acepté.

—¿Quién te ha utilizado?

Coop se encogió de hombros.

—Las chicas.

Me bajé de la valla de un salto.

—Ya, claro.

Él volvió a lanzar el balón.

—Coquetean conmigo para que las inviten a las fiestas, emborracharse, drogarse, conocer gente. Funciona así.

—No solo por eso.

—A veces, no.

Le mostré el bloc de notas.

—Coquetean contigo por tus caricaturas de Garfield.

—Me acuerdo de tus personajes de *El Señor de los Anillos* en forma de cagarrutas. Me extraña que no salgas con nadie a estas alturas, teniendo tanto talento —resopló Coop.

Yo sonreí y me miré las manos, recordando los labios de Stuart sobre los míos.

—¿Qué leches significa esa expresión?

Coop me miraba con unos ojos como platos.

—¿Qué expresión?

Me preguntó con voz ronca:

—¿Tienes novio?

—No...

140

—¿Quién es?

—Nadie.

Coop corrió a recuperar el balón. Cuando volvía, más deprisa esta vez, insistió:

—¿Y quién no es?

La tentación de decírselo era irresistible. Y aún más irresistible si cabe era la tentación de adoptar un tono que viniese a decir: «¿Lo ves? No soy una pringada, ja, ja».

—No es Stuart Shah.

—Ah —repuso Coop, lacónico, y desvió la vista—. Guay.

Ahora el balón pasó volando junto al árbol, y al tiro siguiente, también.

Mientras corría, me gritó por encima del hombro:

—Nos vemos.

—Yo no... —empecé a decir, pero entonces me acordé de que hacía eso mismo a menudo, cuando quería estar solo. Se despedía antes de que tú te hubieras planteado siquiera la idea de marcharte.

MIRA, MENSAJES DE TEXTO DE STUART SHAH

Madre mía de mi vida, esto es de locos. Ayer me apliqué champú tres veces sin darme cuenta porque estaba pensando en él y, ejem, haciendo otra vez lo que hicimos.

Stuart: Mariana leerá esta noche en la biblioteca de Dartmouth y me ha pedido que lea con ella!!!

Yo: OMG! Felicidades!!

Stuart: Será a las 5. Vienes??

Yo: Si puedo acabar la redacción del *Ensayo sobre la ceguera* que tengo que entregar mañana, sí.

Stuart: Y qué haces ahí enviándome mensajes?? Escribe, escribe, escribe!!

Yo: Jajaja

Stuart: Nos vemos a las 5. ;)

Yo: Si Dios quiere

Stuart: No sabía que fueras religiosa.

Yo: Perdona, quería decir si el perro quiere.

Stuart: VE A ESCRIBIR PARA QUE PUEDA VERTE!!

FRAMBUESA AZUL

Terminé la redacción a las 4.45 y me encaminé a la biblioteca a ese ritmo agotador, entre paso y trote, que adopta la gente cuando cruza una calle por los pelos. A mi llegada, en la biblioteca no cabía ni un alfiler. Había filas y más filas de sillas, y la concurrencia era tal que algunas personas se apiñaban por la zona de las estanterías. Mariana, plantada detrás de un micrófono, ya había empezado a leer.

Stuart estaba en la primera fila, con la cabeza gacha, mirando el suelo con atención, escuchando.

Por fin, Mariana miró a Stuart y yo seguí la trayectoria de sus ojos. El perfil de sus largas pestañas era una curva rizada hacia la nariz y tenía la boca entreabierta.

—Como sabéis todos aquellos que habéis asistido a mis lecturas en otras ocasiones —empezó Mariana—, me encanta hacer que dos obras conversen entre sí. Para finalizar, quiero presentar a un joven escritor que el otro día me envió una muestra de su trabajo. Seguro que no esperaba que lo leyera... —El público soltó risitas—. Pero era lo menos que podía hacer después de que me llenara una y otra vez la jarra de cerveza. —Risas otra vez—. Y me impresionó. Así que leeremos párrafos breves a modo de conversación.

Cuando Stuart carraspeó y miró su página impresa, quise saber más de él, todo aquello que no saltaba a la vista.

¿Qué marca de pasta de dientes utiliza?

¿Stuart sueña a menudo?

¿Son vívidos sus sueños?

¿Cuál es su gominola favorita?

El texto era bueno. Todo el mundo se daba cuenta, porque nadie se revolvía en la silla.

Me entraron ganas de decirle a la gente de mi alrededor: *Lo conozco. Nos hemos besado.* Y cuando empezó a leer, no podía despegar los ojos de él. Pero no me miró. Puede que no me viera. Puede que me hubiera inventado ese ardor que sentía, o que fuera fiebre, y él en realidad no me quisiera allí.

La lectura concluyó. Aplaudí con todas mis fuerzas y el público se levantó.

Futura Sam, últimamente pasaba las noches despierta pensando en nuestras conversaciones, sonriendo para mis adentros por comentarios que Stuart había hecho y recordando ese burbujeo que experimento cada vez que le hago reír. Sin embargo, a raíz de la conversación con Maddie, me preguntaba si no habría dado demasiada importancia a esas horas que pasamos tendidos en el césped de Dartmouth, lanzando ideas al viento, quitándonos mutuamente la palabra de la boca.

Stuart se desplazó hasta colocarse detrás de la mesa en la que Mariana se había instalado a firmar libros y alargó el cuello. Estaba buscando a alguien. Puede que a mí, puede que no.

Quizá solo estuviera esperando el momento de soltarme algo parecido a lo que me dijo Maddie, algo así como: «No esperes que esté siempre ahí para que me llores y me cuentes tus angustias existenciales», y hubiera decidido besarme en el intervalo.

Se formó una larga cola. Yo me desplacé entre las estanterías.

Pero no quería que fuera mi paño de lágrimas. Todo lo contrario. Deseaba escucharlo y, claro, hablar de vez en cuando —vale, por los codos—, pero quería que disfrutase con mis historias. Deseaba charlar de ideas, libros y de los temas que interesan a las personas inteligentes, de las cosas que habla la gente como Stuart.

Dos alumnos de Dartmouth avanzaron en la cola hasta quedar más o menos a mi altura, diciendo:

—...Y Stuart Shah, hala. También leí su relato de *Threepenny Review*. Es un genio...

Era obvio que yo no pintaba nada allí. Era obvio que alguien que confía su futuro a las chuletas en los finales y a la posibilidad de que un discurso de diez minutos le cambie la vida no merecía estar allí, cerca de Stuart Shah y de las personas que lo admiraban.

Oí su voz allí cerca y un coro de gente riendo.

Me retiré a la sección de filosofía e intenté que mi corazón se apaciguara respirando despacio y mirando el suelo, como la doctora Clarkington me había enseñado. Qué horror. *Estar colada por alguien es horrible,* pensaba. *Debería estar en mi campanario, donde no podría lanzar granadas emocionales,* y de repente vi unos zapatos marrones.

—Aquí estás —oí decir a Stuart con una voz tan suave como si hablara solo para mí.

Unas manos tomaron las mías, que eran puños a la altura de la cintura, y Stuart se inclinó para posar los labios en mi mejilla. Yo no podía mirarlo.

—Stuart. —Di un paso en su dirección —. Buen trabajo.

—Gracias —repuso él. Y luego—. ¿Te pasa algo?

—Solo quería decirte... —empecé, y retrocedí un paso para mirarlo a los ojos—. No pasa nada si no te gusto tanto como tú a mí. Me lo puedes decir.

—Es que... —objetó él, y ladeó la cabeza—. Nunca me has dicho lo mucho que te gusto.

Inspiré hondo una vez más, con la esperanza de que fuera la última de toda una serie de respiraciones lentas.

—¿Te lo puedo decir?

Él esbozó una sonrisa lánguida.

—Sí, me gustaría.

—Perdona por ponerme tan rara. Soy más inadaptada... que un neandertal.

Stuart se rio con ganas. Sus ojos negros destellaron en mi dirección y luego hacia arriba, cuando echó la cabeza hacia atrás, un gesto que me derritió todo el cuerpo, toda la sección de filosofía, la biblioteca entera. Los libros adquirieron más color. Me reí con él.

—Me gustas mucho —dije.

—Tú también me gustas mucho —respondió—, por si no lo sabías.

—No —confesé a la vez que sacudía la cabeza—. Interpretar el lenguaje corporal no es lo mío. Me lo dijeron hace poco.

Entonces me besó con pasión, y fue la respuesta ideal, porque me sentí de maravilla, sí, pero también porque la entendí a la perfección y, siendo sincera, tal vez fuese la primera vez que las dos cosas sucedían al mismo tiempo.

RECURSOS ALTERNATIVOS, SEGUNDA FASE

Tendida en la enfermería, mirando el reloj. He «vomitado» el desayuno en la papelera del aula gracias a un sorbo de batido de frutas que he llevado diez minutos dentro de la boca. Querían llamar a mis padres, pero les he dicho que se trata de un efecto secundario del Zavesca y me he puesto a recitárselos todos. La enfermera estaba tan harta que me ha dejado en paz. Ahora mismo mis compañeros se están examinando de historia europea avanzada. Una vez que hayan terminado, me «recuperaré» y haré el examen cuando terminen las clases, en la biblioteca, donde nadie me verá mirar los apuntes si (Y SOLO SI) los necesito.

Podría haberme presentado, seguramente, pero no quería correr el riesgo de quedarme en blanco, sobre todo ahora que mi mente fluctúa de acá para allá, de Stuart a la escuela y luego otra vez a Stuart.

Tras la lectura, buscamos un sitio en el campus de Dartmouth para besarnos, charlar y besarnos un poco más. Trató de pasarme los dedos por el cabello y no pudo, porque mi pelo es una mata de rizos gruesos y enmarañados. Nos reímos, me besó el cuello, y yo noté caballos en el estómago otra vez (no solo caballos sino a Sombragrís, el señor de todos los caballos), le deslicé la mano por debajo de la camiseta y, bueno, da igual, es muy raro estar escribiendo esto en la enfermería.

Ya casi es la hora.

Cada vez que la señora Dooley, la enfermera, me mira, adopto una expresión tristona y tomo un sorbito de agua.

Y, mira por dónde, acaba de cruzar la puerta el mismísimo Coop, que acaba de poner en práctica su propio método. Le saludo, pero él se lleva un dedo a los labios y señala a la enfermera. Luego se sienta a mi lado con un suspiro tan mustio como falso.

Finjo que estoy escribiendo algo importante en este documento de Word.

¿Qué tal, Coop?
me he «desmayado» en el global de ciencias
Este método es de locos. El corazón me va a mil por hora.
pero funciona a que sí
No me puedo creer que funcione.
bienvenida a los últimos cuatro años de mi vida
LOL
estás aquí mismo, no hace falta que escribas LOL, te puedes reír
Si me río, se darán cuenta de que no estoy enferma.
hagas lo que hagas no te rías ahora
JOPETA ahora me estoy riendo
jajajaja :)

FONDO DE BIKINI

Viendo *Bob Esponja* con mi familia, porque este sábado le tocaba a Davy escoger la película. Finjo protestar junto con Harrison y Bette pero, como bien sabes, me troncho en secreto con esta serie. Y, para ser sincera, Calamardo me recuerda mucho a mí misma.

Le he enviado un mensaje a Maddie, por cierto. Me he disculpado otra vez y le he preguntado si quería que nos viéramos. Me ha respondido: «Tranqui» y ha obviado la segunda parte. Debe de andar muy ocupada. Cada vez que la veo por el instituto, va de camino a alguna parte con un grupo de gente escandalosa y feliz. Me pregunto si se habrá enterado de que Stuart y yo vamos, o sea, en serio. Por otro lado, no sé si Stuart le ha contado a alguien lo nuestro ni, de ser así, qué les ha dicho.

Lo que me lleva a preguntarme...
Yo: Estás trabajando??
Stuart: Ssssí qué pasa??
Yo: Soy tu novia??
Stuart: El título de tus memorias será «Sammie McCoy: directa al grano».
Yo: No, en serio, lo soy??
Stuart: Mejor lo hablamos en persona. Esta noche, cuando salga??

Miro a mi madre y a mi padre; a Davy despatarrada en su regazo. A Bette, sentada entre las rodillas de mi madre, que le cepilla la melena. Recuerdo la expresión tan triste que mostraba mi madre cuando me pidió que pasara más tiempo con ellos. Recuerdo las fuerzas especiales contra la NP-C y que me he propuesto ser menos egoísta.

Yo: No puedo, estoy con mi familia esta noche.
Stuart: Ah, vale. Mañana??
Yo: Vale. Pero si tuvieras que responder con un monosílabo, qué dirías??

Miro la pantalla. Stuart está escribiendo. Mierda. Puede que lo haya presionado demasiado. ¿Por qué no puedo ser tranqui, enrollada y todo eso? Pues porque no soy tranqui, ni enrollada, ni nada, por eso. Y llevaba dos años esperando este momento. No quiero perder ni un minuto más. Escondo el móvil debajo de un cojín y decido no volver a mirarlo nunca jamás.

El Señor Cangrejo le tira a Calamardo un cubo de agua a la cabeza.

Bob Espoja intenta arrancarle el cubo y tira con tanta fuerza que se lo encaja a Patricio.

Miro el teléfono.

Stuart: Con un monosílabo?? Sí.

UN RELOJ DE PARED EN LA SELVA

Ayer se me durmió la lengua, futura Sam. Muerta, como si el dentista me hubiera administrado una inyección de Novocaína. Me di cuenta al ir a cepillarme los dientes. Fue igual que tener un enorme trozo de carne en la boca que no podía masticar ni escupir. El miedo se apoderó de mí y me eché a llorar.

Pensaba quedarme en la cama hasta que se me pasara, dando las gracias porque era domingo y no tenía que hablar con nadie, pero los malditos iconos feministas de las fuerzas especiales contra la NP-C empezaron a mirarme con expresión displicente desde la pared que hay sobre mi escritorio. Recordé mi promesa de que, siguiendo el ejemplo de Elizabeth Warren, averiguaría cuanto pudiera acerca de la enfermedad, y siempre llamaría a las cosas por su nombre. Aunque llamar a las cosas por su nombre me resultara imposible ahora mismo porque tenía un filete por lengua.

Así que hoy me he saltado las clases y mi madre acudirá más tarde al centro médico en el que trabaja para llevarme a la consulta de la doctora Clarkington.

—¿Has hablado con ella por teléfono? —le he preguntado a mi madre.

—Sí.

—Hay algún medicamento para esto, ¿no?

El corazón me late desbocado desde que sucedió, solo de pensar que tendré que cancelar el discurso. O peor, sufrir problemas de pronunciación y que mis compañeros acaben pensando que me he tomado un granizado antes de la ceremonia de graduación y no consigo librarme del frío cerebral.

—Sí, hay una medicina.

—¿Parezco un perro que de golpe y porrazo se ha puesto a hablar?

Mi madre se ha reído con ganas.

—No, no pareces un perro que de golpe y porrazo se ha puesto a hablar.

—Pues me siento así.

—Lo lamento, cielo —ha dicho mi madre—. Esta mañana estás hablando mucho mejor. Y, oye, me alegro de que me lo dijeras. Si alguna vez te encuentras mal, no dudes en acudir a mí.

—¿Y si me encuentro bien? —le he preguntado, pensando en el mensaje que Stuart me envió ayer por la noche.

—También.

Nos hemos quedado un rato en silencio, mirando a un bebé que, sentado en el suelo, entrechocaba dos bloques de construcción. Stuart y yo nos pasamos todo el día de ayer intercambiando mensajes. Hablamos de nuestras relaciones anteriores (o más bien de sus relaciones anteriores), de lo que implica estar con alguien y de cómo, en nuestra opinión, deberían comportarse un novio o una novia, de nuestros miedos.

—Oye, mamá.

—¿Hum?

—Adivina.

—¿Qué?

—Tengo novio.

Me ha mirado con unos ojos como platos.

—¿El chico ese con el que fuiste al club Canoe?

—Stuart Shah.

Mi madre ha contenido una exclamación y una sonrisa traviesa ha asomado a sus labios, aunque he notado que por dentro bregaba con la duda de si realmente me convenía algo así.

—¡Siempre ha sido tu amor platónico!

He sonreído con ella.

—¿Cómo lo sabes?

—Cielo, nos obligaste a ver la función de *Hamlet* tres veces. No podías apartar los ojos de ese chico.

—Ah, sí.

Me he reído al recordar que, hace tres años, mi pobre familia tuvo que tragarse la actuación de Alex Conway en el papel de Ofelia, con su falso acento inglés. Maddie estuvo fantástica como madre de Hamlet. Jamás habrías dicho que tenía quince años.

—Qué deprisa pasa el tiempo.

Mi madre me ha apretado la rodilla.

—Dímelo a mí.

—Bueno, siendo así... —he empezado a decir, y he tenido que tragar saliva para poder expresarme con la máxima claridad—. Me gustaría, ya sabes, poder pasar algún que otro rato con él sin que te preocupes.

Mi madre ha soltado su ruidito.

—*Mmmm.* Hum.

—¿Mamá?

—Estoy pensando —ha dicho. Y luego—: ¿Lo sabe?

Se refiere a la NP-C.

—No. Pero lo sabrá.

—Vale.

—Llevaré muchísimo cuidado —he prometido.

—*Mmmmm.*

Mi madre ha recostado la cabeza en la pared y ha cerrado los ojos. Ayer se quedó despierta hasta las tantas ayudando a Harrison a terminar un proyecto de ciencias.

—Es una buena persona.

—Estoy segura —ha respondido mi madre sin abrir los ojos—. Me voy a preocupar por ti de todos modos, Sammie. Tú sé prudente. No vayas a ninguna parte sin decírmelo, o sin tener en cuenta cómo afectará a tu salud. —Ha sonreído para sí—. Y protege tu corazón. Es la primera vez que te embarcas en una relación romántica de verdad. No te precipites. Aunque, por otro lado, no creo que haya que preocuparse por eso. Nunca has sido demasiado impulsiva. Te gusta tenerlo todo controlado.

Pensé en la fiesta de Ross Nervig, en cómo le solté a Stuart lo que llevaba dentro sin pensármelo dos veces, en el día que le agarré de sopetón y le besé. Puede que mi madre desconozca algunas de mis facetas. Puede que yo desconozca algunas de mis facetas.

—No sé, mamá. Ahora que estoy a punto de graduarme he decidido ser más espontánea.

Mi madre ha abierto los ojos y se ha reído a carcajadas.

Yo le he soltado:

—He anotado «espontaneidad» en mi agenda. Para el jueves que viene.

Esta vez, mi madre se ha reído tanto que ha soltado un ronquido. Yo me he unido a sus carcajadas, y nos hemos desternillado hasta que la enfermera me ha llamado.

DIEZ, NUEVE OCHO, SIETE, ¿QUIÉN ES LA QUE MÁS PROMETE?

¡SAMANTHA!

¡SAMANTHA!

¡SAMANTHA!

TRES, CUATRO, CINCO, SEIS, ¡Y NO SE DESPISTARÁ NI UNA VEZ!

¡ESTRÉS!

¡ESTRÉS!

¡ESTRÉS!

Por si las moscas, he tomado medidas. He escrito el discurso y luego lo he pasado a fichas de notas. Habría preferido memorizarlo sin contar con material de apoyo, pero, ya sabes. Al menos no lo voy a leer directamente del papel como una aficionada cualquiera. Como tema he escogido: «Supera los obstáculos». Mola. Transcribo los momentos culminantes para la posteridad (o sea, para que alguien disfrute de ellos si acaso me vuelvo a quedar en blanco en mitad del escenario el fin de semana que viene y me tienen que sacar de allí en silla de ruedas):

«Creo que tendemos a agrupar todos los factores que se interponen en nuestro camino en una gran muralla: dinero, raza, sexualidad, relaciones, salud, tiempo. Estas son las fuerzas sobre las que, en teoría, no ejercemos ningún control, que conspiran contra nosotros. Sin embargo, jamás las venceremos si las contemplamos bajo ese punto de vista. A medida que nos hacemos mayores, tenemos ocasión de aprender de dónde proceden esos obstáculos.

»Si seguimos aprendiendo la historia de los escollos que se interponen en nuestro camino, tendremos la oportunidad de arrancar el veneno de raíz. Delimitaremos nuestros objetivos. Tanto si hablamos de obstáculos individuales, como una enfermedad, como de desafíos más generales, como la injusticia social, cada vez que eliminamos uno, abrimos hueco a la esperanza.

»El optimismo no tiene por qué ser selectivo. »

Etcétera.

He escrito el discurso que me gustaría escuchar, ¿sabes? Después de oír a la doctora Clarkington diciendo que podría empeorar más deprisa a partir de ahora, como que me... yo qué sé. Quería escribir sobre el optimismo. Quería escribir el discurso que yo misma necesitaba.

Porque, sinceramente, ¿alguien puede afirmar con seguridad que no mejoraré?

No podemos descartarlo como posibilidad.

Podría mejorar en lugar de empeorar. ¿Es probable? No. ¿Es posible? Pues claro. O sea, para empezar, la posibilidad de que yo sufriera esta dolencia era muy remota. Una entre ciento cincuenta mil. ¿Era probable? No. Salgo con un escritor publicado. ¿Era probable? No.

Pocas cosas son probables. Todo es posible.

PDA

Estoy cenando con Stuart (bueno, hablando con propiedad, estoy en el baño escribiendo en el teléfono; no podía esperar a contar esto). Mientras dábamos cuenta de un menú vietnamita, hemos discrepado acerca de si la aparición del capitalismo es consecuencia inevitable de la naturaleza humana.

Cuando la discusión se ha vuelto tan acalorada que he dado una palmada en la mesa y las salsas picantes han saltado un centímetro de sus bandejas, Stuart ha dicho:

—Perdona, no quería discutir.

Parecía preocupado, como si pensara que lo iba a dejar ahí plantado, y me ha tomado la mano por encima de la mesa.

—Pareces muy enfadada —ha proseguido—. Deberíamos dejarlo.

Está monísimo. Lleva una camisa de un blanco inmaculado que realza el marrón de su piel y la luz de los ojos.

Me he inclinado hacia la mesa y he susurrado:

—¿Te estás quedando conmigo? —Llevaba sin discutir así desde antes del Torneo Nacional. Estaba roja como un tomate y seguía buscando argumentos con los que rebatir los suyos, estrujándome los sesos para derrotar a un contendiente a mi altura—. No se me ocurre nada más romántico que esto.

—¿En serio?

—Me apetece... —He mirado a un lado y al otro. El local estaba lleno a rebosar de familias que charlaban con animación—. Me apetece montármelo contigo en mitad del restaurante.

Stuart se ha retrepado en la silla y ha enarcado las cejas.

—Pues hazlo —ha dicho en tono de desafío.

Y lo he hecho.

O sea, durante unos pocos segundos. Pero lo he hecho.

ÚLTIMO FINAL, ÚLTIMO DÍA DE CLASE

Me quedé en blanco.

No fue tan grave como en el torneo, pero de golpe y porrazo, en mitad de una ecuación, olvidé lo que estaba haciendo. Y una vez más, futura Sam, fue rarísimo porque sí, estaba confusa y preocupada, pero al mismo tiempo experimentaba una especie de felicidad tonta que no tenía ni pies ni cabeza, como si acabara de despertar de una larga siesta. Y de nuevo estuve a punto de echarme a reír, o de sonreír, o algo así, ante lo absurdo de la situación. En plan, eh, ¿a qué he venido? ¿Qué hago aquí? ¿Estaba multiplicando algo? Uf, bueno, la, la, la.

Cuando la bruma se disipó, volví sobre mis pasos. Retrocedí al principio del problema y volví a intentarlo. Pero no lograba reconstruir mi razonamiento. No podía rehacer la ruta sin borrarlo todo y empezar de cero, y no tenía tiempo para eso. Estaba entrando en pánico.

Así que copié. Medité cuál de los métodos de Coop funcionaría en este caso e hice trampas con todas las letras. Me aseguré de que nadie me estuviera mirando. Me humedecí el pulgar con la lengua y froté la tinta del siguiente problema hasta dejar los números irreconocibles.

Mientras la señora Hoss escudriñaba mi hoja de preguntas, posé los ojos en el pupitre de Felicia Thompson, que estaba sentada en la primera fila. Según me encaminaba a mi sitio con una hoja nueva, recitaba sus respuestas para mis adentros: *A, A, B, D, C, C, A...*

En el comedor me sentí tan culpable que hice un examen de prueba de principio a fin solo para demostrarme que habría podido hacerlo de no ser por la NP-C. (Lo clavé. Pero de todos modos...)

Durante la última hora de mi paso por el instituto, mientras segundo de bachillerato al completo extraía libros y apuntes de las taquillas y los rompía con una euforia malsana, yo busqué a Coop y se lo conté.

—Vaya, mi nena se siente culpable —dijo y, posándome una mano en la cabeza, me revolvió el cabello—. ¡Ya está hecho! ¿Qué más da? En circunstancias normales lo habrías clavado, ¿no? No tienes por qué avergonzarte. Todo el mundo puede tener un día malo.

—Claro —dije. En su caso, sí.

Coop se detuvo en mitad del pasillo, a mí lado.

—¿Qué haces ahora mismo?

—Caminar —repuse sin pensar, porque llevaba un millón de cosas en la cabeza.

—La gente va a venir a mi casa a comer perritos calientes.

—¡Qué divertido! —dije, y me despedí.

Me di cuenta más tarde de que tal vez fuera una invitación. Ay, vaya. Yo y mi discapacidad social.

Mientras cruzábamos las puertas del Hanover por última vez como alumnos no sentía nostalgia, ni lloraba, ni lo celebraba. Rezaba. *Jesús, María, José y todos los santos,* decía para mis adentros una y otra vez. *Por favor, por favor, por favor, que el día de la graduación no tenga un día malo.*

PERO ¿Y SI LO TENGO?

Son las tres de la madrugada y acabo de despertarme bañada en sudor frío por culpa de una pesadilla. Estaba en el escenario pronunciando mi discurso y un oso echaba a andar entre la multitud. Nadie se asustaba, solo yo, y él se abría paso a las bravas y todo el mundo se apartaba para hacerle un pasillo, aunque se encaminaba directamente hacia mí, despacio, y justo cuando se levantaba sobre dos patas para atacarme he despertado. Y me he dado cuenta de que tal vez los métodos de Coop funcionen con los exámenes y en las clases, pero no me ayudarán a la hora de pronunciar el discurso. Estaré ahí arriba y no habrán subterfugios que valgan, ningún lugar al que escapar.

SIN TÍTULO, EN EL BUEN SENTIDO

Esta mañana me he levantado al alba otra vez. He recitado mi discurso mientras me daba una larga ducha caliente. Hace un precioso día de primavera, casi de verano. Mi madre y yo escogimos un vestido rebajado a comienzos de esta semana, blanco y sencillo, forrado de un encaje abierto, y mi madre le metió la cintura y le sacó los hombros para que me quedara bien. También me compró un producto para que mis rizos no parezcan tan encrespados. Me lo he aplicado en los mechones húmedos, e incluso le he cogido máscara de pestañas.

Dentro de un rato, los abuelos (solo por parte de mi padre; mi otra abuela no puede venir desde Canadá) acudirán a buscarnos para ir a comer antes de la ceremonia. Stuart me preguntó si podríamos salir un rato antes de que empezara toda la locura y la celebración familiar, y mi madre dijo que sí, porque hoy es un día especial.

Hemos ido a la cafetería 4 Aces de Lebanon y nos hemos sentado en un reservado. Como estaba tan nerviosa y mi estómago no retenía nada sólido y, jolines, como hoy es el primer día del resto de mi vida, he pedido un batido de Oreo para desayunar. Stuart se ha partido de risa y me ha copiado.

—Estás monísima —ha dicho mientras sorbíamos con las pajitas.

—Tengo la sensación de que en cualquier momento voy a echar la pota en el vaso.

—¿De nervios o de risa?

—Las dos cosas.

—No serás la primera persona que se pone en evidencia con estos batidos. Están de muerte.

—Apenas noto el sabor.

Stuart ha hundido la cuchara en el suyo.

—Qué tragedia.

—Tendremos que volver cuando esto haya terminado —he dicho.

—¿Dos batidos en un día? Qué poca seriedad.

Me he reído.

—No, quiero decir este verano.

Y entonces nos hemos quedado un ratito callados. Aunque hablamos del futuro constantemente —de cuando Stuart acabe su colección de relatos cortos, de cuando yo estudie en la Universidad de Nueva York—, nunca hemos hablado de NUESTRO futuro en común, no nos hemos planteado si ESE futuro llegará siquiera. Yo tenía tanta prisa por dejar las cosas claras entre nosotros, que no me he parado a pensar con qué fin.

Puede que me haya comportado así porque lo nuestro me parecía demasiado bueno para ser verdad. Porque deseaba disfrutar al máximo de él antes de que volviera a un ambiente repleto de chicas tan incondicionales como yo e igual de listas, pero diez veces más guapas, y siguiera con su vida, sin mí.

Me pregunté si él pensaba lo mismo.

—Stuart... —he empezado a decir.

—¿Sí? —ha preguntado él, todavía escarbando el batido con la cuchara.

—Mírame —le he pedido.

Con aire desconcertado, Stuart ha abandonado la cuchara y me ha tomado la mano por encima de la mesa. Me encanta que haga eso. Siempre me entran ganas de mirar a un lado y a otro para ver si alguien nos está mirando cuando nos damos la mano, asaltada por esa idea tonta y vanidosa de que alguien pueda mirarnos y pensar: «Hala, esa pareja está enamorada».

Pero las palabras han muerto en mi garganta. Tal vez no fuera el mejor momento para mantener esa conversación, ahora que estaba a punto de protagonizar uno de los acontecimientos más importantes de mi vida hasta la fecha. Y de todos modos, nunca hemos hablado de «amor». Sé que yo lo he definido así en estas páginas, pero soy consciente de que soy una inexperta al respecto. Soy sincera, pero inexperta.

He inspirado hondo y he dicho:

—Debería haber pedido un pastelito de mantequilla de cacahuete.

—¡Ja! —ha exclamado él. Ha sacudido la cabeza antes de seguir comiendo—. ¡Ah! ¿Sabes qué?

—¿Qué?

—Eso me recuerda que... hay una heladería en Brooklyn. No me acuerdo de cómo se llama, pero sirven los mejores batidos del mundo. Aún mejores que estos, creo yo. Tenemos que ir.

He bebido un sorbito.

—¿Tenemos?

El corazón se me salía por la garganta. Me latía aún más deprisa que antes, y eso significa a todo trapo.

—Sí, en otoño —ha proseguido él. Poco a poco, mi pulso se ha normalizado. Me inundaba el alivio de la cabeza a los pies. Este otoño. O sea que seguiremos juntos. Tan juntos como para tomar un batido en plan pareja. De golpe y porrazo, me ha entrado mucha hambre.

—Así me gusta —ha dicho cuando me ha visto hundir la cuchara.

Me he tragado un montón de batido y he sonreído sin disimular ni nada.

—¿Qué? —me ha preguntado, sonriendo conmigo.

—Nada —he dicho—. Estoy contenta.

HE TENIDO QUE SECARME EL SUDOR DE LAS MANOS EN EL VESTIDO PARA PODER ESCRIBIR

Me he escondido en los vestuarios de las chicas para ponerme a escribir. Estaba arrastrando el vestido por el suelo, así que lo he colgado en el gancho de la puerta.

Después de que mis padres y mis hermanos me dejaran en la puerta del gimnasio para ir a aparcar, me ha parecido que había olvidado el discurso, hasta que me he arrancado a mí misma las primeras palabras y las he susurrado:

—Oliver Goldsmith dijo en cierta ocasión...

Y todo lo demás ha venido solo. No dejo de repetirlo: *Oliver Goldsmith dijo en cierta ocasión, Oliver Goldsmith dijo en cierta ocasión,* como si me estuviera ahogando y saliera a coger aire cada vez que pronuncio la frase.

Cuando los profesores y el equipo directivo se reunieron delante del escenario, he visto a la señora Townsend, cuyo oscuro cardado destacaba por encima de las demás cabezas.

—Hola, señora T —la he saludado, y ella ha dado media vuelta.

—Sammie —ha dicho despacio, sonriendo con dulzura, y me ha abrazado. Olía a un montón de productos mezclados: crema, champú y perfume, pero en el buen sentido, una mezcla agradable.

—Gracias por todo —he dicho, y se me han saltado las lágrimas que llevaba conteniendo todo el día.

—Lo vas a hacer muy bien —me ha prometido la señora T.

Y entonces no he podido evitarlo, me he echado a llorar de verdad, porque cuántas veces me ha prometido lo mismo a lo largo de estos cuatro años, antes de los primeros exámenes, antes del primer torneo, antes de que empezara bachillerato, antes de que la enfermedad se manifestase y amenazara con echarlo todo por la borda, y después también. Sabía que esta sería la última vez que oiría esa frase de sus labios. Cuando se disponía a alejarse para decir adiós a alguien más, le he tocado el brazo.

Se ha vuelto a mirarme.

—¿Le importaría presentarme? O sea, ¿antes del discurso?

—¡Ah! —Se ha sorprendido, y lo ha meditado.

—Ya sé que siempre lo hace el señor Rothchild, el director, pero significaría mucho... ya sabe... porque solo usted sabe lo importante que... —Me he tragado las lágrimas otra vez—. Lo importante que es para mí pronunciar este discurso.

La señora T ha sonreído de nuevo, ya convencida, asintiendo.

—Pues claro que sí —ha dicho—. Yo se lo comentaré al señor Rothchild.

Ahora ya no cabe ni un alfiler en el gimnasio y las voces de la concurrencia se enredan entre sí hasta crear un inmenso rugido.

Debería entrar. Nos están poniendo en fila por orden de apellido. A mí me tocará entre William Madison y Lynn Nguyen. Todo el mundo se está haciendo selfies y aquí estoy yo, escribiendo en un lavabo. Si fracaso, que conste que estuve aquí, encerrada en un retrete, ensayando el discurso por última vez. Lo intenté.

Me extraña estar pensando de nuevo en Coop, pero no dejo de recordar lo que me dijo el otro día en el pasillo: «Todo el mundo puede tener un día malo».

Hablando del rey de Roma, alguien acaba de asomar la cabeza gritando:

—¡Samantha Agatha McCoy! ¡Mueve el culo ahora mismo!

Sí, tenía que ser Coop.

Vamos allá.

A PARTIR DE AHORA, TÚ TE HACES CARGO

Por un instante, tengo la sensación de que todo lo sucedido en el Torneo Nacional se está repitiendo, multiplicado por mil e infinitamente más aterrador. *Torneo Nacional: la secuela. Torneo Nacional 2: el retorno de la Demencia.* Filas y más filas de fluorescentes reemplazan en el gimnasio los focos del escenario, y el público ya no está compuesto por un puñado de estudiantes acompañado de sus familias, que a duras penas prestan atención, sino por todo un paisaje de rostros, mis compañeros apiñados como peñascos azules, acentuados por los flashes de cientos de cámaras, todos en silencio, esperando.

Yo aguardo entre bastidores.

La señora Townsend cruza el escenario entre un sonoro taconeo y ocupa su lugar detrás del podio. Ahora lleva una banda marrón, el color del instituto, echada sobre los hombros.

—Damas y caballeros, familias, graduados —dice, y espera a que cesen los vítores y los aplausos de los alumnos—. La mejor alumna de la promoción, Samantha McCoy.

Camino por el escenario. No, patino. No, floto. Para serenarme, apoyo los codos en el podio y uno las palmas de las manos.

Mirando el borroso mar de caras que forman los seres queridos de todos los presentes, empiezo:

—Oliver Goldsmith dijo en cierta ocasión: «Nuestra mayor gloria no reside en evitar las caídas, sino en volver a levantarnos».

Y entonces mi cerebro desconecta, pero no como la vez anterior. Desconecta de cualquier palabra, sentimiento o pensamiento ajeno a los que surgen de mis labios. Como si mi mente supiera que no es momento de plantear dudas y me dijera: *Vale, ya hemos llegado. Yo me hago cargo de todo a partir de ahora.*

Según hablaba, veía en lugar de pensar. Veía numerosas imágenes al azar, futura Sam, los ojos de Stuart bajo sus pestañas negras al otro lado de la mesa del restaurante, mirando su batido y riendo; el rostro afable de la señora Townsend cuando escribe en el ordenador; y el resplandor azul del acuario que hay en la consulta del médico reflejado en la cara de Davy cuando contemplaba cómo nadaban los luchadores de Siam.

Transcurridos diez minutos, estaba diciendo:

—Así pues, cuando sucumbimos a la adversidad, lo mejor es preguntarse en qué momento caímos, por qué caímos, y prometernos que nunca volveremos a caer del mismo modo. Para eso sirve la educación, tanto en la vida como en la escuela. Emplea lo que has aprendido en ser más feliz y, maldita sea...

El público se ha reído con ganas.

Esa parte no la tenía preparada, pero me ha salido espontáneamente. He mirado a los profesores. Algunos soltaban risitas nerviosas, otros negaban con la cabeza.

—Maldita sea —he continuado, yo misma incapaz de contener la risa—. Vuelve a levantarte.

Las caras de mis compañeros de clase se han perfilado delante de mí.

—Gracias —he terminado, y han prorrumpido en aplausos.

Ahora bien, la verdadera recompensa ha venido después. O sea, ahora. Bueno, no ahora mismo.

Ahora mismo estoy en el coche. Después de la ceremonia.

Vale, ya sabes lo mucho que me entristecía y me molestaba que treinta segundos de nada pudieran cargarse cuatro años de trabajo, ¿verdad? Pues resulta que me había precipitado, porque también funciona a la inversa.

Cuando hemos gritado el último «¡hurra!» al unísono y los birretes han aterrizado, la clase de segundo del Hanover se ha desparramado igual que esas torres Jenga que se desmoronan de repente cuando quitas una pieza.

Lynn Nguyen se ha vuelto hacia mí para abrazarme como si nos conociéramos de toda la vida, y las dos hemos chocado los cinco con Will Madison, y compañeros que solo conozco de nombre y de verles el cogote se han acercado a mí para felicitarme, pero eso no es lo mejor de todo: lo mejor es que, de golpe y porrazo, yo también he recordado por qué todos ellos son estupendos, como si me hubiera ido empapando de su personalidad a lo largo de los años sin darme cuenta, y quería contárselo todo y saberlo todo acerca de ellos. Pero no temas profundos como qué deseos albergan en el fondo de su corazón, o qué piensan de la desigualdad salarial, sino solo saber cómo estaban. Cómo les iba la vida.

—Lynn, ¿te vas a quedar en el Upper Valley? Me han dicho que al final te han aceptado para hacer prácticas en aquella revista.

—Elena, tu solo ha sido alucinante. ¿De dónde has sacado zapatillas de lona con tacones? ¡Ni siquiera sabía que existiesen!

—Will, ¿jugarás al fútbol en la Universidad de Vermont el año que viene?

Estaba hablando de BANALIDADES, futura Sam.

Y al cabo de nada estábamos quedando para ir a casa de Ross Nervig por la noche (no me han invitado a mí concretamente, pero tampoco me han excluido; o sea, me han dicho que no me lo pierda, pero da igual) y a mí me apetece ir.

Por si fuera poco, Maddie estará allí. Ha sorteado dos filas de sillas y, cuando ha llegado a mi altura, me ha abrazado sin decir nada y yo he hecho lo propio, con fuerza.

—Perdona —le he dicho en dirección a la oreja desnuda. Llevaba el rapado teñido de un castaño oscuro, a juego con los colores del Hanover y, al igual que el resto de miembros del Sindicato Queer, había añadido a su toga cordones de todos los colores del arcoíris.

—¿Por qué? —me ha preguntado, y nos hemos despegado.

—Por haberte utilizado.

Ella ha esbozado una sonrisa triste.

—Perdona tú también. Estaba pasando por un mal momento.

—Pero algo de razón tenías.

—Pero ahora... —Ha hecho un gesto que abarcaba el alegre bullicio del resplandeciente gimnasio—. Ya no tiene importancia. Nos hemos graduado. El instituto ha pasado a la Historia. Sobre todo en tu caso.

—¡Cuánta razón tienes! —he exclamado, y he soltado una especie de suspiro, porque se me acababa de deshacer un nudo por dentro. Era el nudo que servía para mantenerlo todo en su sitio, así que cumplió su función, pero Maddie estaba en lo cierto. El instituto había pasado a la Historia.

—Pero ¿sabes lo que sí lamento? —le he dicho, tragando saliva.

—¿Qué? —ha preguntado Maddie, frunciendo el ceño en plan de guasa.

—Lamento que hayamos tardado tanto en hacernos amigas íntimas.

—Bueno —Ha tirado el gorro al aire y lo ha vuelto a recoger—. ¡Hay tiempo de sobra!

—¡Maddie! —Stacia la ha llamado desde donde estaba, junto a sus padres. Pat también se encontraba allí. No sé si Maddie y Stacia vuelven a estar juntas pero, como todo lo demás, ya carece de importancia. Maddie estaba la mar de contenta.

—¡Tengo que irme! —ha dicho.

Le he agarrado la manga.

—¿Nos vemos esta noche en la fiesta de Ross Nervig?

Mientras caminaba hacia atrás para reunirse con Stacia, Maddie ha abierto la boca de par en par y luego ha vuelto a cerrarla.

—Sammie McCoy se va de fiesta. —Ha fingido cerrarse los labios con una cremallera—. No quiero estropearlo. No voy a decir ni una palabra. Pero sí, nos vemos allí.

Cuando el gentío se ha ido dispersando, mis padres y mis abuelos han acudido a mi encuentro seguidos de mis hermanos, todos repeinados, acicalados y enfundados en sus trajes de domingo.

—Estamos muy orgullosos de ti —ha dicho mi madre mientras me envolvía en uno de esos abrazos que rozan el estrujón pero no llegan a serlo.

—Muy orgullosos —ha repetido mi padre, y se ha unido al abrazo.

Bette y Davy me han rodeado la cintura con sus delgados bracitos, una por cada lado, empapadas del olor a las palomitas que regalaban en el vestíbulo, mientras que Harrison ha tocado la cabeza de Bette y ha dicho:

—Me uno al abrazo.

A mí me ha bastado.

Luego les ha tocado a los abuelos, cuyas cabezas blancas son de la misma altura exacta. La abuela me ha tendido un grueso sobre dentro de un ejemplar de *Caddie Woodlawn,* mi libro favorito, el mismo que siempre me leía en la infancia a petición mía, y se me han saltado las lágrimas otra vez.

Por encima de sus cabezas he visto a Stuart, plantado a unos metros de donde yo estaba. Enfundado en mi camisa favorita, cuyo blanco inmaculado resplandecía contra una fina corbata negra, parecía sacado de la portada de GQ (en mi opinión).

Nuestras miradas se han cruzado y hemos intercambiado una sonrisa tan emocionada e inmensa que mi corazón, lo juro, ha brincado como la primera vez que lo vi después de todo aquel tiempo, solo que ahora no me sentía paralizada sino todo lo contrario. He tenido que contenerme para no echar a correr y saltar a sus brazos. Él ha desviado la vista un momento, y yo me he limpiado a toda prisa con el dorso de la mano los surcos de máscara de pestañas que debían de ensuciar mis mejillas.

Cuando lo he mirado nuevamente, me ha pedido por gestos que esperase un momento; por lo visto, Dale y sus padres querían hablar con él en la otra punta del gimnasio. Le he dado el visto bueno enseñándole el pulgar y me he vuelto hacia mi familia con la sonrisa más cándida que he podido esbozar.

—Eh, mamá, papá, ¿puedo ir a una fiesta esta noche?

—Muy hábil, Sammie, eso de abordarnos cuando estamos de buen humor —se ha burlado mi padre, que había inmovilizado a Harrison con una llave de judo en plan de broma.

—Lo digo en serio. Por favor.

—Hum —ha meditado mi madre—. Puedes invitar a tus amigos a casa si quieres.

—Pero...

—Mejor que no, cielo —ha decidido mi padre.

—Déjala que vaya, Mark —ha intervenido la abuela. Posándome la mano en la espalda, me ha dedicado una pequeña sonrisa—. Se merece salir a celebrarlo.

—¡Ja! —ha exclamado mi padre—. Mira quién fue a hablar. La que no me dejaba ir a mi fiesta de graduación.

—Yo no, pero tu padre sí —ha replicado la abuela mirando a su marido de soslayo.

—Es verdad, le dejé —ha reconocido el abuelo, y me ha guiñado el ojo.

Mi madre ha suspirado.

—Conseguirás que me salgan canas —ha dicho en mi dirección. Luego se ha vuelto hacia el abuelo—. No te ofendas.

—¿Tu amiga la del mohicano va? —ha preguntado mi padre—. ¿La que sabe hacer la reanimación cardiopulmonar?

—¿Maddie? ¡Claro! —Era prácticamente un sí. He tenido que contenerme para no aplaudir de emoción. Maddie seguía por allí—. ¡Maddie! —he gritado.

—¿Qué?

—Esta noche vamos a la fiesta, ¿no? —le he lanzado una mirada elocuente.

—¡Sí! —ha vociferado—. ¡Ya lo creo!

Les he dicho que me reuniría con Stuart o con Maddie en el aparcamiento y que iríamos juntos. Tras hacernos montones de fotos, intercambiar besos de despedida y un último «no hagas tonterías» por parte de mis padres, todos se han marchado.

Así que ahora estoy aquí, en el aparcamiento, en el coche, que mis padres me han dado permiso para coger, siempre y cuando llegue a casa antes de la medianoche.

Lo que pasó en el Torneo Nacional fue un fallo, nada más. Un mal momento. Y aunque volviera a pasar mientras esté en la Universidad de Nueva York, explicaré mis circunstancias. *Sucede muy de vez en cuando,* les diré. Nunca estaré tan mal como en el peor de los casos.

Te estoy escribiendo ahora, aunque podría estar de fiesta, porque me he dado cuenta de cuál es el denominador común de todas las ocasiones en que las cosas me salen bien: escribirte, futura Sam. Debe de estar funcionando. Algo, al menos, está funcionando. Y como compensación por todas las veladas que he pasado en casa, en la biblioteca, mangoneando a la gente, como compensación por todas las noches que he pasado haciendo codos... hoy quiero celebrarlo, y quiero que este día permanezca mucho tiempo en mi recuerdo.

Solo hay un inconveniente: Stuart ya se ha marchado para que pudiera pasar un rato con mi familia y ahora está a veinte minutos de aquí. Maddie también se ha ido. Le he dicho a Stuart que no pasaba nada, que se fuera con Dale y que ya nos veríamos allí. En fin. No creo que a mis padres les importe que vaya sola. Coop me ha enviado un mensaje con la dirección. Es un trayecto corto, al fin y al cabo, y mi mente está más despierta que nunca.

Qué vergüenza. Creo que me he perdido. No sé cuándo ni por qué. De ahí que esté releyendo esto y, claro, me acuerdo de que iba de camino a la fiesta de Ross Nervig y de que Coop me ha enviado un mensaje con la dirección, pero la estoy mirando y no consigo recordar el trayecto. Conectaré el GPS, por el amor de Dios, pero es que se me ha olvidado en qué calle estoy. Vaya, ejem. Aparcaré hasta que me encuentre mejor.

Hoy es el día de la graduación. Pues claro. He echado un vistazo a lo que escribía hace un rato. Pero ahora estoy otra vez en plan «¿ADÓNDE IBA?»

Así que, esto no tiene buena pinta.

Debería llamar a mi madre pero me matará, así que mejor espero a que se me pase.

Vale, antes he leído que voy de camino a mi graduación, lo sé porque ya van DOS VECES. Qué vergüenza.

O sea, no a mi graduación, a la fiesta POST graduación.

hola puedo escribir aquí está muy oscuro y al menos este cacharro tiene luz y brilla he puesto los seguros no te preocupes

estoy bien creo solo que aún no he llegado pero me tiemblan las
manos

futura sam vale me encuentro un poco mejor pero no recuerdo
adónde iba he caminado un poco alrededor del coche. había otros coches que iban a alguna parte y he estado a punto de parar a uno pero
creo que no me ha visto los faros brillan demasiado y parecen malos
y me miran mal

iba de camino al cole volvía del cole

Vale. Vale. Esto es absurdo.

Jo, me he perdido. Este sitio me suena, parece mi calle.

una vez leí un libro sobre un gigante bonachón de Londres que sopla-
ba sueños en forma de pequeñas burbujas en los dormitorios de la gente y la niña lo vio pero él la capturó y se la echó al hombro y la llevó a un
país de gigantes

el gran gigante bonachón es muy bueno es un libro largo con ca-
pítulos y todo

por qué estaba hablando de gigantes ah sí

coop y yo construíamos casitas con agujas de pino y jugábamos a
que éramos gigantes y las pisábamos alguna vez te he dicho que la oscuridad parece la sombra de un gigante en la carretera que viene hacia mí
y pisa los coches malos

¿He llamado a Coop? Esto no va bien. Esto va bien. Voy a llamar a COop
ants de que *es to* empeore
     oh oh me encuentro mal otra vez ME ENCUENTRO MAL
MAL MAL MAL me voy a sentar un rato hasta que me *en cuentre* mejor
     escribe sobre cosas que conozcas
     cuando tengas miedo puedes escribir sobre las cosas que conoces

VUELTAS Y VUELTAS

Soy un monstruo de Frankenstein tendido en la habitación más limpia que he visto en toda mi vida. Acabo de abrir los ojos delante del dibujo que Bette me ha dejado en la mesilla, junto a la cama del hospital. Solo es un gran círculo, nada más, y dentro ha escrito «que te mejores»

Flores de los Townsend

Flores de Maddie

Flores de Stuart

Pero la tarjeta me hace llorar porque me recuerda una y otra vez lo que olvidé

Me perdí en la ruta que rodea la montaña, pasado el pueblo

Me recuerda los mapas que dibujábamos de niños

Cuando ella, Harry, Coop y yo (Davvy era demasiado pequeña) nos pasábamos el día dando vueltas a Strafford. Primero corríamos montaña abajo, luego nos apresurábamos hacia el arroyo, a continuación corríamos a Strafford, donde saludábamos a Eddy el Rápido, que estaba sentado junto a la puerta de la tienda —Eddy el Rápido, el autodesignado policía que también ejerce de cartero— y después entrábamos a comprar un refresco de cereza con vainilla. Corríamos otra vez al arroyo, comíamos algo, volvíamos a subir la montaña a la carrera hasta el jardín, donde jugábamos a los gigantes, y por fin entrábamos a cenar

Una vez dibujamos un mapa de nuestro mundo y trazamos nuestra ruta. Era muy sencilla, claro

Consistía en un círculo, y con eso nos bastaba

POR FAVOR

Coop me encontró aparcada a un lado de la carretera y me llevó a casa. Me he pasado toda la semana entrando y saliendo del hospital. Cada vez que me ingresan hay novedades, y en cada ocasión mis padres mudan en un par de pingajos de ojos sombríos y hundidos que no se despegan de mi cama del hospital, todo malo. Tengo:

síntomas de ictericia
hipertrofia de hígado
hipertrofia de bazo

Todo ello contribuye al premio gordo: estoy en proceso de «leve retraso mental». Por eso veía gigantes junto a la carretera y escribía como una niña pequeña.

No te había contado gran cosa hasta ahora porque, la verdad, preferiría olvidar lo que está pasando, futura Sam, y además TÚ, tal como TE concebí de buen comienzo, ya no existes. Cómprate un montón de camisas hawaianas. Resígnate a tener los labios hinchados, la piel amarillenta, los ojos caídos. Tendrás un diploma del instituto que no servirá para nada y arrastrarás una pierna. Babearás.

No quiero ni imaginar qué aspecto tengo ahora mismo. Ya es bastante asqueroso que todas mis funciones fisiológicas se desplieguen en la cama. Gracias a Dios que no me ha visto nadie más.

Le dije a Stuart que mis padres cambiaron de idea la noche de la graduación y me obligaron a permanecer en casa, y que luego me quedé sin batería. Más tarde, cuando averigüé que más o menos tendría que vivir en el hospital, le dije que padecía una amigdalitis grave y que no viniera a verme porque podría contagiarlo. Ojalá viniera de todas formas, me encontrara dormida y me despertara con un beso como en una película de Disney o algo así, y ya nunca se separara de mi lado. Por otra parte, estoy segura de que la boca me apesta a gelatina del hospital y a putrefacción de dormir con la boca abierta sin apenas cepillarme los dientes, así que quizá sea mala idea. Y, en cualquier caso, eso no va a pasar.

Estamos esperando que nos digan si podré o no ir a la universidad, como mínimo el primer semestre, antes de que mi condición empeore.

La respuesta inicial de mis padres fue un no rotundo, pero yo me puse en plan «por favor, por favor, esto no va a durar para siempre, dejad que vaya, matriculadme en clases para bobos, dejad que vaya a Nueva York. Es lo único que me queda, por favor. Por favor por favor por favor por favor por favor».

Han debido de administrarme algún tipo de somnífero porque estoy despierta en plena noche y dudo mucho que deba estarlo

Juraría que hay algo en una esquina de la habitación. No sé si es una enfermera o qué porque está muy oscuro, pero la señal del monitor emite un pitido intermitente, lo que significa que estoy viva. Además puedo escribir, de modo que mi cerebro sigue conectado a mis manos, aunque noto cristales en la garganta cada vez que trago y un oscuro cardenal allí donde la vía me bombea el alimento o me extrae la sangre, no sé cuál de las dos cosas

Recuerdo vagamente que alguien, en algún momento, me ha clavado una aguja larga y fría en la nalga

Esta manta pica horrores, pero cuando la retiro me parece estar en el Polo Norte, hace un frío que pela

No puedo cerrar la boca del todo, aunque no sé qué me lo impide

Me duelen los ojos

He intentado leer en internet pero aquí no llega el wifi y, sinceramente, llevo siglos aquí despierta intentando averiguar qué es esa cosa blanca del rincón

No desaparece así que no se trata de un velo de esos que te empañan la visión

No se mueve así que no es un ser humano

Es demasiado grande para ser una cortina o un perchero

No puedo hacer nada más que esperar a que salga el sol y no tengo modo de saber lo cerca o lejos que estoy del ocaso o del amanecer porque alguien ha toqueteado la batería de mi ordenador y la hora ha mudado en un parpadeo: 12, 12, 12

Me preguntó a qué hora me dormí. No sé si, en teoría, debería recordarlo

Puede que no me hayan dado ningún medicamento

O yo qué sé

Que me parta un rayo.

Menudo golpe: según los médicos, una persona que padece un leve retraso mental no puede ir a la universidad, no puede vivir lejos de sus padres y, a la larga, apenas si será capaz de pensar por sí misma. Da igual que siga conservando la capacidad de comunicarme, caminar y pensar, porque, por lo visto, además de ser médicos, son unos putos ADIVINOS y lo saben todo. Así pues, han decidido destrozar mis sueños y arrebatarle el sentido a mi vida.

Yo me he puesto en plan: «¿Y cómo lo saben? Los episodios bien podrían seguir siendo casos aislados». LO QUE ES CIERTO SEGÚN LAS LEYES DE LA LÓGICA Y LA PROBABILIDAD. DOS CRISIS EN CINCO MESES NO EQUIVALEN A PELIGRO INMINENTE. ESTAMOS HABLANDO, LITERALMENTE, DE UN DOS POR CIENTO DE PROBABILIDADES EN UN DÍA DADO.

La expresión de la doctora Clarkington era asquerosa, como si estuviera llorando y tirándose un pedo al mismo tiempo, cuando ha dicho:

—Lo siento, Sammie. No podemos hacer nada.

Me han entrado ganas de atizarle un puñetazo en toda la cara.

Si no se puede hacer nada, ¿por qué carajo estáis jugando a los médicos conmigo, eh? Hay montones de cosas QUE PODRÍA ESTAR HACIENDO AHORA MISMO, COMO IR A LA UNIVERSIDAD. Genial, estoy llorando.

Ahora me dicen que nada de eso va a pasar. Si el mantra de mi madre es *hummmm hummmm,* mi nuevo mantra es *eso no va a pasar.*

¡Me encanta hacer listas de tareas pendientes! ¿Por qué no hacer listas de cosas que nunca haré? ¿Qué te parece? Puedo escribir listas de todo aquello que siempre he deseado y, a continuación, la frase: «Eso no va a pasar».

Universidad de Nueva York: eso no va a pasar.

Stuart Shah: eso no va a pasar.
Derecho en Harvard: eso no va a pasar.
Naciones Unidas: eso no va a pasar.
Todo ha terminado y voy a morir.

morir morir morir morir morir morir morir morir morir morir morir
morir morir morir morir morir morir morir morir morir morir morir
morir morir morir morir morir morir morir morir morir morir morir
morir morir morir morir morir morir morir morir morir morir morir
morir morir morir morir morir morir morir morir morir morir morir
morir morir morir morir morir morir morir morir morir morir morir
morir morir morir morir morir morir morir morir morir morir morir
morir morir morir morir morir morir morir morir morir morir morir
morir morir morir morir morir morir morir morir morir morir morir
morir morir morir morir morir morir morir morir morir morir morir
morir morir morir morir morir morir morir morir morir morir morir
morir morir morir morir morir morir morir morir morir morir morir
morir morir morir morir morir morir morir morir morir morir morir
morir morir morir morir morir morir morir morir morir morir morir
morir morir morir morir morir morir morir morir morir morir morir
morir morir morir morir morir morir morir morir morir morir morir
morir morir morir morir morir morir morir morir morir morir morir
morir morir morir morir morir morir morir morir morir morir morir
morir morir morir morir morir morir morir morir morir morir morir
morir morir morir morir morir morir morir morir morir morir morir
morir morir morir morir morir morir morir morir morir morir morir
morir morir morir morir morir morir morir morir morir morir morir
morir morir morir morir morir morir morir morir morir morir morir
morir morir morir morir morir morir morir morir morir morir morir
morir morir morir morir morir morir morir morir morir morir morir
morir morir morir morir morir morir morir morir morir morir morir
morir morir morir morir morir morir morir morir morir morir morir
morir morir morir morir morir morir morir morir morir morir morir
morir morir morir morir morir morir morir morir morir morir morir
morir morir morir morir morir morir morir morir morir morir morir
morir morir morir morir morir morir morir morir morir morir morir
morir morir morir morir morir morir morir morir morir morir morir

morir morir morir morir morir morir morir morir morir morir morir
morir morir morir morir morir morir morir morir morir morir morir
morir morir morir morir morir morir morir morir morir morir morir
morir morir morir morir morir morir morir morir morir morir morir
morir morir morir morir morir morir morir morir morir morir morir
morir morir morir morir morir morir morir morir morir morir morir
morir morir morir morir morir morir morir morir morir morir morir
morir morir morir morir morir morir morir morir morir morir morir
morir morir morir morir morir morir morir morir morir morir morir
morir morir morir morir morir morir morir morir morir morir morir
morir morir morir morir morir morir morir morir morir morir morir
morir morir morir morir morir morir morir morir morir morir morir
morir morir morir morir morir morir morir morir morir morir morir
morir morir morir morir morir morir morir morir morir morir morir
morir morir morir morir morir morir morir morir morir morir morir
morir morir morir morir morir morir morir morir morir morir morir
morir morir morir morir morir morir morir morir morir morir morir
morir morir morir morir morir morir morir morir morir morir morir
morir morir morir morir morir morir morir morir morir morir morir
morir morir morir morir morir morir morir morir morir morir morir
morir morir morir morir morir morir morir morir morir morir morir
morir morir morir morir morir morir morir morir morir morir morir
morir morir morir morir morir morir morir morir morir morir morir
morir morir morir morir morir morir morir morir morir morir morir
morir morir morir morir morir morir morir morir morir morir morir
morir morir morir morir morir morir morir morir morir morir morir
morir morir morir morir morir morir morir morir morir morir morir
morir morir morir morir morir morir morir morir morir morir morir
morir morir morir morir morir morir morir morir morir morir morir

NO HE MUERTO

Bette y Davy están construyendo un fuerte de almohadones a mi alrededor mientras escribo, lo que es muy inteligente por su parte. Ya apenas me levanto del suelo, así que ofrezco una estructura de apoyo ideal.

He aquí lo que veo: mis piernas extendidas bajo una manta de felpa azul, la mesa de la cocina/comedor con los restos de dos sándwiches de mantequilla de cacahuete. En la repisa de la ventana, encima del fregadero, una fila de frascos de color naranja con las tapas blancas.

Pastillas blancas, pequeñas y redondas para el dolor.

Pastillas azules, ovaladas para la parálisis de mirada vertical.

Pastillas rojas en forma de pastillas para el entumecimiento.

Prozac para la depresión.

Etcétera.

Las últimas de la lista, aún no las he tomado. Pero estoy a punto.

—Juega con nosotros, juega con nosotros, juega con nosotros —entona Davy. Se han olvidado del fuerte y ahora corretean alrededor del sofá. Miro a un lado y a otro buscando a Harrison, con la esperanza de que pueda distraerlos, pero entonces me acuerdo de que está de campamento.

—No puedo —les digo. Estoy demasiado ocupada viendo un espantoso programa en la tele sobre tipos que compiten por encontrar objetos de valor en almacenes de alquiler.

—¿Por qué? —pregunta Bette.

—No me puedo mover —respondo yo.

—No es verdad —me acusa Bette—. Te levantas para ir al baño y para comer. ¡Acabo de verte!

Tiene razón. Me puedo mover. Es que no quiero hacerlo. ¿Moverme para ir adónde? ¿Al jardín? ¿Al límite de nuestra propiedad?

Los únicos consuelos que me quedan son dos formas de ficción: lo que sea que echen en la televisión e intercambiar mensajes con Stuart, que ahora piensa que la amigdalitis ha degenerado en una mononucleosis. (Por lo que parece, es más fácil mentir cuando escribes y cuando, de todos modos, apenas si puedes hablar porque los medicamentos te dejan la boca como un estropajo).

Y ninguno de mis dos consuelos requiere movimiento. Así pues... Hablando de Stuart, ¿dónde está mi teléfono?

Grrrrr.

Siempre lo dejo cerca para no enfrentarme a este problema. En serio, no he sufrido un olvido. No lo he cambiado de sitio.

Entonces oigo a Bette y a Davy soltando risitas debajo de la mesa de la cocina.

Ay, Dios.

—¿Lo ves? ¡Sí que te puedes mover! —me grita Bette con una sonrisa victoriosa en el rostro cuando me acerco a toda prisa y se lo arranco. Los dos salen corriendo al jardín.

Uf, no le han enviado un mensaje a Stuart.

Se lo han enviado a Coop. Debe de ser el único nombre que han reconocido. De vez en cuando, Coop los «pasea en helicóptero» al salir de la iglesia. Abro la puerta corrediza y les chillo:

—¡ESO NO SE HACE!

Bette responde desde el lindero de la arboleda, aún entre risas:

—¡ÉL TE HA ESCRITO PRIMERO! ¡YO SOLO HE CONTESTADO «VALE»!

Ah, sí, es verdad.

Coop: eh, guapa, solo quería saber cómo andas. me puedo pasar?? además mi madre os ha preparado un montón de comida y ya puestos os la traeré.

Yo: Vale

Por lo que parece, Coop viene hacia aquí. Habrá que ponerle una contraseña al móvil.

LO QUE PASÓ

Había salido al jardín por primera vez en una semana y media. Estaba tumbada en una tumbona de plástico, haciéndome a la idea de que el verano había llegado a Vermont mientras yo permanecía encerrada. Los nubarrones amenazaban lluvia, pero los lirios de los valles y el trébol rojo se habían abierto paso entre los narcisos, los tomates del huerto empezaban a madurar y había un par de colibríes en el comedero de los pájaros.

Bette y Davy los estaban mirando, acurrucadas entre los arbustos que rodean la casa, tratando de hacer el menor ruido posible.

Cuando Coop apareció en la cuesta cargado con dos bolsas en cada mano, me llevé un dedo a los labios y señalé las dos manchitas de colores.

Puede que sea un despojo humano pero, como a todos los McCoy, me encanta observar los pájaros. Sobre todo a los colibríes. Antes conocía un montón de curiosidades sobre esas aves.

Coop dejó las bolsas en el suelo, despacio, y siguió andando como un espía bobo al acecho.

Bette y Davy soltaron risitas, revelando así su escondrijo, y los pájaros salieron volando.

—¡Ya te vale! —le solté a Coop mientras él recogía las bolsas.

—Lo he intentado —se disculpó, y se encogió de hombros. Según se acercaba, noté algo distinto y busqué el canuto que siempre lleva detrás de la oreja. Coop jamás lo olvidaría, sobre todo en verano. No lo vi.

—¿Dejo esto en la cocina? —preguntó. «Como si estuvieras en tu casa», le indiqué por señas.

A través de las puertas correderas, que estaban entreabiertas, lo oí trastear por la cocina, abrir y cerrar el frigorífico.

—¿Habéis cambiado los botes de sitio?

—Sí —grité—. Ahora están en otro armario.

Me resultaba raro que Cooper anduviera por mi hogar como Pedro por su casa, el Cooper que ahora conocía, siempre rodeado de

185

chicas que lo miraban embobadas mientras él exhibía su sonrisa de colgado.

Por otro lado, ya no nos cruzábamos por los pasillos como antes, entre una multitud.

Y luego estaban las ratios que tanta confianza me inspiraban. Coop también tenía la suya. Catorce años contra cuatro. Cuatro años transcurridos entre una nube de fiestas y marihuana; catorce en esta casa. En un setenta por cien seguía siendo el chico que sabía dónde estaban los botes.

Bien pensado, no era tan raro, pues.

Volvió a salir, enderezó la segunda tumbona, que estaba tirada sobre la boca del sumidero, y se sentó.

Yo me preparé para responder todas esas preguntas trascendentes que hoy por hoy habían perdido toda su relevancia.

¿De verdad estás tan enferma?

¿Podrás ir a la universidad?

¿Qué vas a hacer ahora?

Al ver que no decía nada, interrumpí el rumor de la brisa, de los pájaros y de los bichos con el fin de acabar de una vez.

—Gracias por ir a buscarme la otra noche —dije.

—No hace falta que me lo agradezcas.

Le lancé una mirada inquisitiva.

—Me diste las gracias un millón de veces —aclaró Coop.

—¿Ah, sí?

—Sí. —Entornaba los ojos para protegerlos del sol, que acababa de asomar fugazmente—. ¿Recuerdas lo que pasó?

Lo deduzco a partir de lo que escribí, pero mis palabras no tenían mucho sentido. Negué con la cabeza.

Empezó a contármelo pero, según hablaba, la vergüenza y el miedo empezaron a reptar por mis entrañas y a estrujarme lo sesos al borde de una migraña.

Le pedí que callara.

Entré en casa, eché mano del portátil y se lo tendí. Le dije que lo leería más tarde. No le expliqué por qué.

Prefería que me lo contara por escrito porque me parecía más fácil poner distancia con las palabras y digerir el relato en el papel, que según salía de sus labios. Era la única persona que había presenciado lo sucedido; la única, de momento, que conocía lo peor de mi enfermedad. Por su culpa, me quedaría aquí encerrada el resto de mi vida.

Por otra parte, si Coop no hubiera reparado en mis llamadas, si no se hubiera marchado de la fiesta, puede que ya no tuviera una vida que malograr. A estas alturas no sé qué es peor, pero prefiero no planteármelo.

Y había otra razón: si lo que leía me horrorizaba demasiado, podría borrarlo de mi kit de supervivencia. No sé por qué, pero prefería borrarlo a olvidar un relato narrado en voz alta.

Empezó a subir y bajar por el documento hasta que le dije:

—¡Espera! No... no lo leas. Empieza una página nueva y escribe ahí. —Me miró frunciendo el ceño—. Por favor —añadí.

—¿Estás escribiendo un diario o algo así?

—Algo así.

bueno llegué a casa de nervig alrededor del las siete pero él ya estaba demasiado borracho para salir a buscar la cerveza así que regresé a Norwich y la traje yo. cuando volví serían las ocho y la gente empezaba a llegar. entramos un par de barriles entre varias personas y luego los instalé yo mismo, así que no estaba trompa. hacia las nueve descubrí que me habías llamado. te devolví la llamada pero no me contestaste. volviste a llamar unos quince minutos más tarde y respondí. te oía muy lejos y no te entendía, pero no parabas de decir: eres coop, eres coop, y yo te contestaba sí, sí una y otra vez. por fin te pusiste al teléfono y me hablaste con normalidad. dijiste que te habías perdido y yo te pregunte: pero te he enviado la dirección, ¿verdad? y tú respondiste que sí, pero que no recordabas dónde estabas. Te temblaba mucho la voz y parecías muy alterada, de manera que me ofrecí a acudir en tu rescate y dijiste: sí, por favor, pero entonces reaccionaste y me dijiste algo como: coop, no me pasa nada. es que me he perdido. ya encontraré el camino, y colgaste.

pero yo no estaba tranquilo, así que volví a llamarte y no respondiste. te llamé un montón de veces y a esas alturas ya no sabía que hacer, si ir a buscarte o pasar de ti, sinceramente, lo siento si te duele oírlo pero este gesto de ponerlo por escrito también es terapéutico para mí. entiendo por qué prefieres hacerlo así. fue muy duro verte de esa guisa y también resulta muy duro revivirlo, pero sienta bien.

en fin, no sabía que hacer, porque katie quería que volviera a la fiesta, aunque ella y yo no estamos oficialmente juntos, solo nos enrollamos de vez en cuando y tal. nuestros amigos se encontraban allí también. le pregunté a maddie si tenía noticias tuyas, pero me dijo que no y pensé en preguntarle a ese tal Stuart que va contigo, pero no me apetecía. en cualquier caso él no paraba de mirar el teléfono y supuse que si lo hubieras llamado ya se habría marchado.

pero no se marchó y cuando volviste a llamarme no pude hablar contigo, únicamente oía el ruido de los coches de fondo, así que fui a buscarte deprisa y corriendo.

te encontré llorando en el asiento del conductor, a menos de un kilómetro de la fiesta. pensé que te habías emborrachado o algo y me burlé de ti. me sabe fatal.

perdona.

te ayudé a desplazarte al asiento del acompañante y juzgué oportuno llevarte a casa.

entonces me di cuenta de que te pasaba algo grave, porque igual me llamabas cooper, que señor, y por momentos recordabas que te esperaban en una fiesta, pero luego me preguntabas cómo estaba y comentabas que llevabas mucho tiempo sin verme.

te llevé a casa y, cuando estábamos a punto de entrar, como que volviste en ti y me preguntaste qué estaba haciendo allí. te lo expliqué y tú me diste las gracias una y otra vez y luego me abrazaste. fue muy bonito. :)

despertamos a tus padres, te llevaron al hospital y más o menos eso es todo.

ahora estás sentada a mi lado escribiendo un mensaje de texto. a Stuart, supongo. espero que ese tío sepa dónde se mete.

^^^¿Y eso qué significa, si se puede saber?

por qué seguimos escribiendo

Porque te diría de todo, cabrón, y no quiero que Davvy me oiga.

significa que no eres una chica como las demás, sammie, en teoría era un cumplido

Ah, porque estoy enferma y tal. Quieres decir que nadie puede sentirse atraído por mí porque tengo el hígado hipertrofiado y toda esa mierda.

quiero decir que la situación tiene sus pros y sus contras

No, si tienes razón, Coop, pero al menos podrías seguirme la corriente habida cuenta de que es la primera vez en mi vida que salgo con un chico y seguramente la última.

ya como si fuerais en serio ja

Pues sí, me parece que estoy enamorada de él.

vale

¿No vas a decir nada más?

No, prefiero callarme lo que pienso

¿Por qué?

he dicho que prefiero callarme lo que pienso

¿Te cae mal?

me parece un capullo, sí

¿¿¿Qué??? no lo es

un tío que tiene tres casas pero va de bohemio. me aburre, o sea, sé sincero chaval

Estás meando fuera del tiesto.

lol qué expresión tan anticuada

No lo conoces.

ni ganas

Bien.

bien. es probable que él también te está idealizando porque estás enferma, lo dejo ahí

No se lo he dicho.

¿qué? ah

¿A qué viene esa sonrisa tan idiota?

no sé. ¿por qué no te atreves a decirle al chico del que en teoría estás enamorada algo tan importante?

ALGO DE RAZÓN TENÍA COOP

Coop se estaba portando como un capullo y juzgaba mal a Stuart, pero tenía razón. Si de verdad quería que mi novio me aceptase tal como soy, debía confesarle quién era yo ahora mismo. Tenía que saber lo de la NP-C. Por eso, un par de días más tarde, cuando descubrí que Davy y Bette asistirían a un campamento de manualidades y que la madre de Coop se encargaría de cuidarme, le envié un mensaje a mi vecino para pedirle un favor.

Yo: Le puedes decir a tu madre que no hace falta que venga hoy y llevarme unas horas a Hanover??

Coop: sí por qué

Yo: Para reunirme con alguien cuanto antes

Coop: guay, pensaba ir a la ciudad sobre la una, pasaré por tu casa, qué quieres hacer

Yo: Ah, pensaba pasar un rato con Stuart

Coop: ah, vale

Yo: Y me puedes traer de vuelta a las cuatro?? O ya te habrás marchado??

Coop: qué exigente

Yo: Estoy enferma :(

Yo: Te prepararé un pastel!!

Coop: ya bueno tienes suerte de que de todas formas pensaba volver sobre esa hora

No dijimos gran cosa durante el trayecto de ida, únicamente le pregunté cuáles eran sus *brownies* favoritos («no», me negué, «no pienso añadir hierba a la mantequilla») y cómo quedábamos para volver.

Coop me dejó a la entrada del jardín de Stuart y allí estaba él, emitiendo sus cálidas ondas: mi novio. Me levantó en volandas hasta llevarme a su altura y me besó como si lleváramos dos años sin vernos y no dos semanas. Yo había olvidado el aroma que desprende, una mezcla de olor a calle y detergente fresco.

—Estás mejor —musitó contra mi cuello—. Cuánto me alegro de que te hayas recuperado.

—No del todo —repliqué yo, un poquitín incómoda, pero la sensación se disipó en cuanto me tomó la mano y nos encaminamos juntos hacia su casa.

Según nos alejábamos, Stuart volvió la cabeza rápidamente hacia la calle y me preguntó:

—¿Quién te ha traído?

—Ah, Cooper Lind —dije yo.

Stuart abrió la puerta, pintada de blanco.

—Ah, sí, le he visto por ahí. ¿De qué va?

Al principio me desconcertó el tono crispado de su voz, pero, al momento, cuando se plantó en el vasto vestíbulo con los brazos cruzados, comprendí el motivo: estaba celoso.

—¡Ah! Ah, no Stuart... Coop solo es el bobo de mi vecino.

Al oírlo se relajó un tanto y la sonrisa inundó otra vez sus ojos negros. Yo le acaricié los hombros y le toqué la peca de la clavícula. El me rodeó la cintura con los brazos, nariz contra nariz.

—Ya sabes, el típico fumeta simpático de la puerta de al lado. Jugaba a béisbol en el Hanover hasta que lo echaron por estar siempre colocado. Le dijo a todo el mundo que lo había dejado —le conté, y me reí para ahogar el sentimiento de culpa que me reptaba por el estómago.

Me parece que no debería compartir eso con nadie. De hecho, estoy segura de que no debería habérselo contado a Stuart, pero las emergencias requieren medidas desesperadas.

Stuart se rio a su vez. Inclinó la barbilla para besarme y, para cuando nuestros labios se despegaron, ambos habíamos olvidado de qué estábamos hablando.

Recorrimos su casa despacio y Stuart me contó la historia de cada objeto: la alfombra tejida a mano que tardó un año en llegar, el tiempo que les llevó fabricarla a los artesanos indios; la sala repleta de instrumentos musicales en la que apenas pudimos entrar para no alterar la temperatura; la repisa de especias que su madre emplea para preparar su propia receta de *chai*. Solté risitas al ver sus fotos escolares, tomadas a lo largo de los años, una con aparatos dentales, otra sin ellos, una con el pelo largo, las demás con el pelo corto. Y los libros, una sala entera forrada de volúmenes y más volúmenes.

Una sección para las obras de ficción.

Otra para la poesía.

Otra para las biografías, la filosofía, los ensayos.

Después de merendar, nos encaminamos al campus de Dartmouth. Yo estaba de los nervios ante la posibilidad de sufrir un despiste, de olvidar repentinamente lo que estaba diciendo o de dónde me encontraba. Procuré concentrarme a tope, pero hablara de lo que hablase en el fondo estaba pensando: *¿y si meto la pata?*

—¿Qué te gustaría hacer? —me preguntó Stuart.

Me encogí de hombros.

—¿Qué tal van tus relatos? —le pregunté.

—Ya sé que suena muy pretencioso, pero prefiero no hablar de ello, la verdad. Si hablo demasiado, pierde... su encanto. Adopta una forma distinta. Algo así.

—Da igual —le aseguré. Como mínimo, uno de los dos ejercía su pasión—. Lo entiendo perfectamente —dije, e intenté esbozar una sonrisa.

Nos colamos en el vestíbulo del auditorio de Dartmouth. La última vez que estuvimos aquí, nos enrollamos en el jardín de detrás. Nuestros pasos resonaban en el brillante piso a cuadros. Yo nunca había estado allí.

—¿Qué hora es? —me preguntó Stuart.

—Las dos y media —repuse yo. Echaba un vistazo al teléfono cada vez que podía, por si mi madre llegaba a casa y descubría que me había marchado, o Coop decidía volver más temprano.

La música de la orquesta se colaba, distorsionada, a través de la madera de las arqueadas puertas, todas cerradas.

Stuart llamó a la taquilla.

De sopetón, un hombre prácticamente calvo abrió la puerta. Al ver a Stuart, esbozó una pequeña sonrisa.

—Glen, ¿podemos asomarnos un momento?

—Ah —Glen miró hacia las puertas—. Claro. Pero entrad por una puerta lateral.

Mientras Glen nos acompañaba por el pasillo, yo articulé con los labios: *¿Qué? ¿Lo conoces?*

Stuart susurró:

—Mis padres pertenecen al consejo de administración.

Enarqué las cejas y me contuve para no susurrar: *Qué nivelazo.*

Entramos en el auditorio y nadie alzó la vista. Los músicos iban vestidos de calle; estaban ensayando. La música destilaba una belleza sobrenatural. Nos sentamos hacia el final, en la oscuridad.

—Así pues, ¿tus padres...?

—Donan todo el dinero que pueden para que esto siga funcionando... No son buenos tiempos para las orquestas.

—Me lo imagino —asentí según observaba cómo los violinistas cortaban el aire con sus arcos sincronizados.

—Mis padres fueron músicos en sus tiempos. Aseguran que no tenían demasiado talento y que se conocieron porque ambos eran de tercera fila. —Stuart soltó una risa—. Se percataron al mismo tiempo de que jamás llegarían a nada. El recuerdo les provoca un sentimiento agridulce, pero han amado la música toda su vida... Perdona, estoy hablando demasiado.

—No, no —le dije, y le tomé la mano—. No sabía que tus padres fueran músicos. —Cerré los ojos—. Esto suena igual que un cuento de hadas.

—A mí me suena a infancia —susurró Stuart, y se arrimó más a mí.

Pensé en su casa, llena de libros y de canciones, en el placer de disfrutar de esos lujos a diario. Suspiré.

—Ojalá hubiera vivido una infancia como la tuya.

—¿Qué quieres decir?

Estuve a punto de responder: «rodeada de riquezas», pero en realidad no me refería al dinero.

—Ojalá los libros, la música y la filosofía me hubieran acercado a mis padres en lugar de distanciarme de ellos.

Recordé la única estantería de mi casa, que se yergue en el salón, al lado del televisor, donde se amontonan las novelas de misterio de mi padre, las revistas de cotilleos de mi madre y, sobre todo, los libros infantiles que mis padres nos han ido leyendo a lo largo de los años. Mis propios libros apilados en el suelo de mi habitación.

Y era la primera vez que escuchaba a una orquesta profesional. No digo que mis padres sean incapaces de apreciar la música sinfónica, estoy segura de que sí, pero está tan lejos de sus intereses que, si desapareciera del mapa, no notarían la diferencia. Lo más parecido a un ritual musical que existe en mi hogar son los temas de Johnny Cash que suenan mientras mis padres revisan las facturas. Sonreí para mis adentros al recordarlo.

Stuart susurró:

—Créeme, no todo es de color de rosa. A mí también me gustaría estar más unido a mis padres. O sea, me apoyan en todo, pero tengo la sensación de que saben demasiado de libros, de música y de autores. Entienden mucho más que yo de narrativa de calidad. —Soltó una risita derrotada—. O sea, ¿cómo impresionas a dos personas así?

El comentario me sorprendió.

—Yo te imaginaba compartiendo alegres cenas en familia, bebiendo vino y hablando de Kierkegaard.

—¡Ja! Más bien sentado a una mesa vacía, en una casa desierta, porque cada cual está en una ciudad distinta.

Es verdad. Recordé que la familia de Stuart tenía una casa allí en Hanover, otra en Nueva York y otra en la India. La orquesta se interrumpió y volvió a empezar.

Stuart me rodeó los hombros con el brazo.

—En realidad, esto es lo que más me gusta, cuando la orquesta se equivoca, cuando desafina y tiene que repetir la misma nota una y otra vez.

Me volví a mirarlo.

—¿Por qué?

—No me gusta la perfección absoluta. Me asusta.

—A mí no me da miedo —repliqué al momento.

—¿Por qué? —preguntó Stuart a su vez.

Pensé en todos mis planes, ahora arruinados, y me tragué la tristeza que me ascendía por la garganta. Se lo contaría dentro de nada.

—Porque es inalcanzable.

La orquesta tomó impulso. Stuart me miró.

—Pues esto se acerca mucho —dijo, y nuestros labios se unieron en un beso largo y reposado. Yo no sabía qué responder a eso, porque muy pronto me habría convertido en algo tan ajeno a la perfección que ni yo misma me reconocería.

Stuart tenía otros desafíos que sortear, un libro que escribir, y no le convenía nada añadir un problema más a la lista de interrogantes que le planteaba la vida, y no digamos ya a una persona que tal vez se apagase lentamente antes de que llegase a conocerla a fondo siquiera. Estaba demasiado cansada para confesarle ahora mismo lo que llevaba dentro.

Cuando Coop me dejó en casa, le escribí a Stuart un email en el que le confesaba lo de la NP-C. Y que ni siquiera viviré en Nueva York el año que viene. Y que tal vez fuera mejor que no volviéramos a vernos. Ojalá hubiéramos podido disfrutar juntos de la vida en Nueva York unos cuantos meses, cuando menos. Me duele el mero hecho de escribirlo. Me gustaría que se quedara conmigo hasta el final del verano, pero procuraré ser fuerte y no imaginármelo viajando en las líneas Q y R que tanto le gustan, de punta a punta de la ciudad, rodeando con el brazo los hombros de alguna otra chica.

Y también quiero que conste algo más: no sé gran cosa de novios ni de salir con chicos, y nunca viviré un gran amor, pero en lo concerniente a últimas citas, futura Sam, creo que la nuestra fue genial.

TRES MENSAJES NUEVOS

Dios mío, Sammie, ¿por qué no me lo habías contado? A ver, esta ha sido mi primera reacción, pero entiendo que tenías tus motivos. En relación a lo nuestro: ¿hablas en serio? Pues claro que eso no cambia nada. Quiero ayudarte a sobrellevarlo. Quiero estar a tu lado, prestarte apoyo. No pienso salir corriendo. ¿Cuándo nos podemos ver?

Me parece que tienes el teléfono apagado, por cierto, porque el buzón de voz salta directamente. Pero, en serio, me encantaría pasarme por tu casa para charlar.

Bueno, acabo de pasar toda la noche buscando información sobre la enfermedad de Niemann-Pick. Qué locura, no quiero ni pensar lo que sería afrontar esto en soledad. Me gustaría ayudarte en la medida que pueda. Y sí, tienes razón, mi vida es un gran interrogante ahora mismo, pero ni en broma voy a renunciar a ti. Llámame cuando te apetezca que pase a verte.

Así que por un lado estoy bailando por mi cuarto en ropa interior, gritando «¡ALELUYA!» a voz en cuello. Quiero DISFRUTAR este momento a tope, porque no todo tiene que ajustarse a la lógica. Por otro lado, Stuart y yo apenas llevamos juntos dos meses y acaba de adquirir un compromiso conmigo cuando podría estar disfrutando de las vacaciones sin cargar con una novia enferma, lo que no es lógico en absoluto.

Sea como sea, viene hacia aquí.

GRATITUD

Un par de horas más tarde, abro la puerta y Stuart me rodea con los brazos. Me agarra con tanta fuerza como si yo fuera a salir volando.

—Hola —ha dicho con los labios pegados a mi pelo.

—Hola —he repetido yo, y cuando nos hemos separado me he fijado en que tenía los ojos húmedos, el sueño aún pegado a las pestañas. No creo que hubiera pegado ojo—. Gracias por ser tan maravilloso —le he dicho y, según pronunciaba las palabras, he oído un portazo al otro lado del pasillo. Mi familia se estaba despertando.

Estando con Stuart y mis padres en la misma habitación —una sala, atención, llena de platos con restos de mantequilla de cacahuete, almohadas de camas varias y mantas llenas de migas— me he sentido como si hubiera regresado a la niñez y pasara la vista de una persona a otra intentando seguir una conversación que no acababa de entender.

Stuart observaba el amplio salón de techos bajos, el colorido estilo McDonald's de la cocina, la mesa de metal, la estantería atestada de revistas del corazón y libros infantiles. Me he preguntado exactamente lo mismo que Coop se preguntó el otro día: si Stuart sabría dónde se estaba metiendo.

—¿Y cuánto hace que os conocéis Sammie y tú? —le ha preguntado mi madre cuando se ha sentado en el sofá enfundada en su uniforme de trabajo, al lado de mi padre. Harrison se ha quedado en su habitación y mi padre ha enviado a Bette y a Davy al jardín a jugar con Perrito. Todos sosteníamos una taza de té verde entre las manos.

—Unos cuantos años, más o menos —ha respondido Stuart, mirándome—. Pero solo hace unos meses que nos vemos.

—Y entiendes que Sammie se encuentra en una situación delicada, en lo relativo a su salud —ha intervenido mi padre, que miraba a Stuart con suma atención.

Él ha asentido.

Yo he experimentado una sensación de ahogo. He aferrado mi taza con fuerza y he tomado un sorbo de té hirviendo.

Stuart no ha querido escabullirse conmigo al jardín para hablar, como yo le he sugerido. Ha sido él quien se ha empeñado en conversar con mis padres. Una pequeña parte de mí se preguntaba: «¿Y por qué no habla conmigo y en paz?». Como de costumbre, los McCoy estaban llevando las cosas al límite. He intentado ofrecerle a Stuart una vía de escape.

—Bueno —he intervenido—. Ahora que ya nos conocemos todos, mamá, papá, podéis iros a trabajar.

He mirado a Stuart, buscando en su rostro señales de pánico inminente. Sin embargo, sostenía la taza con comodidad, el pulso firme, la mirada fija y serena. Por lo visto, yo estaba sucumbiendo al pánico por los dos.

—Antes de que se marchen, señores McCoy, quería decirles que no quiero ni imaginar lo mal que lo deben estar pasando —ha empezado Stuart, y ha dejado la taza en la alfombra para posarme la mano en la espalda—. Cuando Sammie me lo contó, yo...

Ha inspirado profundamente, sumido en sus pensamientos, y su compostura se ha roto una pizca.

Mi madre lo ha animado a continuar con una sonrisa. La preocupación de Stuart era sincera. Yo también me he derretido un poquito, no he podido evitarlo.

—He investigado las consecuencias y no quiero que ella... —Se ha vuelto a mirarme, seguramente porque mi mano se ha crispado en la suya al oírle hablar de mí como si no estuviera presente—. Como ya te he dicho, no quiero que tengas que pasar por todo esto tú sola.

—Nosotros tampoco —ha dicho mi madre con un nudo en la garganta—. Y tenemos pensado trabajar menos horas si la cosa empeora. Sammie ya lo sabe.

—Pero de momento, la situación es muy dura —ha musitado mi padre—. Con los demás niños y todo eso.

Yo estaba petrificada por dentro y por fuera. Me sentía confusa pero no acababa de saber por qué.

Stuart estaba diciendo:

—Antes o después tendré que volver a Nueva York, pero me quedaré todo el tiempo que pueda y te ayudaré con los niños mientras tus padres están trabajando.

—No, no hace falta llevar las cosas tan lejos —he respondido yo, pero mis padres han soltado un sonoro suspiro de alivio.

No digo que todo eso me viniera de nuevo, pero tenía la sensación de que estaban hablando de mí como concepto y no como persona. Un concepto que a todos los presentes les importaba muchísimo, pero impersonal en cualquier caso. Una fuente de complicaciones.

Antes de que diéramos la conversación por terminada, mi padre ya empujaba a Stuart al jardín para enseñarle dónde está el comedero de los pollos. Han salido del cobertizo, mi padre cargado con veinte kilos de pienso al hombro y señalando el gallinero con la otra mano.

Eh, hoy es noche de cine y me toca a mí escoger, pero Bette no para de decir que le toca a ella y NO ES VERDAD vale muy bien veremos *Toy Story 3*
la abuela nos llevó a harry a bette y a mí al cine cuando la estrenaron creo que era mi cumpleaños
era mi cumpleaños y compramos pastelitos en la tienda de lou y recuerdo que fuimos al cine y no me gustó pero a harry y a bette sí
mamá no para de preguntarme qué estás escribiendo
nada que te importe
¿por qué tenemos que ver *Toy Story 3*? Me toca a mí escoger la peli.
están empeñados en que le toca a *beette* pero no me toca a mí o a Harry se equivocan
ha empezado la peli
la abuela nos llevó a mí a bette y a Harry a ver toy story 3 el año pasado por mi cumpleaños y compramos pastelitos en la tienda de lou y los entramos en el cine a escondidas en el bolso de la abuela
HALA hay una niña pequeña aquí con nosotros
Es muy mona
quieren que guarde el ordenador y mire la peli pero no quiero no me gusta toy story 3
quién es esa niña
le he preguntado quién era y se ha echado a llorar perdón
no paran de decirme que guarde esto
ah ya sé
creo que es una amiga de bette de preescolar
está llorando
no gracias prefiero escribir
no gracias prefiero escribir
no conozco a esa niña

EL TEMA IBA ASÍ EN REALIDAD

Ayer por la noche sufrí uno de los síntomas más habituales de la demencia: creí tener la misma edad que cuando instauramos la tradición de ver una película en familia, o puede que menos. Privada de la memoria a corto plazo y perdida en lo más profundo de mi subconsciente, volví a la infancia. Era una niña que aún no conocía a su hermana pequeña, Davienne. Pobrecita Davy. Cuando se me pasó y mis padres me contaron lo sucedido, la abracé, la acuné y le dije que claro que me acordaba de ella, claro que sí. Es que estoy enferma y el cerebro no me funciona a derechas. Al cabo de un rato lo entendió. Para compensarla, le dejé que me cubriera de pegatinas.

La tradición de ver una peli en familia comenzó cuando yo tenía once años. Mi madre estaba embarazada de Davy. Hacía menos de un año que habíamos comprado el televisor. Mis padres siempre han pensado que mirar fijamente una pantalla daña la vista de los niños. De ahí que tuviera que ahorrar el dinero de todos mis cumpleaños y Navidades para comprar este portátil y que mis padres únicamente utilicen móviles tipo concha. (Los abuelos me compraron un teléfono inteligente la primavera pasada porque sabían que me vendría bien para los debates). En fin, es fácil deducir por qué acabaron cediendo. Tres niños y un bebé en camino, dos empleos a jornada completa y cero posibilidades de encontrar una canguro en un pueblo de quinientos habitantes.

Las películas que recuerdo.

WALL·E: La eligió Harrison. Primera noche de cine de toda nuestra vida. Mi padre quemó la pizza sin querer, pero mi madre se la comió igualmente. De hecho, mi madre estaba a punto de dar a luz y se la zampó enterita ella sola. Mis padres se durmieron antes de que terminara la peli, así que Harrison y yo volvimos a ponerla desde el principio. Cuando despertaron a media noche, no se podían creer que la película fuera tan larga. A día de hoy, siguen pensando que *WALL·E* dura cuatro horas y no tiene diálogos, únicamente los pitidos que intercambian dos robots, y nunca más han accedido a verla.

STAR WARS EP. 1: Unos años después. Davy debía de tener dos o tres años. Le tocaba a mi padre escoger y estaba muy emocionado ante la idea de «disfrutar de una recreación contemporánea de un gran clásico de la ciencia ficción». Cuando Jar Jar Binks empezó a hablar, gruñó: «¿Pero qué es esta mierda racista?». Al principio todos fingimos que no le habíamos oído, pero al cabo de un momento a mi madre se le escapó la risa y Davy gritó: «¡Mierda!». Harry se reía con tantas ganas que se le saltaban las lágrimas.

MI VECINO TOTORO: La eligió Bette. Debía de tener unos seis años. Coop se apuntó esa noche, porque le encanta Hayao Miyazaki, el cineasta. Nos enseñó a todos a pronunciar el nombre del director. Es la película de dibujos animados más friki y hermosa que he visto en mi vida, rebosante de colores y de criaturas, y nada ñoña. Trata de la muerte, de la amistad y de la magia oscura. Me parece que fue entonces cuando Bette descubrió que debía de proceder de otro planeta. Después de verla, a lo largo de un mes, se ponía a diario unas orejas de Totoro que fabricó con cartulina y se metía un montón de almohadones debajo de la camiseta a guisa de barrigón. Cantaba: «¡Totoro, Totoro!». Un día llegué a casa del colegio y encontré a Coop dando saltos por el jardín delantero con ella. También llevaba almohadones debajo de la camiseta.

TIANA Y EL SAPO: Esta la elegí yo. Bueno, la escogió Davy. A esas alturas, ya había descubierto que a nadie le apetecía mirar los documentales políticos que me gustaban. Al final no la vimos entera, porque Davy se empeñó en poner una y otra vez la canción *Ya llegaré*. Bette y Harrison se enfadaron tanto que una noche, cuando Davy se quedó dormida, escondieron el DVD. Todavía ahora, cuando está pintando o haciendo fichas del cole, la canta una y otra vez para sí: «Todos querrán visitarnos ya, porque ya llegaré, todos querrán visitarnos ya porque ya llegaré, todos querrán visitarnos ya, porque ya llegaré...». En cierta ocasión le pregunté si no le gustaría aprenderse la canción entera o como mínimo esa parte correctamente. «No», replicó.

ORGULLO Y PREJUICIO: La escogió mi madre. Estábamos las dos solas, porque mi padre había llevado a los pequeños a casa de los abuelos, que viven en New Hampshire. Acabábamos de enterarnos de que yo padecía Niemann-Pick y aún no sabíamos qué significaba eso ni cuántas visitas tendría que hacer al genetista. Nos acurrucamos en el sofá y picamos mi golosina favorita del mundo, una que casi nunca compramos: almendras bañadas en chocolate negro. Nos partimos de risa con la señora Bennet y su obsesión por casar a sus hijas como si fueran ganado, las manías, la insistencia y las tonterías del personaje.

Cuando la película terminó, después de que Elizabeth y el señor Darcy se besaran y contrajeran matrimonio al fin, le dije:

—Me alegro de que tú seas mi madre y no una mujer como esa.

Mi madre me rodeó con los brazos y me apoyó la cabeza contra su pecho.

—Me alegro de que tú seas mi hija —dijo.

—¿Aunque esté enferma? —pregunté.

—Sobre todo porque estás enferma —repuso, y noté la vibración de sus palabras en la mejilla—. Solo alguien tan fuerte como tú sería capaz de sobrellevarlo.

—Gracias, mamá —respondí, y me acurruqué aún más si cabe.

—Mi hijita mayor —musitó, y me besó la coronilla.

Lo recuerdo perfectamente.

Si voy a protagonizar más noches como la de ayer, me alegro de estar recordando esto. La noche de cine implica algo más que mirar una película. También te ríes, lloras, te peleas y te acurrucas.

Y me enorgullece estar describiendo los buenos momentos y los malos por igual. Me alegro de no haber borrado nada. ¿Qué pasa con todos esos instantes que enmarcan los momentos felices? Si uno solo recordase sus éxitos, no tendría ni idea de cómo llegó del punto A al B.

Por eso te estoy escribiendo, supongo, y no haciendo un montón de fotos. Porque las fotos únicamente reflejan una parte del todo. ¿Qué pasa con el antes y el después? ¿Qué pasa con todo aquello que queda fuera del marco?

¿Con todo lo demás?

La vida no es solo una serie de triunfos.

Me pregunto cuántas noches de cine me habré perdido porque tenía que estudiar, o prepararme para un debate o, sencillamente, porque prefería quejarme. No quiero perderme ninguna más.

SUEÑO LÚCIDO

Los días transcurren de la siguiente forma: mi madre empuja la puerta de mi habitación despacio y yo abro los ojos. Las formas tardan un segundo en perfilarse, igual que si una cortina de agua me empañara la visión, porque si no tomo un analgésico antes de dormir me despierto con horribles calambres, así que duermo de maravilla, casi demasiado bien. Pero entonces mi madre se inclina sobre mí para descorrer las cortinas, y me llega su aroma a aceite de árbol de té, que conozco de toda la vida, y a albahaca, la fragancia que desprende la albahaca en verano, porque la toma a puñados del jardín para añadirla a las tortillas y a los bocadillos que se lleva al trabajo.

Me planto delante de la cómoda con una taza de yogur (porque, en teoría, no debo tener el estómago vacío) y me tomo once pastillas.

Entra mi padre —él huele a desodorante Mitchum, que desprende un anticuado perfume a menta— y me planta un beso en la mejilla.

Los olores me despejan más que ninguna otra cosa. Por eso, una vez que he aspirado los aromas, todo empieza a cobrar sentido.

Harry se marcha con algún amigo, que pasa a buscarlo para ir al campamento o a jugar con la videoconsola.

Bette y Davy pasan la mañana con los Lind o se quedan en casa y la señora Lind acude con el almuerzo. A veces es Coop el que nos trae la comida (pero nunca se queda ni dice nada, quizás porque Stuart está aquí y la última vez que hablamos lo criticó con ganas). En ocasiones, cuando nadie más se puede quedar conmigo, viene una enfermera a domicilio, que hace poco más que sentarse en el salón a toquetear el móvil. Otras veces mi madre me lleva a la ciudad con ella, y yo aguardo en la sala de espera hasta que termina su turno, leyendo o viendo *El Señor de los Anillos* en el portátil.

Algunos días Stuart me lleva a la biblioteca de Dartmouth, que es más grande que la nuestra, y a mis padres no les importa porque el campus está cerca del centro médico en el que trabaja mi madre. A Stuart y a mí nos gusta sentarnos juntos en una de las grandes butacas de cuero que hay en la galería, él con su libro de turno y yo con el mío. Una vez le confesé que, en el instituto, solía leer los mismos libros que él. Así de colada estaba.

Stuart me dijo que le encantaba la idea, eso de que ambos compartiéramos un mismo espacio ficcional al mismo tiempo, y me propuso que intentáramos viajar en sueños al mismo sitio para poder reunirnos mientras dormíamos. Y entonces, esa misma noche, Stuart me llamó e hicimos la prueba.

—Vale, ¿adónde vamos? —me preguntó.

Yo notaba cómo el medicamento empezaba a arrastrarme hacia el sueño.

—¿Qué te parecen las montañas? —sugerí yo.

—¿Cuál?

—La cima de mi montaña —repuse.

—¿Y cómo es?

Y no me acuerdo de lo que pasó a continuación, pero Stuart me contó que se la describí con todo lujo de detalles, el camino rocoso que ni siquiera llega a senda, las hierbas rojizas que crecen en las grietas y la capa de nubes que se posa sobre las crestas. Stuart acudió aquella noche, me dijo, y yo estaba allí. Ojalá lo hubiera presenciado.

Los días que nos sentamos juntos y no me apetece leer, miro libros de fotografías o leo viejos cómics de dibujos psicodélicos, o me limito a mirar por los arqueados ventanales a la gente que está en el jardín.

A veces lloro y no pasa nada.

Al principio me daba vergüenza llorar delante de Stuart, pero me confesó que él también llora, en ocasiones sin motivo.

Stuart, mientras lee, me acaricia la mano con el pulgar. Esos son los días buenos.

CAPITÁN MONIGOTE

El otro día, Maddie acudió a buscarme en su Toyota de dos puertas, entre una nube del polvo que arrancaban las ruedas y el sonido del claxon, que avisaba a Perrito de que se apartase para no ser atropellado. Estábamos a finales de junio y el día rebosaba primavera, cálido y despejado, con abejas por doquier y el azúcar rezumando en el comedero de los colibríes. Era sábado y Maddie chocó los cinco con Harry, Bette y Davy, uno detrás de otro, saludó a mi madre, que arrancaba malas hierbas en el jardín, y me sacó de allí.

Aparcamos en su casa, donde los parientes de Maddie, o más bien distintas versiones de Maddie de edades diversas y peinados varios, tomaban limonada bajo una pancarta que decía: FELICIDADES, MADELINE. Estar entre personas con las que no compartía lazos de sangre, prácticamente extraños, era tan agradable que me entraron ganas de cantar, igual que Davy «Todos querrán visitarnos, porque ya llegaré».

Disfrutaba del aire libre. Nadie me hacía preguntas. Sencillamente me senté en el columpio del porche a comer galletas con pepitas de chocolate. De tanto en tanto, Maddie se columpiaba a mi lado e intercambiábamos una broma, o me contaba que había espiado en Facebook a la chica con la que compartiría dormitorio en Emory, una fanática de los lagartos.

Cuando empezó a explicarme qué asignaturas había escogido tuve que morderme la lengua. Rollos de la universidad. No podía soportar los rollos de la universidad.

Asentía cuando tocaba, por Maddie, pero cada vez que me mencionaban la educación superior me sentía como si alguien me pellizcara y me retorciera la carne. Las palabras de Mariana Oliva se cernían sobre mí como un fantasma: «Estudia todo lo que puedas». No digo que siguiera soñando con matricularme en la universidad. No iría. Ya sabía que no iría.

Pero maldita sea. Todas las esperanzas que había albergado se desplegaban ante mí como la cola de un pavo real, las cartas que había recibido de la secretaría de admisiones, cada logo, cada alusión.

Cuando la tía «no-sé-cuántos» se llevó a Maddie, me fijé en que Coop y el chico al que Maddie había atizado hacía un montón de años estaban rellenando sus vasos de limonada.

Al ver que Coop me miraba, lo saludé. Él se acercó y se sentó en el columpio. Permanecimos un rato en silencio. Recordé que había olvidado prepararle *brownies* como agradecimiento por haberme acompañado en coche a Hanover.

—¿*Comment ça va*, Sammie? —entrechocó su vaso con el mío. Una de las últimas asignaturas que compartimos fue Francés I, a principios de secundaria. Me saludaba con esa frase al principio de cada clase.

—*Rien du tout, carotte.*

Coop se volvió a mirarme, desconcertado.

—¿Acabas de llamarme «zanahoria»?

Me reí.

—Sí, no recordaba ningún insulto en francés.

—¿Sigues enfadada conmigo por haber criticado al Stuart ese?

—Puedes llamarlo Stuart sin más.

Coop puso los ojos en blanco.

—¿Sigues enfadada conmigo por haber criticado a Stuart?

—Bueno, puede que me enfadase, pero tenías razón. —Inspiré hondo—. Se lo dije.

—¿Y?

Por su modo de enarcar las cejas y su tono de voz, comprendí que se temía lo peor.

—Stuart quiere seguir conmigo. —Tragué saliva—. O sea, de momento. Viene a casa y ayuda con las faenas. Por eso mis padres llevan un tiempo sin pedirle a tu madre que se pase por allí.

—Uau.

—A ver, no todo el tiempo —añadí—. También tiene que escribir. Y trabaja en el club Canoe.

Coop asintió, se encogió de hombros y guardó silencio un ratito.

—Bien —soltó por fin.

Sonreímos, pero su sonrisa reflejaba cierta tristeza, no sé muy bien por qué.

En cualquier caso, la pelea pasó a la historia de golpe y porrazo. Ya no estábamos enfadados. Fue igual que invitarlo a entrar en la cocina después de todos esos años. Como si nos hubiéramos peleado por quién chupaba el cucharón del pastel.

Maddie chilló emocionada en la otra punta del jardín. Coop y yo la miramos.

Pat y la tía de Maddie acababan de hacerle un regalo de graduación: una sudadera con capucha azul marino que llevaba bordada la inscripción: UNIVERSIDAD DE EMORY.

Intenté no sentir celos. Intenté alegrarme por ella. Pero debí de hacer una mueca de dolor. Pensaba: *Yo podría estar celebrando eso mismo.* No podía evitarlo.

—Qu'est-ce qui se passe? —preguntó Coop nuevamente en francés a la vez que escudriñaba mi rostro.

Señalé a Maddie con un gesto de la cabeza. Esperaba que bastara con eso.

Bastó.

—Estoy a punto de marcharme —dijo Coop—. ¿Quieres que te lleve?

—Ah, Maddie pensaba acompañarme después de...

Coop echó un vistazo en su dirección.

—¿De verdad te quieres quedar aquí tanto rato?

Maddie estaba arrancando las mangas de la sudadera de Emory porque odia las mangas. Cuando hubo terminado, la tía de Maddie las cogió y las hizo girar en el aire como si fueran un lazo. Maddie se puso la capucha y fingió boxear con su tía. Ella la abofeteó con una manga y empezaron a perseguirse por el jardín.

—Sí, por lo que parece, va a ser una noche muy larga.

Miré a Coop y nos echamos a reír.

Dejé el regalo que le había llevado a Maddie en la mesa del comedor —un kit de afeitado y recorte de pelo Remington Prácticamente Indestructible que había comprado por internet— y nos escabullimos por la puerta trasera.

Coop y yo subimos a su Blazer.

—¿A qué hora tienes que estar en casa? —me preguntó mientras arrancaba el motor.

—Dentro de un par de horas —repuse yo. Aún teníamos un buen rato de luz por delante, esas últimas horas de la tarde en las que estás a gusto al sol pero hace frío a la sombra. Un par de horas más de libertad. Me abroché el cinturón.

Coop me miró de reojo según ponía rumbo a la autopista.

—¿Quieres que pasemos por las pozas?

Me apetecía. Sin embargo, ir a las pozas con Coop seguramente implicaba encontrarse allí con todo el mundo. Además, seguro que querría «relajarse» y yo no pensaba arriesgarme nunca más a viajar con conductores mentalmente inestables.

—No —dije—. No estoy para más fiestas. Demasiadas galletas.

—Coop soltó una carcajada—. Estoy trompa —añadí imitando la voz de un borracho, y él se rio con ganas.

—Bueno, yo hablaba de parar un momento. Para charlar. Por los viejos tiempos.

El aire olía tan bien, tan limpio, casi a lluvia. No mentía cuando le dije a Stuart que la fragancia de las montañas era lo que más me gustaba de vivir aquí.

—Vale —accedí, y Coop redujo la marcha para cambiar de sentido—. ¿Puedo invitar a Stuart?

Coop no contestó enseguida.

—Si lo conoces, te caerá bien —le aseguré, y le propiné un manotazo en el hombro.

—Claro —asintió Coop, y me sonrió con los labios cerrados.

Para cuando salimos de la autopista 89 y aparcamos cerca de la ribera, Stuart me había contestado diciendo que no podía venir porque estaba trabajando, pero que me llamaría más tarde.

—Bueno, parece que solo estaremos tú y yo, Coop —le dije.

Me aferré a él según saltábamos de roca en roca para llegar al centro de las pequeñas cascadas, donde las corrientes se separan para volver a reunirse en los peñascos. Hablamos de nuestra infancia, antes de los móviles y las redes sociales, cuando sabíamos lo que era aburrirse de verdad. Fue antes de que sus padres y los míos tuvieran medios para enviarnos de campamentos, cuando prácticamente nos utilizaban como canguros de corta edad. Nos aburríamos tanto que nos portábamos fatal. O sea, no eran más que travesuras, pero bastante retorcidas en cualquier caso.

Estábamos partiéndonos de risa recordando aquel día en que le dijimos a Bette que era un fantasma cuando Coop me preguntó:

—¿Cuándo dejamos de ser amigos?

—Hum —inspiré hondo—. ¿Aparte del día que te expulsaron del equipo de béisbol?

Vi sus ojos aquel día, cómo la luz se hundía en sus profundidades.

—Ah, sí —repuso Coop a toda prisa—. Sí —repitió—. Gracias por... —Se interrumpió un momento y carraspeó—. Gracias por no contárselo a nadie.

Tragué saliva. Algo me dijo: *Ahora, no.*

—Yo nunca... Nunca se lo revelé a nuestros compañeros —mentí a medias.

—Pero yo hablo de antes de eso.

Tenía razón. Aquello solo fue la gota que colmó el vaso.

—Creo que fue algo gradual. Pero recuerdo una vez... —empecé. Cooper se volvió a mirarme con los brazos apoyados en las rodillas, escuchando—. Íbamos a tercero de secundaria. Antes de que te... de que dejaras el equipo. Recuerdo que te esperaba para que me ayudaras a cuidar a los pequeños y no apareciste. Y nunca te disculpaste. Durante cosa de un mes, ni siquiera te devolvías las llamadas. Y yo pensé algo así como: «Que le den».

—Ah. —Coop se miró las manos y se retiró una pelusa invisible.

—Y te cambiaste de asiento en la clase de francés para poder estar al lado de Sara Gilmore. Así que no sabía muy bien qué decirte cuando te veía por el instituto.

Coop se encogió de hombros y torció la boca una pizca, como si buscara una respuesta. Aguardé las excusas que supuse inventaría, como que había estado muy ocupado, o que yo me había vuelto una sabelotodo (era verdad). Pero, aun en esos casos, podría haberme hecho algún comentario, por lo menos.

—Me porté como un capullo —me soltó Cooper.

—Pues sí —asentí yo, y se me escapó una risita como de satisfacción—. Perdona, me ha sentado bien que lo admitieras.

Abrió la boca como para decir algo y volvió a cerrarla. Se levantó y saltó a otra piedra. Puso los brazos en jarra antes de levantar el puño.

—¿Te acuerdas? —gritó.

Me acordaba. Cuando Coop hacía ese gesto de niño, se transformaba automáticamente en el ¡CAPITÁN MONIGOTE!. El capitán Monigote era amigo de todas las criaturas vivientes, humanas y animales. Su superpoder era, bueno, que poseía un palo. Ahora bien, el palo se podía usar como espada, bastón, bandera para reclamar un territorio o varita mágica capaz de transformar cualquier cosa en lo que quisieras.

—¡CAPITÁN MONIGOTE! —vociferé entre risas—. ¡Pero te falta el palo!

Me agaché y busqué un trozo de madera en el agua. Solo encontré una vieja lata de cerveza. Se la lancé a Coop, pero el tiro fue bochornosamente corto.

Coop se tendió de bruces y la pescó.

—¡CAPITÁN MONIGOTE! —aulló, y su voz resonó entre las cascadas.

Yo me uní a él imitando el tono de una presentadora, como hacía en la infancia:

—¡AMIGO DE TODAS LAS CRIATURAS VIVIENTES, HUMANAS Y ANIMALES!

—¡AMIGO DE TODAS LAS CRIATURAS VIVIENTES, HUMANAS Y ANIMALES, INCLUIDA SAMMIE MCCOY! —gritó.

Le sonreí. Aplastó la lata entre las manos.

—¿ESTOY EN LO CIERTO? —me preguntó según me apuntaba con la lata aplastada—. PERDONA POR HABERME PORTADO COMO UN CAPULLO. ¿VOLVEMOS A SER AMIGOS?

—Sí —respondí—. Claro.

En realidad, no entendía bien a qué se refería. Aparte de darle a la lengua en las pozas, no sabía qué podíamos compartir Coop y yo. Pese a todo, se parecía más a mi amigo que nunca, sin aliento, con las greñas en la cara, emocionado sin motivo.

—¡EH! ¡TIENES QUE GRITARLO PARA QUE SEA VERDAD!

Usé las manos a guisa de altavoz.

—EL CAPITÁN MONIGOTE ES AMIGO DE TODAS LAS CRIATURAS VIVIENTES, HUMANAS Y ANIMALES, INCLUIDA SAMMIE MACCOY.

El capitán Monigote enarboló el puño una vez más y luego, saltando a mi piedra, volvió a convertirse en Coop.

Subimos al Blazer. Hablamos de aquella vez que el capitán Monigote había confiado demasiado en su habilidad para caer de pie y se rompió una pierna saltando de un árbol. Y luego, como las muletas ofrecían unos palos ideales, el capitán Monigote había sobreestimado otra vez sus poderes y se había roto la otra. Nos partíamos de risa cuando llegamos al camino de entrada de mi casa.

—Espera —dijo Coop cuando me desabroché el cinturón. Con los ojos clavados en mi casa, dijo—:Yo también recuerdo cuándo sucedió en mi caso.

—¿Qué?

—Cuándo pensé que ya no éramos amigos. O sea, fue culpa mía, más o menos. Pero... ¿sabes de qué estoy hablando?

Me miró, aferrado al volante.

Busqué en mi memoria.

—¿Cuándo te corregí en clase de francés delante de todo el mundo?

—No, antes que eso.

Retrocedí a la primaria.

—¿Cuando no me creí que fueras alérgico a las abejas?

Coop soltó una risa.

—No.

—Dímelo.

—Cuando.... —empezó, y carraspeó—. Durante las vacaciones de octavo, cuando te llamé. Y te invité a cenar en el restaurante de Molly conmigo. Un viernes, o sea, por la noche. Y te dije que lo pagaría con mi paga. Y tu dijiste... ¿te acuerdas?

—¡Ah! —recordé. Más o menos. Lo había notado muy raro cuando me llamó, y un par de semanas después empezó a evitarme, pero luego todo el asunto pasó al olvido—. Pensaba que tramabas algo, una broma o algo así. Y pensaba que te habías enfadado porque te dije que no.

—No me enfadé, Sammie. —Coop miró otra vez hacia mi casa. Pero heriste mis sentimientos. —Carraspeó nuevamente—. *Míz pobrez zentímientoz.* Lo que sentía por ti en octavo —añadió—. Ja, ja.

—¡Ah! —repetí. Salí y me asomé al coche. Creía entender lo que Coop estaba diciendo, pero no estaba segura, así que respondí—: Jo, Coop, lo siento.

Desdeñó el asunto con un movimiento de la cabeza.

—No pasa nada. Solo lo estaba recordando. Un paseo por mis recuerdos.

Mi madre abrió la puerta de la calle. Me estaba esperando.

—¿Nos vemos un día de estos? —le pregunté, porque ambos nos sentíamos incómodos.

—Nos vemos un día de estos —respondió.

AAAAAAHHHHHH

Ah. ¡Coop me pidió salir! Ay, Dios mío, qué mono. Si pudieras verlo como era entonces. Llevaba un chándal distinto cada día de la semana, siempre de un color diferente. O sea, era uno de esos. De los que llevan chándal. Igual que todos. Pero, o sea, Coop superó esa etapa, ja, ja, ja, y yo no. Da igual, no tenía ni idea. Otro día le tomaré el pelo.

O puede que no. No me hace gracia ponerlo en evidencia. No me gustaría que se sintiera, ya sabes, herido.

Pero entre tú y yo, qué divertido. No sabía que alguna vez hubiera sentido algo por mí. Seguramente porque yo era la única persona con vagina que hablaba con él regularmente. Como afirma *National Geographic,* ese tipo de sentimientos aparecen cuando encierras s a dos personas heterosexuales en la misma habitación, siempre y cuando no sean parientes, y Coop y yo compartíamos habitación a menudo.

Luego empezó a compartir habitación con un montón de vaginas y lo superó.

¿No te suena raro leer «Cooper Lind» y «vagina» en la misma frase?

En fin, aunque me hubiera dado cuenta, no creo que hubiera accedido a salir con Cooper Lind en plan pareja. Estaba demasiado ocupada sintiéndome desgraciada y leyendo sobre las guerras druídicas.

Ay, Dios, ahora lo recuerdo todo. Me pareció rarísimo que me llamara para invitarme al restaurante de Molly en lugar de venir a casa, abrir la nevera y meter dos perritos calientes en el microondas, como solía hacer.

LA SEÑORA TOWNSEND: SEGUNDA PARTE

La señora Townsend ha aparecido hoy como por arte de magia detrás del acuario que hay en la sala de espera de la doctora Clarkington, en esta ocasión ataviada con un vestido de tirantes, y al principio he pensado que sufría alucinanciones. Pero no, era la señora Townsend de verdad, con ese aroma tan limpio que siempre emana y la mata de cabello recogida en dos trenzas largas y oscuras. Cuando me ha abrazado, se ha interpuesto un barrigón entre las dos.

—¿Un bebé Townsend? —he exclamado casi a gritos, porque tengo el mismo tacto que un payaso de circo en paro.

—Un bebé Townsend —ha confirmado entre risas—. Se llamará Salomón.

—¿Por *La canción de Salomón*?

—El libro de Toni Morrison, no la Biblia.

—Bien.

—Te prometo que no se convertirá en el típico niño esnob de Nueva York. Así que, si Dios quiere, me aseguraré de que coma gluten como el resto del mundo.

—¿Y por qué iba a convertirse en el típico niño esnob de Nueva York?

—Greg y yo nos mudamos a Manhattan. Se va a doctorar en Hunter. Todas las personas que me caen bien se mudan a Nueva York. He decidido tomármelo con filosofía.

—¿Y usted qué hará?

La señora T ha mirado a su alrededor fingiendo entrar en pánico.

—Oh, no. Ya no podré orientar a Sammie. ¿Qué voy a hacer?

—Claro. ¿Quién... quién... quién le enviará correos a las tres de la madrugada pidiéndole una carta de recomendación? —le he soltado por fin. Últimamente no me avergüenza tanto mi tartamudeo. Haciendo un pequeño esfuerzo, las frases acaban por salir.

La señora Townsend ha apoyado el codo en el acuario y ha hecho tamborilear los dedos sobre las ondulantes formas de los peces.

—Te diré lo que voy a hacer. Voy a tener este bebé, voy a trabajar en el departamento de admisiones, voy a criar a mi hijo y me voy a retirar. A menos que el clima cambie tan drásticamente como dicen que cambiará a lo largo de los próximos veinte años. En ese caso, Greg y yo nos mudaremos otra vez a la cima de las Green Mountains y plantaremos naranjos.

—¿Naranjos en Nueva Inglaterra?

—Tú también querrás vivir por encima del nivel del mar, créeme.

—¿Me harán un sitio?

La señora T me ha agarrado por los hombros.

—Si sabes hacer algo útil, sí.

—Soy capaz de beberme una botella de tres litros de batido de chocolate en una tarde.

—Admitida —ha dicho, y nos hemos reído con ganas.

MENSAJES DE TEXTO DE STUART SHAH, EDICIÓN NP-C

Hay que reconocerlo, el chaval es un escritor nato. Aunque me formula la misma pregunta cada mañana, Stuart no me ha enviado el mismo mensaje dos veces.

Stuart: Cómo te encuentras hoy??
Stuart: Estás más animada esta mañana??
Stuart: Un buen día??
Stuart: Cómo está mi nena??
Stuart: Tienes un buen día??
Stuart: Te encuentras bien??
Stuart: Hoy también eres un sol??
Stuart: Te está tratando bien el día??
Stuart: Necesitas algo??
Stuart: Cómo va eso??
Stuart: Cómo está la niña??
Stuart: ¿Qué hay de nuevo, señorita?
Stuart: Qué tal te va la vida en este día lluvioso??
Stuart: Cómo está Sammie??
Stuart: Qué tal mi niña??
Stuart: Bien??
Stuart: Ça va?
Stuart: Todo bien??

AQUELLA MUJER MONSTRUOSA QUE VIVÍA ENCERRADA EN EL DESVÁN DE AQUEL LIBRO

Hoy mi cerebro no está demasiado en forma. Me cuesta teclear. Tengo un tic en la boca. Y no estoy disfrutando mucho de la vida, que digamos. Pero he aquí lo que pienso.

Tengo que escribir esto para reconciliarme con la idea de que hace poco olvidé cómo se dice «fogón» y me desperté en mitad de la noche pensando que tenía que vestirme para ir al colegio. Y el otro día habría jurado que los abuelos estaban en el jardín. No te lo dije porque no hay mucho más que contar y porque no me vuelve loca recordar esos momentos. Son raros, nada más. Por eso he respondido al mensaje diario de Stuart con un «mejor que nunca», porque si le digo la verdad se pone muy triste, viene a casa y me acaricia el cabello.

Y la mayor parte del tiempo todo va bien. O sea que no te preocupes; si todo va bien, te lo diré. Y también si las cosas van tan mal como para que debas saberlo, también. Además quiero recordarte que no he borrado nada. Estoy segura de que ya te lo he dicho. Porque me gusta releer lo que escribo y si lo incluyo todo es más emocionante. Pero como ya te he dicho, hoy no me encuentro muy bien.

Siempre te estoy contando lo que creo que me depara el futuro, así que hoy te voy a contar lo que, en mi opinión, les depara a mis hermanos. Ellos tienen mucho más... no sé... tiempo. Muchas cosas por vivir.

Además, no volveré a utilizar internet cuando olvide una palabra, porque este es mi libro y Google no es mi cerebro y este libro, en teoría, es parte de mi cerebro. ¿Entiendes lo que quiero decir? Quiero escribir este libro con MIS PROPIAS PALABRAS, aunque me equivoque de vez en cuando.

Así pues, allá voy. Empezaremos por Harry.

BIOGRAFÍA NO OFICIAL DE LOS HERMANOS MCCOY

CAPÍTULO 1: HARRISON

Harrison George McCoy nació un oscuro día de diciembre, pero muchos dirían que su llanto sonaba a música celestial. En realidad nadie dijo eso, pero nació cerca de la Navidad. De niño, Harrison sentía obsesión por las monedas. Cada vez que mi madre visitaba a la abuela de Canadá, traía monedas canadienses, y francesas, y a veces inglesas y españolas también. Stuart le trajo monedas indias el otro día. No me acuerdo de cómo se llaman, pero fue bonito por su parte.

En fin, ¿por dónde iba? Sea como sea, un día muy importante de su vida fue aquel en que Harrison acudió a casa de su amigo Blake y descubrió el apasionante e infinito mundo de los videojuegos. Al principio no me hizo gracia, siendo como soy hija de mis padres, que son contrarios al uso de pantallas. Pero después de haber visto cómo se ilumina su cara cuando juega y de saber que si le preguntas algo relacionado con *Minecraft* charla más de lo que hablará en toda su vida, he cambiado de idea.

Lo que intento decir es que Harrison McCoy descubrió su vocación cuando aprendió a encajar digitalmente unos bloques con otros bloques. Gracias a este conocimiento destacará en geometría y física. Pasará por el instituto rodeado de numerosos amigos que compartirán sus mismos intereses. ¡Ah, sí, como un club de aficionados a los videojuegos! Harrison McCoy se apuntará a un club de videojuegos a comienzos, pongamos, del segundo ciclo de secundaria.

Pronto, el club se convertirá en algo menos parecido a un club y más a una colección. ¡No, a un colectivo! Pondrán sus ideas en común y crearán su propio videojuego. Llamado *Geoblock* ⟵ No está mal, ¿eh? Debería comentarle esta idea.

Cuando sean mayores, sus distintas personalidades se complementarán a la perfección y fundarán una empresa para comercializar el juego. Harrison se convertirá en un importante fabricante de videojuegos. Será el amo. Y gracias a su talante tranquilo unido a su gran pasión por las videoconsolas, acabará siendo un jefe estupendo. El éxito de su negocio superará sus más disparatadas expectativas.

Uno de los miembros del colectivo será una mujer, o un hombre, una persona con la que Harrison siempre discrepará, pero a la que respetará profundamente, porque todas sus discusiones los enriquecerán a ambos. Y cuando sus empresas hayan triunfado y se hayan convertido en seres humanos hechos y derechos, se darán cuenta de que forman la pareja perfecta también. Adoptarán un perrito y lo llamarán Perrito, en honor al Perrito original. Y vivirán felices y comerán perdices durante muchos años.

(NO ES EL) FIN

UN CÁLIDO Y TRANQUILO DÍA DE LA INDEPENDENCIA NORTEAMERICANA

Igual que cada año, cerraron al tráfico de las calles de Hanover y la gente iba por ahí en bañador y camiseta, con la piel quemada por el sol y tomando agua o cerveza. Mi cerebro, mi cuerpo y todo mi yo en general teníamos un buen día, así que mientras mis padres y mis hermanos montaban en las atracciones, me reuní con Stuart.

—Qué americana más guapa —dijo cuando nos encontramos en la calle mayor, al tiempo que me masajeaba los hombros. Nos besamos. Desprendía un sabor agridulce.

—¿Has bebido cerveza?

—Sí, es que... —Se frotó la cara con la mano—. A veces necesito desconectar.

—¡Bien! ¡Claro! Tienes que descansar.

Llevaba toda la semana acudiendo a mi casa prácticamente a diario para lavar los platos, sacar a Perrito a dar paseos largos y acompañar a Bette y a Davy al campamento de verano.

—¿Qué tal van tus relatos? —le pregunté.

—Puf —resolpló—: ¡América! —gritó en lugar de responder, y me rodeó los hombros con el brazo.

Me reí con ganas.

—¡Me parece bien!

Le conté lo de las biografías. Él me habló de un cliente que iba por el club Canoe últimamente y que le recordaba a no sé qué relato breve. Cuando llegamos a su casa, oí voces pero no vi a nadie. Intenté alzar la vista, pero mis ojos no se mueven bien últimamente, así que me limité a escuchar.

—¡Stuey ha vuelto! —oí gritar a Ross Nervig.

—¿Están en el tejado? —le pregunté a Stuart.

—¡Sí!

En el garaje, cerré los puños y volví a abrirlos. Luego estiré el cuello para mirar hacia arriba sin mover los ojos.

—¡Ah! —reaccionó Stuart—. No hace falta que subamos. Les diré que bajen.

—No es necesario —objeté.

—No, nena —repuso él a la vez que me tomaba la cara entre las manos—. Que bajen ellos. Soy un bobo. No permitiré que hagas esfuerzos.

—No pasa nada —insistí yo, y añadí *no me gusta que me digan: «no permitiré que...»* a la larga lista de cosas que no le había dicho a Stuart. La lista incluía:

Por favor, no me llames «nena».

Por favor, no me recuerdes que tome la medicación. Si se me olvida, prefiero que me lo recuerden mis padres.

Por favor, no me acaricies el cabello y te pongas triste, porque eso me entristece.

No me sentía orgullosa de esa faceta de mí misma, la faceta que lo censuraba,. Stuart lo hacía todo por amor y se dejaba la piel. Jamás me lo restregaría por las narices, pero yo sí. Cada vez que me repetía, cada vez que olvidaba dónde había dejado el teléfono, cada vez que no podía sacar a Perrito a dar un paseo, me lo restregaba a mí misma por las narices.

Sin embargo, todavía era capaz de hacer un montón de cosas. Prácticamente todo. Solo que no siempre. ¿Lo pillas, Stu?

Tragué saliva. Me recordé tal como era un par de meses atrás, cuando revoloteaba de acá para allá como si nada, pensando que podría vivir por mi cuenta en Nueva York.

Pero no se trata de no tropezar, sino de volver a levantarse en cada ocasión, ¿verdad? Verdad. Stuart esperaba con una sonrisita animosa en el semblante mientras yo me motivaba a mí misma.

—¿Estás segura? —me preguntó.

—Quiero hacerlo.

Me agarré a los travesaños como si estuviera escalando un precipicio. Stuart me preguntó si necesitaba ayuda y sus manos revoloteaban alrededor de mis pantorrillas. Le dije que no y pensé que tendría que pararme a descasar en cada escalón. Me obligué a continuar. Remonté las dos escalerillas y, cuando me senté en el alquitrán plano y caliente, resollaba y estaba tan contenta como si acabara de ganar una maratón. Me di cuenta de que quería volver a hacerlo solo por experimentar de nuevo esa sensación, como si hubiera regresado al mundo y el mundo fuera bueno. Aunque me agotase.

Stuart se encaminó a una zona en sombras, se sentó en el centro y abrió una lata de cerveza.

—¡Mi amiga Sammie!

Coop estaba tumbado junto a una chica que lucía un bikini con los colores de la bandera americana. Llevaba su camiseta sin mangas favorita, CANELA FINA. Miré al grupo de gente que, en teoría, debería reconocer, las cintas rojas, blancas y azules que llevaban en la cabeza, el humo de los cigarrillos y, maldita sea, me alegré de ver a Coop. Me cuesta describir el alivio que sentí, futura Sam, cuando vi un rostro amigo allí arriba en el tejado. Coop me parecía tan, no sé, concreto. Entonces reparé en que la última vez que me sentí parte del mundo fue en las pozas, con Coop. Así pues, era lógico que ahora experimentase esa sensación.

—Eh, Coop —lo saludé, aún resollando. Señalé la apertura del tejado—. He subido las dos escalerillas.

—Vaya, bravo por ti —me felicitó ladeando la cabeza y levantando una cerveza como si brindase. Apuró el último trago y dejó en el suelo la botella vacía.

—¡Sí, bravo por ti! —gritó Stuart desde la zona en sombras, y se volvió a mirar a Ross Nervig, que lo había enzarzado en una discusión sobre poesía.

—¿Alguien quiere agua? —preguntó Coop a la vez que se levantaba—. Me voy a pasar al agua.

—Yo —me apunté.

Coop me trajo una botella húmeda y fresquita y volvió a sentarse junto al pibón de Katie. El pibón de Katie, con la que, en teoría, no salía.

Al cabo de un ratito, me fijé en la sombra negra que Katie tenía en la pierna. Gritó y se levantó. Coop despegó la vista de la chica con la que charlaba, sentada a su otro lado.

—¡Aléjate de él! —le grité a Katie.

—¿Qué? —chilló ella sorprendida, sin dejar de dar manotazos.

—¡Por favor, aléjate! —le indiqué por gestos que se separara de Coop.

Él se percató de lo que estaba pasando y corrió a trompicones a la otra punta del tejado.

—Es alérgico a las abejas —expliqué, ahora en un tono más calmado.

—¿Se ha ido? —me preguntó Coop.

—Se ha ido —le dije.

Gracias, articuló con los labios.

Durante cosa de una hora, puse en práctica mi recién descubierta habilidad para la charla insustancial con unas cuantas personas, al tiempo que intentaba recordar detalles de sus vidas.

Cada vez que me quedaba sola, me dedicaba a repasar: Becca vive en Washington, Lynn acabó por renunciar a las prácticas, Jeff trabaja en la empresa contratista del padre de Ross Nervig. Becca: Washington; Lynn: prácticas; Jeff: padre de Ross Nervig.

Pronto me entró sueño. Había tomado los analgésicos al llegar al tejado y la modorra empezaba a invadirme.

Cuando Stuart se abalanzó sobre mí para besarme, susurré:

—Eh.

—Eh —respondió. También me miraba con ojos adormilados, pero por otra razón.

—Tendría que irme —dije.

—No —replicó, y frunció el ceño.

—Se me están acabando las... cómo se llama, lo de las linternas... Se me están acabando las pilas —le expliqué.

—Vale, bueno, espera un momento y nos vamos a casa.

—¡Pero si tú ya ESTÁS en casa!

Stuart me habló en un tono cálido y suave, al oído:

—Quédate. Te traeré agua.

Lo agarré por la camiseta para atraerlo hacia mí.

—No. Tú te quedas aquí con tus amigos. Y desconectas. Lo digo en serio.

—¿Qué te parece si mejor te beso? —dijo, y me plantó los labios en la boca, pegajosos y salados, hasta que me eché a reír.

—¡Stuey, ahora! —gritaba Ross señalando al cielo. Blandió un libro como un conquistador vikingo empuñaría un hacha.

Los fuegos artificiales habían comenzado.

—Un momento, nena. Le he prometido a Ross que leería el poema de Ginsberg —se disculpó con voz pastosa y se acercó a su amigo a trompicones. Yo volví a reír, para mí. Coop me estaba mirando. Me encogí de hombros y sonreí.

—¡Escuchad todos! Voy a leer una cosa —vociferó Stuart mientras los rayos dorados estallaban tras él. Miró el libro abierto. Miró el libro abierto y los versos de «América» brotaron de sus entrañas con sobrecogedora intensidad. Versos que hablaban de la falta de esperanza, de darlo todo y no ser nada.

La figura de Stuart se recortaba contra los colores del cielo. Todos los ojos estaban clavados en él. Agitaba los brazos con frenesí mientras leía, y Ross estaba plantado a su lado, asintiendo y aplaudiendo las partes que más le gustaban. Me pregunté qué estaría escribiendo Stuart, si algún día leería así su propia obra, como si cada palabra le llegara al alma. Stuart estaba espléndido. Stuart estaba borracho.

Recordé un verano de hacía cinco años, la primera y única vez que me agarré un pedal como ese. Me acordé de Coop en aquella fiesta de abril, cuando proclamó a los cuatro vientos que había querido «emborracharse conmigo toda su vida». Pero la verdad es que ya nos habíamos emborrachado, una vez.

Un verano, antes de que tuviera lugar el incidente de la «cita», Coop y unos cuantos colegas del equipo de béisbol robaron una botella de whisky a los padres de no sé quién. Coop me convenció de que lo probara mezclado con refresco de cereza con vainilla. Sucedió, por supuesto, antes de que decidiera marcharme del Upper Valley, antes de que descubriera lo mucho que me gustaba la oratoria, antes de que quisiera matricularme en la Universidad de Nueva York, antes de colarme por Stuart.

Al principio fue divertido y me bebí el brebaje como quien toma un refresco.

Coop y yo no parábamos de empujarnos y de soltar risitas tontas. Él me había robado las gafas y corría de acá para allá. Yo le perseguía y le salté a la espalda. Entonces me llevó a caballito a la arboleda, donde salté al suelo otra vez y, después de tambalearme un momento, empecé a vomitar.

Coop me sujetó el cabello mientras yo devolvía, sin dejar de repetir: «Oh, no. Oh, no».

Aún me estaba secando la porquería de la boca cuando me eché a reír y dije: «¡Es la última vez!».

«¿La última vez que echas la pota?», me preguntó. Y ya nos estábamos partiendo de risa otra vez. Unas risas bobas, felices.

Le recuerdo inclinado a mi lado como si no le molestara estar cerca de mí en esa situación tan asquerosa. Recuerdo el tacto de su mano en mi espalda, cómo me sujetaba los rizos con el puño.

La chica del bikini con la bandera americana le pasó un porro a Coop, pero él lo desdeñó con un gesto.

Me miró, casi como si estuviera recordando lo mismo que yo, aunque era imposible. Sea como sea, nos miramos, y no sé qué pensaba ninguno de los dos, pero seguimos mirándonos un buen rato.

Aquel día en su casa, Stuart se parecía más al chico que leyó en la biblioteca, el día que comprendí que lo amaba, o que estaba empezando a amarlo. Llevaba mucho tiempo sin verlo tan animado, en realidad. Está más contento cuando hace lo que le apetece y no lo que cree que debe hacer. Opino que todos estaríamos mejor si hiciéramos eso mismo.

Le pedí a Coop que me llevara a casa. Desde que me acompañó el día de la fiesta de Maddie, mis padres dejan que Coop pase ratitos conmigo y me lleve de acá para allá, y yo me alegro. Les tranquiliza saber que vive allí mismo, supongo, y que está en casa más a menudo que su madre. Además, la enfermera cobra una pasta.

Mi madre le invitó a tomar pastel y al final nos lo zampamos en mi cuarto, porque Bette agarró una pataleta cuando le prohibieron comer más. El caso es que Coop vio las fotos de las Fuerzas Especiales contra la NP-C en la pared de mi habitación y me preguntó por qué estaban ahí.

Después de morirme de vergüenza y volver a la vida, le solté algo como:

—Ay, nada, una tontería. Son de cuando pensaba que podía, o sea, curarme de la Niemann Pick. De cuando aún creía que podría alcanzar mis objetivos.

—Bueno, ¿y por qué renunciar a ellos? —me preguntó Coop—. Ningún momento es mejor que el presente. El hecho de que ya no formen parte de una especie de plan integral no les resta importancia. Solo tienes que... adaptarlos.

—¿Adaptarlos a qué?

—Quiero decir que te olvides del «plan». Haz todas esas cosas porque te apetece. Porque sí.

Y LO HICE

Hoy, en honor a Beyoncé y a todas las mujeres independientes del mundo, he llamado a Maddie y la he felicitado otra vez.

—¿Puedo decirte una cosa un poco cursi? —le he preguntado.

—No digo que no a una fresita —ha respondido en tono solemne y nos hemos reído.

—Va en serio.

—En serio —ha dicho—. Suelta tu cursilada.

—Ejem, ejem. Todas las mujeres fuertes e independientes son aliadas, y si yo no puedo gobernar el mundo deberías hacerlo tú, y quiero que sepas que estoy contigo.

Maddie se ha quedado callada un momento.

—Eso significa mucho para mí, Sammie. De verdad.

—Bueno, tú significas mucho para mí.

—Tú también. Siempre he valorado muchísimo tu opinión.

—¿Te veré antes de que te marches?

—Ahora estoy recorriendo el litoral con mis tías. Pero volveré antes de que empiecen las clases. Nos veremos muy pronto.

—Eso espero —me he despedido, y cuando hemos colgado me he acordado de que siempre comparaba nuestras tácticas de oratoria con un globo. Y puede que la NP-C esté hablando por mí, pero algo se ha hinchado en mi pecho y gracias a Dios no ha estallado.

BIOGRAFÍA NO OFICIAL DE LOS HERMANOS MACCOY

CAPÍTULO 2: BETTE

Como ya he venido insinuando a lo largo de este libro, es posible que Bette Elise McCoy no sea de este mundo. Digamos que mis padres «la trajeron del hospital» a finales de febrero. Durante los primeros meses de vida fue una niña más bien tranquila, excepto cuando padeció eso que les pasa a los bebés, una especie de dolor de barriga constante. Hasta la fecha, se niega a ingerir los siguientes alimentos: plátanos, limón o cualquier cosa que contenga limón, piña, galletas saladas, naranjas, mango, papaya, zanahorias, pasta, maíz, calabaza, brotes de maíz y bollos de bolsa.

Hace un tiempo Bette tenía un loro invisible que se llamaba «Coro». Afirma que puede hablar con cualquier clase de pájaro. Señalaré que su convicción nace de su costumbre de correr hacia la primera ave que ve gritando: «Vuela, vuela». En consecuencia, sí, claro, los pájaros la «obedecen».

En fin, para cuando empezó cuarto de primaria, Bette ya tenía fama de ser un genio de las mates. Además, como habrás deducido, tiene mucha imaginación y le trae sin cuidado lo que piensen de ella. Digamos que, durante muchos años, esas dos habilidades no compaginarán bien y puede que Bette no tenga muchos amigos. Lo digo con conocimiento de causa porque reconozco muchas de mis conductas en Bette y tal vez por eso sea tan dura con ella. Espero que no se pase el día hablando consigo misma, como yo.

Sin embargo, este es mi libro. Así que sostengo que, en lugar de tirarse toda la adolescencia haciendo codos, trabará amistad enseguida con alguien como Maddie, y sabrá que no está sola y que no es la única.

Digamos que a su mejor amiga se le da de maravilla tocar la guitarra y Bette posee un talento especial para las palabras y las mates, que son indispensables para componer canciones (porque buena parte de la composición es matemática pura y dura, sobre todo los temas interminables con montones de acordes, Stuart me lo dijo), y juntas formarán un grupo llamado CORO. JA, JA, sí.

Así pues, CORO salta a la fama haciendo bolos en el Upper Valley y pronto las contratan en Nueva York. La gente alucina con su disparatada ópera pop. Su espectáculo incluye disfraces y espectaculares decorados igual que *Alicia en el país de las maravillas*. Actúan en Canadá, en Europa, en África, la India y Asia. Componen música como los dos Beatles, maldita sea, cómo se llamaban, pero nunca se separan.

Viven en un mismo edificio, a dos pisos de distancia. Las dos amigas, Bette y Cómo-se-llame, criarán todo tipo de pájaros en la azotea, y compondrán canciones y álbumes juntas durante el resto de sus vidas.

EL MILAGRO DE LA CIENCIA

En homenaje a Elizabeth Warren y a mi decisión de afrontar la enfermedad sin rodeos, he visitado nuevamente a la doctora Clarkington con mis padres y les he pedido que conectaran el altavoz cuando hablaran con el especialista. Les he explicado a los médicos todos los síntomas que padezco y que estoy escribiendo este libro.

—Es fantástico —han dicho—. Eso del libro es fantástico.

—Haz crucigramas también —ha sugerido el especialista por teléfono.

Crucigramas. Fantástico.

—¿Y los síntomas? —ha preguntado mi madre.

—Parece que las cosas se han estabilizado —han dicho—, pero las noticas no son fantásticas.

Estables, pero no fantásticas.

Fantástico.

Los Lind se han quedado vigilando a los pequeños para que mis padres y yo pudiéramos ir a cenar a Molly's después de la visita. Me han sugerido que pidiera lo que quisiera. No es lo habitual. Por lo general solo vamos a Molly's para celebrar los cumpleaños, y cumpleaños significa pizza, porque la pizza es barata. Me parece que nunca nos han dejado pedir a la carta.

—¿Seguro? —he preguntado.

—Pues claro —ha dicho mi padre—. Qué diablos, pidamos una botella de vino.

—No hace falta —ha intervenido mi madre posando la mano sobre la de mi padre.

—Quiero hacerlo —ha insistido mi padre, y ha esbozado una sonrisa forzada—. Pide lo que quieras, Sammie-na-mina.

Así pues, me he decidido por los fettuccini. Mi madre ha elegido una hamburguesa. Mi padre, salmón. Yo no me sentía cómoda. Tenía la sensación de estar celebrando algo que no merecía celebrarse.

—¿Por qué no pedimos pizza y en paz?

—No —ha replicado mi padre a toda prisa—. Ya hemos elegido.

—Solo era una idea —he apostillado, encogiéndome de hombros.

Intentaba decirles: *Eh, no hace falta que gastemos un dineral únicamente porque el cerebro de Sammie se ha escacharrado.*

—Si quieres pizza, pediremos pizza —ha dicho mi madre.

—No quiero pizza. Solo decía que PODRÍAMOS...

—Ya basta —me ha espetado mi padre en tono brusco.

Mi madre lo ha mirado con los labios apretados.

—Estoy cansado, Gia. —Se ha vuelto hacia mí, ahora con un leve rubor en sus mejillas de irlandés. Ha hecho una pausa—. Solo quiero que todos demos las gracias de poder compartir una cena agradable.

Por «todos» se refería a mí, estoy segura. Así que le he dado las gracias. He unido las manos en ademán de oración.

—Gracias, padre, por esta comida tan agradable.

—No te hagas la graciosa, Sammie, no después de lo de hoy.

He entornado los ojos, automáticamente, y he notado un ahogo en el pecho.

—¿Y eso qué significa? —le he preguntado, pero ya lo sabía.

Significaba que más me valdría cerrar la puñetera boca, porque se desloman a trabajar cada día para pagar las visitas al médico, las recetas y las estancias en el hospital, y que ojalá me portara como un ángel del cielo.

Bueno, pues lo mismo digo, joder. A mí también me gustaría. Ya intento ser agradecida. Yo también estaba cansada.

—¡He dicho que pidiéramos pizza! ¿No me has oído?

—Esa no es la cuestión —ha empezado a decir él, y he notado que sopesaba muy bien sus palabras—. No he querido decir...

—Papá, o sea, ¿tú crees que a mí esto me divierte?

—Ya lo sé, pero...

—¿Crees que quiero siquiera estar en el Upper Valley ahora mismo?

—Te gustaría estar en Nueva York. Ya lo sé.

A estas alturas de la conversación, mi padre se tapaba los ojos con las manos.

—Si pudiera elegir, no viviría de tu caridad, créeme.

—Pues márchate —me ha soltado mi padre, agitando la mano.

—Basta ya, los dos —ha terciado mi madre.

—Encantada —he proseguido yo—. De hecho, me parece que iré a Canadá.

—Ay, Dios... —ha musitado mi madre, y le ha propinado un manotazo a mi padre en el hombro.

—Está bromeando, G.

—Iré andando al puto Canadá —he dicho, y mi pajita se ha atascado con un trocito de hielo—. Viviré con la abuela. Aprenderé a pescar.

Allí sentada, muy quieta, notaba cómo la sangre me hervía a través de mi cuerpo roto. No hablábamos en serio, ¿verdad? Sin embargo, la verdad implícita pendía sobre el reservado.

—Sammie no va a ninguna parte. No digáis eso ni en broma —ha intervenido mi madre en voz baja—. Ninguno de los dos.

—No, claro que no —ha dicho mi padre a la vez que alargaba la mano—. Cielo.

Mi madre se ha echado a llorar. Se ha aferrado a mi brazo.

—No tiene gracia —ha sollozado.

—Ya lo sé —he dicho yo, y he tomado la mano de mi padre.

—Lo siento. —A mi padre le temblaba el labio—. No lo decía en serio.

—Ya lo sé —he repetido.

El llanto de mi madre ha desplazado el pedrusco que tenía instalado en el estómago y he intentado no llorar, pero mis propias lágrimas brotaban a todo trapo, no podía tragármelas todas, y de repente mi padre ha soltado un sollozo también, y ahí estábamos los tres, intentando mantener la compostura. Tratando de no mirar a los otros clientes de Molly's, que nos observaban con atención.

La camarera se ha acercado como si caminara sobre cristal. Mi padre ha levantado las manos con ademán implorante.

—Soy un hombre hecho y derecho —se ha disculpado sorbiéndose la nariz y encogiéndose de hombros—. Qué puedo decir.

La familia que ocupaba la mesa contigua ha desviado la vista y ha devuelto los ojos a la comida, fingiendo que no nos estaban mirando.

—Qué más da —ha dicho mi madre—. Todo el mundo ha llorado alguna vez.

Hemos pedido los platos. No hemos tomado pizza.

Al cabo de un rato la tensión se ha disipado y el ambiente se ha tornado limpio y claro. Mis padres se han enjugado la cara con las servilletas. Hemos dado cuenta de la comida. Estaba deliciosa.

Mi madre nos ha hablado de una de sus colegas, una embarazada llamada Denise, que se ha ofrecido a pasar por casa para enseñarnos a criar abejas.

Mi padre y yo hemos coincidido en que Davy sería una excelente ayudante de apicultor. Bette seguramente las liberaría a todas y Harrison se moriría de aburrimiento.

Mi madre nos ha comentado que había pensado hacerse un tatuaje, un hexágono en representación de los seis miembros de la familia. Yo he dicho que mejor no, mi padre que sí y mi madre ha anunciado que era demasiado tarde, porque ya se lo había hecho, pero sabíamos que mentía porque se ha echado a reír antes de terminar la frase.

Mi padre se ha cambiado de asiento. Ahora estábamos los tres en el mismo banco del reservado y las rechonchas piernas de mi padre asomaban hacia el pasillo.

Mi madre ha apoyado la cabeza en mi hombro.

Mi padre nos ha confiado que va a pedirle a Stuart que se olvide de las gallinas, porque siempre encuentra la comida amontonada a un lado del gallinero, como si Stuart hubiera entrado corriendo, la hubiera tirado y se hubiera largado a toda prisa. Yo me he reído y le he dicho que me parecía bien, que seguramente a Stuart le agradaba la IDEA de dar de comer a los pollos, pero no tanto llevarla a la práctica.

Mi madre ha dicho que ella también tenía algo que confesarnos, que estaba un poquito piripi. Y que se ha tirado un pedo por culpa de la hamburguesa.

—¡Qué asco! —hemos gritado mi padre y yo al mismo tiempo.

—Pero no huele —ha alegado mi madre en su defensa.

—Es un milagro de la ciencia —ha bromeado mi padre riendo a carcajadas, con toda la cara arrugada de risa igual que cuando alguien menciona los pedos de Harrison—. Los pedos de mamá no huelen.

Cuando se nos ha pasado la risa, nos hemos quedado en silencio un ratito.

Hasta que yo he dicho:

—¿Alguien va a tomar postre?

Mi padre me ha soltado:

—Dudo mucho que aquí sirvan botellones de batido de chocolate, Sammie, si estabas pensando en eso.

Mi madre y yo hemos resoplado. Seguro que no. Pero mi padre le ha preguntado al camarero de todos modos.

Hemos salido de Molly's muy juntos, sus brazos alrededor de mis hombros, mis brazos alrededor de sus cinturas. He sentido el impulso de colgarme de ellos, como hacía cuando era niña, de levantar las piernas para que me llevaran en volandas. Pero tengo la sensación de que, después de lo que hemos vivido esta noche, ya no estamos para esos trotes.

BIOGRAFÍA NO OFICIAL DE LOS
HERMANOS MCCOY

CAPÍTULO 3: DAVY

¡Sorpresa! Ja, ja, ja, ja, ja, ja. En serio, Davienne Marie McCoy es fruto de un embarazo no planificado, aunque yo también. Todo ese amarillo y naranja que Bette rechaza se lo come Davy. No lo digo porque tenga mucho saque, sino porque absorbe la luz, ¿entiendes lo que quiero decir? Es una niña feliz, dulce y radiante.

Davy es la única de los cuatro que, en mi opinión, conseguirá lo que se proponga. Se diría que todas las facetas de mi madre que, por alguna razón, los demás no hemos heredado, se las hubiera quedado ella. No estaba, cómo se dice, exagerando pero no mintiendo cuando dije que es la niña más popular de su clase. Sus amigos no paran de venir a casa. Se lleva de maravilla con los adultos también. El padre Frank y ella son amigos íntimos. La doctora Clarkington y ella son amigas íntimas.

Así pues, cabe pensar que seguirá siendo popular durante la secundaria. Cabe pensar que, como es tan simpática con todo el mundo, cuando vaya al instituto todos la considerarán su mejor amiga. Tanto es así que empezará a preguntarse quiénes son sus amigos en realidad. Sufrirá una especie de crisis, pensando que tal vez nadie la conozca realmente. Y me la imagino experimentando algo así porque me extrañaría mucho que una persona tan bondadosa como ella se libre de que los demás intenten acapararla.

Pongamos que ve a Dios. Ya sé que parece una locura, pero tú sigue leyendo. O sea, ve a Dios, pero no un Dios blanco de larga barba sino una fuerza que acude a ella en forma de luz y le dice que su propósito en la vida es emplear su bondad para ayudar a los demás.

Así que funda una especie de centro de aprendizaje al que te puedes apuntar aunque no tengas dinero. Pide ayuda a todos sus amigos del pueblo que destacan en algún ámbito en concreto y fundan una especie de escuela sin matrícula ni mensualidades. Cualquiera puede acudir a aprender un oficio que le ayudará a encontrar trabajo, pero nadie tiene que pedir préstamos al gobierno ni al banco.

Y aunque las cosas se compliquen aún más, para los demás o para ella, porque no todo irá como la seda, ella será la luz que los guíe y siempre los ayudará a seguir tirando.

Y cuidará de las gentes de por aquí, de todos aquellos a los que yo critico tanto, de las personas que se quedarán aquí toda su vida, y estos se ayudarán entre sí a su vez, y nadie querrá marcharse porque estarán aprendiendo, creciendo y tratándose con cariño gracias a Davy.

bueno hoy no es un buen día porque he olvidado los nombres de todas las gallinas y me siento una tonta Stuart acaba de marcharse y espero que no se le hayan pasado las ganas de estar conmigo por cierto no paro de tragar saliva y me tiemblan las manos cuando voy a coger algo y yo procuraba sonreír y no paraba de decir no pasa nada no pasa nada y él ha sido muy simpático pero claro yo estaba enfadada por no acordarme del nombre de las gallinas y él tampoco los conocía no tiene la culpa

harry bette y davy estaban jugando en el bosque pero han venido y davy ha señalado la gallina pinta, la negra, la marrón, la marrón y blanca y la blanca y hemos repasado los nombres otra vez puede que Stuart se haya aburrido

lo he abrazado muchas veces antes de que se marchara espero que no se haya asustado ni agobiado al verme así me ha dicho que quería quedarse pero le he pedido que se marchara porque no me encontraba muy bien

Para otro día...

LA GALLINA PINTA SE LLAMA CLARKY
LA NEGRA ES MARGIE
LA DE COLOR MARRÓN ES CELESTE
LA MARRÓN Y BLANCA ES AMAPOLA
LA BLANCA SE LLAMA MOONY

BIOGRAFÍA NO OFICIAL DE LOS HERMANOS MCCOY
[COMENTARIOS DE LOS IMPLICADOS]

CAPÍTULO 1: HARRISON

Sí, es probable que acabe por dedicarme a la programación.

Sammie, también has olvidado mencionar eso de que vuelo en un helicóptero y, en plan, dejo caer una cuerda para saltar a los edificios, y que seré una famosa estrella de YouTube y ganaré un millón de dólares porque sé hacer ruidos con la barriga que parecen pedos. Lol.

CAPÍTULO 2: BETTE

Hummmmm.
  Vale, sí, soy una extraterrestre. Siempre os lo estoy diciendo. Je, je.
  Mi tío es un marciano.
  Me gustan mucho los perros y otros animales.
  Ya sé que no puedo hablar con los pájaros. Lo digo en broma.
  ¡¡¡Mi futuro no tiene mala pinta, ¡¡¡aunque no canto nada bien!!!
  Gracias por escribir esas cosas tan bonitas, querida hermana.
  ¿¿¿Me enseñarías a hacer trenzas esta tarde, por *fa*???

CAPÍTULO 3: DAVY

Me gusta *escíbir* en este *rdenodor* mamá me *a enseñdo a acer* una carita :) no sé *escíbir maisculas* pero estoy *aprrrendendo* en clase sammie es la mejor hermana del mundo

ESTE VERANO HA HECHO UN TIEMPO FANTÁSTICO, INCLUSO LOS DÍAS DE TORMENTA

Ojalá Stuart no se hubiera marchado en un día tan hermoso. El cielo había adquirido un tono prácticamente morado y llovían gotas grandes como diamantes.

—Siempre que imagino tu partida, te veo alejándote con un grueso fajo de papeles debajo del brazo —le dije mientras aguardábamos en la parada del autocar de Darmouth, debajo de mi paraguas.

—Tienes una imagen muy romántica de los escritores —respondió él.

—No puedo evitarlo —repuse, y le acerqué los labios para besarlo. Apenas me los rozó.

—¿Estás triste? —le pregunté.

—Estoy triste —reconoció, y tragó saliva—. No me hace gracia dejarte sola tanto tiempo.

Stuart volvería pasados unos días. Había quedado con su agente y su editor, y se alojaría en el piso de sus padres.

—Todo irá bien —le aseguré.

—Ya lo sé. Y también... —empezó a decir. Suspiró—. Me pone nervioso tener que hablar con esas personas.

—¡Pero si te adoran!

—No, no es verdad —replicó, y desvió la vista.

—Eh —dije. Le tomé la mano e intenté sostenerla con fuerza—. ¿Va todo bien?

—No —reconoció.

—¿No?

—No quiero hablar de eso ahora mismo.

Stuart esbozó una sonrisa forzada.

—Vale —accedí—. Ya sé que este mes ha sido duro. Tiene que ser duro presenciar cómo se me va la olla y eso. —Me obligué a mirarlo a los ojos—. Debe de ser muy raro.

—No tiene nada que ver contigo —dijo Stuart.

Le espeté:

—¿Y entonces con qué tiene que ver?

Y esperé que no fuera tan hiriente como la verdad de fondo.

—¿Qué quieres decir?

Repuse despacio:

—Siempre estamos juntos. Cuando te veo agobiado pienso que en parte se debe al estrés que te provoca mi... situación. No puedo evitarlo.

—No, no... —empezó a negar. Siempre lo mismo, «no, no».

—Bueno, pero si necesitas, ya sabes, distanciarte, lo entenderé.

—Sammie —replicó con seriedad. Repitió—: No tiene nada que ver contigo.

La sequedad de su tono me pilló por sorpresa.

—Vale —dije—. Yo solo intentaba...

—Perdona —se apresuró a decir.

—No me gusta que me interrumpan —le espeté. Inspiré hondo—. Intentaba averiguar qué te pasa. Pero me alegro de poder eliminar nuestra situación de las posibles variables.

—Sí —respondió, ahora en un tono más dulce—. Es que va a ser un enorme baño de realidad. Ver a mis padres, a mi agente y a todo el mundo en una misma semana.

Posó una mano en mi mejilla.

La rodeé con la mía y se la besé.

—Tómate un batido a mi salud —le dije.

—Lo haré —me prometió, y nos besamos.

—Diles a los neoyorquinos que no me esperen.

—Oh, Sammie.

—Estoy segura de que se van a poner muy tristes. Todas esas personas que he inventado durante los cuatro años que llevo fingiendo que vivo allí.

Me falló la voz. Por lo visto, el cerebro me estaba fallando también, porque era de locos pensar que, si subía a ese autobús, pasadas ocho horas estaría allí con él y con todo aquello que tanto ansiaba conocer. ¿Y si buscaba un trabajo de camarera? ¿Y si me presentaba sin más?

—Eh —dijo con suavidad—. Algún día te llevaré.

—Pero no ahora —repuse mientras veía embarcar al penúltimo pasajero, un universitario que regresaba a casa tras las vacaciones de verano.

—Muy pronto —prometió, y subió al autocar sin mí.

INTENTO VIRTUAL DE COOP DE CONVENCERME DE QUE PERDER LA MEMORIA NO ES TAN HORRIBLE AL FIN Y AL CABO

Cooper: Eh!!

Yo: Eh

Cooper: eh estaba pensando en ti

Cooper: en eso de las fuerzas especiales antinpc

Cooper: y en lo que dijiste de que te gustaría conocer a alguien enfermo de la niemann-pick

Yo: Sí??

Cooper: te acuerdas de mi abuela??

Yo: Me acuerdo de que era muy simpática.

Cooper: sí, es muy simpática, pero sufre demencia por desgracia y estaba pensando que si quisieras podríamos hacerle una visita. no es np-c pero se le parece y a lo mejor te gustaría hablar con ella y comprobar que en cierto modo sigue siendo ella misma

Cooper: o sea, que aún disfruta de la vida

Yo: Sí, estaría bien!!

Cooper: guay

Cooper: cuando te vaya bien, dímelo

Cooper: ya sé que te gusta organizarte con tiempo :)

Yo: Pues sí, ja, ja

Yo: Pero

Yo: Sabes qué??

Yo: Por qué no vamos ahora mismo??

Cooper: vale!!

FRIEDA LIND, 87 AÑOS, TRANSCRIPCIÓN DE UN DOCUMENTO SONORO GRABADO CON MI TELÉFONO

Frieda: ¿Los McCoy? Ah, sí, claro que conozco a los McCoy. Llevan aquí tanto tiempo como los Lind. Emigraron de Boston más o menos en la misma época para dedicarse a la cría de animales. Nuestras familias llevan viviendo a ambos lados de la montaña casi cien años. Recuerdo una anécdota divertidísima sobre la, bueno, administración conjunta de un chivo albino llamado Francis.

Sammie (*muerta de risa, a Cooper*): ¿Por eso te pusieron «Francis» de segundo nombre?

Frieda: Creo que sucedió a comienzos de siglo. Cuenta la leyenda que... a ver, dejadme pensar. Francis era un chivo albino, algo tan infrecuente que la gente acudía de todas partes a admirarlo, y creo que fue uno de los McCoy quien tuvo la idea de cobrar entrada.

Cooper: McCoy tenía que ser.

Sammie: ¡Eh!

Frieda: Un penique por echarle un vistazo o algo así. Lo peliagudo del caso fue que... perdonad (*toses*). Lo peliagudo del caso fue que las cabras pululaban a sus anchas por los terrenos de las dos propiedades. Uno de los Lind, creo que fue Geoffrey Lind, alegó que los McCoy no tenían derecho a ganar dinero a costa de Francis porque el chivo lo había parido una de sus cabras. Y Patrick McCoy, naturalmente, dijo que no, ni hablar, que Francis era una cría de su macho Freddie. Y es curioso, porque Francis ni siquiera era un cabrito. ¡Era un macho adulto! Y en todo ese tiempo a nadie le había importado a quién pertenecía, pero cuando descubrieron que podían ganar dinero a su costa, las dos familias lo reclamaron. Siguieron discutiendo, aunque había un montón de gente haciendo cola en el jardín para ver a Francis, y por fin Colleen McCoy, que era una mujer religiosa...

Sammie: Me lo imagino.

Cooper: ¡Ja!

Frieda: A Colleen McCoy se le metió en la cabeza la pomposa idea de que se enfrentaban a un problema igual al de esa historia de la biblia, la del rey Salomón. ¿Te acuerdas, Jerry?

Cooper: Soy Cooper, abuela.

Frieda: Ah, pues eres idéntico a Jerry.

Cooper: Jerry es mi padre.

Frieda: ¡Ya lo sé!

Sammie: Estaba hablando del rey Salomón...

Frieda: ¿Qué estaba diciendo, cariño?

Cooper: El chivo Francis. Colleen McCoy.

Frieda: A Colleen se le metió en la cabeza la idea de que solo si amenazaba con cortar a Francis por la mitad, aparecería su legítimo propietario. Le puso mucho teatro.

Cooper: Me lo puedo imaginar.

Frieda: Colleen levantó el cuchillo... (*finge enarbolar un cuchillo*) y lo fue bajando despacio, muy despacio, hacia el pobre Francis, pero nadie dijo ni pío.

Sammie: ¿Qué?

Cooper: Espera, aún falta lo mejor.

Frieda: Ni Geoffrey Lind ni Patrick McCoy eran los legítimos propietarios de Francis. Por lo que sabían, Francis bien podría haber llegado a la montaña procedente de alguna otra parte. O, lo que es más probable, sencillamente habían olvidado a quién pertenecía.

Sammie: ¿Y Francis murió?

Frieda: Sí.

Sammie: ¡Ugh! ¿Y eso?

Cooper: Lo asaron, porque todo el pueblo estaba allí de todos modos.

Sammie: ¿¿¿Asaron a Francis???

Frieda: Sí, y dice la leyenda que estaba delicioso.

LA CABRA SIEMPRE TIRA AL MONTE

Frieda nos relató a Coop y a mí la anécdota de «la cabra Francis» en dos ocasiones más, y nos contó unas cuatro o cinco veces la historia de que, en su primera cita, su marido la llevó a dar un paseo en coche. Los relatos cambiaban cada vez que los narraba; no la historia en sí, sino los detalles que incluía en cada ocasión. En una versión del chivo Francis, nos reveló que le habían atado una cinta azul al cuello. En la otra, añadió que, después de que todo el pueblo se hubiera comido a Francis, Patrick McCoy dijo que no, que en realidad el chivo le pertenecía, y la discusión volvió a empezar.

La abuela de Coop se tiñe el cabello de un tono castaño, tiene la tez delgada, como de talco, y las venas forman un mapa de ríos y sus afluentes debajo de su piel. Sus ojos son idénticos a los de Coop, de un azul intenso, grandes como platos, aunque los de la abuela parecen una pizca empañados.

—Jerry, no te lo tomes a mal, pero te aconsejo que te cortes el pelo —le repetía a Coop una y otra vez, y me hizo gracia ver cómo Coop se sonrojaba a la mención de su cabello, porque siempre se lo está peinando con los dedos cuando hay chicas presentes. Supongo que su abuela es la única chica a la que le desagrada su peinado.

—No soy Jerry, soy Cooper —insistía Coop—. Y esta es Sammie.

—Hola —decía yo por séptima vez.

—¿Es tu novia? —preguntaba la abuela, y me sonreía.

—No soy su novia —volvía a explicarle yo—. Solo somos amigos.

Cada vez que tenía lugar esa conversación, Coop articulaba con los labios «lo siento», pero hacia la quinta vez se le escapó una sonrisa.

Cuando Coop me dejó en casa, le di las gracias por haberme presentado a su abuela.

—¿Te lo has pasado bien? —me preguntó sentado al volante, y se volvió a mirarme.

—Sí —repuse yo mientras salía del coche—. Es una mujer maravillosa.

Cooper posó la vista en el jardín.

—Sí que lo es. ¿Y has visto con qué gracia cuenta esa historia? Sucede así porque la explica una y otra vez. ¿Ves como no todo es malo?

Mientras Coop hablaba me di cuenta por primera vez de que se había arreglado. Llevaba el cabello, ahora rubio del sol, peinado hacia atrás y se había puesto un polo con vaqueros y cinturón, e incluso mocasines. Decidí no tomarle el pelo por vestirse de punta en blanco para visitar a su abuela. Me demoré a la puerta del Blazer y apoyé los codos en el asiento delantero.

—No, supongo que no —dije. Recordé el día que Coop acudió a mi rescate porque había olvidado dónde estaba, o la otra mañana, cuando no conseguía recordar los nombres de las gallinas—. Pero ¿cómo se las arregla para estar tan contenta? Yo, cuando... sufro una crisis... entro en pánico.

Coop se recogió un mechón suelto detrás de la oreja.

—Tú siempre eres amable conmigo cuando te recuerdo quién soy —aclaró, y me miró frunciendo el ceño.

—Bien —repuse yo.

—Puede que tu cerebro se tranquilice en presencia de las personas que conoces bien.

—Pero a veces me vuelvo muy antipática —alegué yo a la vez que pellizcaba los hilos del asiento—. Me porté como una niña malcriada con mi familia.

—Mi abuela también se porta como una niña malcriada de vez en cuando —repuso él—. Cuando está cansada o incómoda.

Solté una risita.

—Tendré que empezar a llevar caftán, para asegurarme de estar cómoda el máximo tiempo posible.

Coop asintió con un falso aire de solemnidad.

—Te quedaría muy bien.

Guardamos silencio un momento.

—Ha dejado de llover —observé.

—Ah, sí —dijo él, alzando la vista para mirar por el parabrisas.

—¿Tienes que volver a casa? —le pregunté.

Coop se encogió de hombros, me miró de reojo y luego echó un vistazo al reloj del salpicadero.

—No.

Volví la vista hacia mi casa. Mis padres regresarían pronto con los pequeños. Pero no quería que se marchara, no sé por qué. Por la misma razón que hizo que me alegrara de verlo en el tejado el 4 de julio, supongo.

—¿Te quieres quedar a cenar?

Coop desabrochó el cinturón de seguridad al instante.

—¿Habrá perritos calientes?

—Seguramente.

—Me arriesgaré.

Cerramos las portezuelas y Coop rodeó el Blazer.

—Me pregunto qué historias repetiré yo una y otra vez —comenté.

—A saber —repuso Coop mientras nos encaminábamos hacia mi hogar—. Sea como sea, deberíamos comprar una cabra.

Yo: Cómo han ido las reuniones??

Stuart: bien

Stuart: Qué tal la vida por allí??

Yo: rara y bien

Stuart: rara y bien??

Yo: Ya te lo contaré cuando vuelvas.

Davy me ha preguntado por qué quería tener los dientes tan limpios. Me ha visto cepillármelos tres veces en el transcurso de una hora antes de meterme en la cama. He olvidado que ya lo había hecho, supongo. Así que he ideado un plan: dejar el cepillo de dientes sobre la pila cuando termine de limpiármelos para que mis padres lo guarden después de acostar a los pequeños. Y dejar una nota que diga: «Si el cepillo de dientes está en la pila, significa que ya te los has cepillado. Si está en el armarito, aún no lo has hecho».

¡PUF!

Un nuevo día. Ha amanecido nublado, pero el sol ha salido alrededor de las diez, así que Coop se ha presentado en casa cargado con raquetas de tenis, porque, como habrás deducido, íbamos a comprobar qué tal se nos daba el dichoso tenis. No sé por qué he elegido el tenis de entre todas las misiones de mis fuerzas especiales anti NP-C pero, por desgracia, Coop vio la lista y tomó buena nota. De modo que, querida Serena Williams, soy la vergüenza de tu deporte.

Pese a todo, como bien sabes, los estudios afirman que las personas con problemas de memoria deben aprender cosas nuevas, que les conviene, pero no sé por qué escogí el tenis. Perdona si no me expreso demasiado bien; las pastillas me están haciendo efecto. A decir verdad, es un gustazo escribir bajo los efectos de los analgésicos porque así no me esfuerzo tanto en que quede bonito, ¿sabes?

Pero te contaré todo lo que recuerde, como hago siempre.

Pero estoy un poco atontada.

Cooper venía andando por la cuesta y te juro que por poco me parto de risa al verlo, porque llevaba unos pantalones supercortos, de color rojo, calcetines hasta la rodilla y, cómo no, su famosa camiseta sin mangas con la inscripción «CANELA FINA». Además, se había recogido el pelo en una coleta, llevaba una banda para el sudor y unas gafas de sol de estilo aviador. Cuando hemos entrado en casa, ha visto a Harrison jugando a *Minecraft* con los auriculares puestos. Se ha acercado a hurtadillas y se ha plantado detrás de él, hasta que Harrison se ha percatado de que estaba allí. Al ver a Coop ha pegado un bote, se ha quitado los auriculares y le ha espetado:

—¿De qué vas?

Y Coop le ha respondido, con una voy muy grave:

—Soy Pete Sampras.

Hemos buscado un claro más o menos llano en el jardín. Coop ha atado la cuerda que ha encontrado en el cobertizo entre dos árboles y ha creado una red con un montón de camisetas viejas, mías y de mi padre.

—¡A jugar! —ha exclamado.

—No voy a aguantar ni cinco minutos —he objetado yo.

Ha replicado: «No es el aguante lo que importa sino la habilidad» o alguna otra broma relativa al sexo.

—¿Lista?

Ha lanzado la pelota al aire y la ha golpeado en mi dirección. He fallado por pocos centímetros.

—Me distrae la palidez de tus piernas.

—Concéntrate en la pelota —me ha ordenado Coop, y yo me he reído. Ya me faltaba el aliento. Le he pasado la bola con torpeza.

Lo he intentado de nuevo. He fallado otra vez. Coop ha corrido hacia la red de camisetas.

—Ven aquí —ha dicho. Me ha sonreído entre las camisetas grises del AYUNTAMIENTO DE LEBANON de mi padre y la mía de los EXCEDENTES DAN & WHIT'S. Me ha tendido la pelota para cederme el saque. La bola ha pasado volando por encima de su cabeza y, por primera vez, le he visto la gracia a esto de jugar al tenis.

—¡Vale! —ha dicho Coop—. Así me gusta. —Y ha corrido detrás de la pelota.

A su regreso, yo me había sentado en el suelo. El corazón me latía desenfrenadamente.

—Tengo otra idea —le he propuesto a Coop.

—¿Qué idea? —ha preguntado él, y se ha sentado a mi lado, en la hierba.

—Se llama «femitenis». Consiste en pasarse una pelota de tenis y formular preguntas sobre mujeres famosas de la historia.

Pensaba que Coop se negaría, pero al momento hemos creado un rombo con las piernas y hemos empezado a lanzarnos la pelota de lado a lado. Las reglas eran las siguientes: pantorrillas, mujeres posteriores a la década de 1970; muslos, anteriores a 1950; y rodillas, comodín. Le he dado una paliza, pero se ha defendido bien, sobre todo en relación a la vida de Harriet Tubman y, para mi sorpresa, me ha machacado con una artista radical japonesa llamada Yayoi Kusama. Le he pedido que me escribiera el nombre. Resulta que ella también sufría problemas mentales y, hacia el final de su vida, empezó a ver puntos por todas partes. Le he confesado a Coop que yo no he visto puntos pero sí ogros, y él también se acordaba de cuando construíamos casitas con piedras y palos y luego las pisoteábamos fingiendo ser gigantes.

De modo que cuando Bette y Davy han regresado a casa del campamento les hemos enseñado el juego, y las pequeñas han construido complicadas casas con palitos de polo. Cuando estaban a punto de pisotearlas, Davy ha gritado:

—¡Un momento!

Nos ha preguntado cómo se llama el juego y Coop y yo nos hemos mirado, tratando de recordar el nombre, pero al final hemos coincidido en que lo llamábamos simplemente «el juego de los gigantes». A Bette y a Davy les ha encantado. O sea, a Bette le chifla, en serio. Creo que a Davy solo le gusta forrar las casitas de pegatinas brillantes.

Ahora le tocaba a Cooper escoger un juego, pero los dos estábamos muy cansados, así que nos hemos tumbado en una zona despejada a mirar las nubes.

—Lo hemos pasado bien jugando al tenis.

—Sí, el tenis es un deporte genial.

Y entonces, jo, yo qué sé, nuestros hombros casi se rozaban y yo necesitaba agradecerle de algún modo a Coop que hubiera venido y obviamente solo somos amigos, pero quería expresar algo más profundo que un simple «gracias por traerme» o «gracias por la comida», así que he desplazado la mano hasta posarla encima de la suya y la he dejado ahí un momento. Coop ha girado la mano debajo de la mía y me la ha sostenido durante un segundo también. Luego las hemos separado.

—Deberías presentarles al capitán Monigote —le he sugerido al cabo de un rato mientras observaba una nube parecida a un pez.

—¿Ahora? —ha preguntado.

—No, no hace falta que sea ahora —he dicho.

Entonces Coop ha propuesto:

—¿Qué te parece mañana?

—Sí —he asentido, y he cerrado los ojos para notar los rayos del sol en la piel—. Mañana.

MAÑANA

Los días transcurren del modo siguiente: en ocasiones me despierto y pienso: *¿Qué trabajo me toca presentar hoy? ¿Qué tengo que hacer? ¿Tengo alguna tarea pendiente? ¿Y ahora qué? ¿Quién se interpone en mi camino?* Dejo que la quietud de la mañana me vaya empapando despacio, como olas del mar. *Estás en la cama,* pienso, respiro, y algunas partes del cuerpo me duelen y otras no.

Primero saco una pierna, luego la otra, y por fin planto los pies en el suelo. Mi madre llega con su albahaca y su viento, mi padre con su menta y su beso, y hoy me quedo delante del espejo comiendo yogur y tomando las pastillas, y me pregunto por qué el mero hecho de caminar me resulta tan placentero. Me pregunto cómo es posible que antes quisiera saberlo todo acerca del mundo que se extiende ahí fuera y por qué ahora me fascina lo que tengo alrededor. Me pregunto cómo es posible que el cerebro siga funcionando igual tanto si trabaja despacio como si lo hace deprisa. Un millón de cosas suceden al mismo tiempo para que percibas una casa, un jardín y una montaña.

¿Alguna vez te he mencionado que hay un nido de currucas en el alféizar de mi ventana?

¿Alguna vez te he mencionado que mi padre toca la guitarra en su habitación cuando nos cree dormidos?

¿Cómo es posible que un solo cuerpo aloje a tantas personas distintas? Me pregunto cómo es posible que alguien llegue a albergar deseos tan dispares en tan breve espacio de tiempo. Me pregunto por qué todo el mundo es tan bueno conmigo.

Stuart llegará mañana. He intentado no pensar en ello, porque no quería que todo volviera a ser como antes. No digo que Stuart se haya portado mal, siempre me trata con amabilidad, pero es que aún no sé dónde encaja él en esta combinación mágica de Coop, los juegos y todas la personas que me han ayudado a descubrir esta nueva versión de mí misma, una persona que nunca existió, pero que quizás siempre estuvo ahí. No sabía lo mucho que le gustaba jugar al tenis de pacotilla o construir casitas de palos. Stuart salía con la futura Sam y Sammie intentaba parecerse a esa chica, pero no sé si le gustará la Sammie normal y corriente, tal como soy ahora. Yo apenas estoy aprendiendo a quererme. En fin.

He acompañado a mi familia al jardín para despedirme de ellos y me he quedado allí esperando a la señora Lind. He visto a Coop a lo lejos, que se acercaba hacia mí cargado con un cuenco de fresas del jardín de su madre.

—Hola, Samantha.

—Hola, Cooper.

Me ha lanzado una fresa. Yo he intentado cazarla al vuelo pero he fallado, claro.

—Ay, ostras, perdona —ha dicho Coop, que de inmediato ha recogido la fresa del suelo. Después de frotarla contra su camiseta, se la ha comido—. Les he preguntado a tus padres si les parecía bien que saliésemos en plan de aventura.

He pensado: *una última aventura,* aunque tal vez no fuera verdad. Pero no estaba mejorando. Me sentía más en paz, pero no siempre me encontraba bien. Ambos lo sabíamos, creo.

—¿Te parece bien?

—Me parece perfecto.

Le he pedido por gestos que se acercara para poder echar mano de una fresa. Ha caminado hacia mí. Nos hemos zampado el cuenco entero, una a una, y yo giraba el cuello para mirarlo, unas veces sí y otras no.

—Vayamos al arroyo —he decidido después, y he silbado para llamar a Perrito. Mientras el perro corría hacia nosotros, he pensado que me apetecía caminar descalza por la hierba, así que me he sentado y me he quitado los zapatos. He tardado un buen rato. Le he tendido la mano a Coop para que me ayudara a levantarme y nos hemos puesto en marcha.

El arroyo está ahí mismo, al otro lado de la carretera, una pequeña herida abierta en la tierra bajo árboles retorcidos, apenas visible hasta que estás muy cerca. Nos hemos sentado con los pies hundidos en un tramo bañado por el sol.

—Me revienta caminar tan despacio.

—No caminas tan despacio —ha objetado Coop—. De niños, los dos estábamos gorditos, así que debes de caminar a la misma velocidad que entonces.

Me he reído a carcajadas, recordando cómo trastabillábamos hacia el agua con las mejillas coloradas y el cabello al viento, lanzando soplidos como zumbidos.

—Cuando corres montaña abajo tienes la sensación de que vas a la velocidad de un cohete, ¿verdad?

—Solo es la gravedad —ha dicho Coop, también entre risas. Reía sin hacer ruido, moviendo la barriga, y luego se ha vuelto a mirarme, de nuevo con su sonrisa serena en el semblante, y ha exclamado—: Sí.

—¿Sí, qué?

—Estaba pensando y he pronunciado la última palabra en voz alta.

—Yo también lo hago —he confesado.

—¡Vayamos a la tienda! —ha propuesto—. Era lo que tenía pensado.

—Vale, pero quedémonos aquí un rato más —le he pedido. Quería alargar al máximo cada parte del día.

—Sammie. ¿Tú...? —ha empezado a decir Coop, pero ha cambiado de idea—. Da igual.

—No, ¿qué? —he preguntado.

—¿Qué opinas de mí? —me ha soltado a toda prisa.

Ha clavado la vista en el agua para que yo no pudiera leer en su semblante de qué estaba hablando exactamente.

Me he mirado los pies.

—Pues pienso que eres Coop —he respondido—. Sencillamente... eres tú.

—¿Crees que estoy aquí contigo porque estás enferma? Porque no es verdad.

Ahora se rodeaba los tobillos con los brazos y su cuerpo era presa de movimientos nerviosos. Una imagen curiosa en un hombre tan musculoso como él, como si el niño interior saliera a relucir.

—No —he convenido, y él se ha vuelto a mirarme—. Solo pienso que eres un buen amigo.

—Ya, bueno —ha dicho, asintiendo.

Un bicho se ha posado en su pelo. Yo no podía cogerlo, pero lo he ahuyentado de un manotazo. Se ha tocado el cabello, allí donde mis dedos lo habían rozado.

—Un bicho —le he explicado—. Ya no está.

Me he empujado las gafas para devolverlas al puente de la nariz.

—Te echaba de menos —me ha revelado súbitamente, y se ha encogido de hombros como si acabara de decir la mayor obviedad del mundo.

—Yo también te echaba de menos —he confesado a mi vez, también con precipitación. Demasiado deprisa para la enormidad del sentimiento, para todo ese tiempo que habíamos pasado alejados. Albergaba la esperanza de que acudiera a verme a diario a partir de ahora, aunque Stuart y él se llevaran mal, para correr aventuras o solo para saludar, como mínimo. No he sabido cómo interpretar ese deseo. He inspirado hondo antes de decir—: Fuimos personas distintas durante un tiempo, pero ya no lo somos, ¿verdad?

—Verdad. Bueno, más o menos.

Me miraba, pero no directamente a los ojos. Me he ruborizado.

Nos hemos levantado. El sol había calentado el agua, las rocas.

Y entonces hemos trazado el círculo del que te hablé, el que siempre dibujábamos los días de verano como este.

Montaña abajo, hasta el arroyo, a la tienda de ultramarinos para hablar con Eddy el Rápido (nos ha dicho que se alegraba de volver a vernos, pero que había avistado el Blazer de Coop pasar zumbando varias veces, lo dejaría correr de momento... Gracias, Eddy). Sudábamos la gota gorda cuando hemos entrado en el establecimiento.

Quedaban dos refrescos Dr Peppers.

—Bien —ha dicho Coop a la vez que abría la puerta del refrigerador—. Así no nos pelearemos.

—Hazme un sitio, que me estoy asando.

Nos hemos plantado tan cerca de los estantes interiores como hemos podido, los hombros pegados, las caras hundidas delante de las bebidas

Y luego al arroyo otra vez, pero más abajo, para beber a la fresca. Mi botella se había movido en el bolsillo de Cooper y cuando la ha abierto nos ha salpicado a los dos. Nos hemos lavado el pegajoso líquido con agua del arroyo y luego hemos remontado la montaña de nuevo. Coop me ha llevado a caballito. He apoyado la mejilla en su espalda. Estaba sudando una vez más, pero no me ha importado.

Al llegar a casa, en el jardín delantero, Coop les ha mostrado a Bette y a Davy todas las proezas del capitán Monigote.

Se ha agachado para hacerles entrega de sendos palos que habíamos encontrado cerca de la arboleda.

—Y ahora os cedo el título de capitán Monigote, a ti, Davienne McCoy, y a ti, Bette McCoy. Amén.

—Recordad, también podéis ser capitanas Monigote; no hace falta que seáis capitanes —les he advertido.

—Amigo de todas las criaturas vivientes, humanas y animales— ha añadido Cooop.

—Amén —he repetido yo.

—¡Amén! ¡Soy el capitán Monigote! —ha exclamado Davy, y ha tomado su palo.

—¡Amén! ¡Soy la capitana Monigote! —ha apostillado Bette cogiendo el suyo.

—Exacto —he dicho yo.

Cuando hemos entrado en casa, Coop ha querido ir al baño y ha visto mi nota.

—¿Qué es eso? —se ha extrañado.

Le he contado el truco del cepillo de dientes y entonces ha tenido una idea, pero mejor te la explica él.

hola querido kit de supervivencia, cooper lind al habla, ligón empedernido y experto en hierba. a lo que íbamos. después de ver la nota que ha pegado sammie en la pared del baño he pensado que podría ser buena idea dejar notas por toda la casa para ayudarla a recordar. más que etiquetas serían un kit de supervivencia de andar por casa. puede que los recuerdos lejanos la ayuden a acceder más fácilmente a los recientes. no lo sé, no soy médico, pero tomemos el ejemplo del baño: aunque deje la nota con las instrucciones, puede añadir alguna anécdota relacionada con ese sitio. Por ejemplo, en la bañera: «aquí fue donde sammie y cooper vertieron polvos de gaseosa cuando tenía seis años porque querían bañarse en limonada. como castigo, les prohibieron verse durante dos semanas». ese tipo de cosas.

Soy Sammie otra vez. He aquí algunos ejemplos.

En la puerta de la nevera: ¿Qué hora es? Si son las once y media, es la hora del almuerzo. ¡Coge lo que quieras! Si es más temprano, ya has desayunado. Si es más tarde, espera un poco. Mamá y papá te prepararán la cena. ¡Batido de chocolate a cualquier hora!

En cierta ocasión, Harry utilizó un envase vacío de batido de chocolate para mezclar engrudo con el que pegar la «máquina del tiempo» que estaba fabricando para la clase de ciencias. Se aseguró de ponerle una etiqueta que decía: ENGRUDO, NO BEBER, pero Sammie estaba enfrascada en un libro de Redwall y no prestó atención cuando agarró la botella y echó un buen trago. Lo escupió en la puerta de la nevera. Mientras iba a buscar un trapo para limpiar el estropicio, Davy lo vio y pensó que quedaría más bonito si lo adornaba con purpurina. Curiosidad: de ahí que la puerta de la nevera esté cubierta de algo parecido a vómito de unicornio.

Sobre el cuenco de Perrito: ¡no le des de comer! Harry ya le ha puesto comida esta mañana y volverá a hacerlo por la noche.

¿Te acuerdas de que un día a Coop se le ocurrió que sería divertido esconder huevos de Pascua para Perrito, pero en lugar de huevos de chocolate usó salchichas crudas? Ocultó salchichas por toda la casa para ver si Perrito las encontraba. Y el perro las encontró, todas excepto una, que mamá halló más tarde en la lavadora. Disculpas de parte de Coop.

En el espejo: ¡Buenos días, Sammie! Mamá y papá entrarán enseguida a saludarte.

¿Recuerdas que escogiste este espejo y esta cómoda cuando tenías seis años? Hasta entonces habías compartido habitación con Harry, pero al acercarse tu cumpleaños tus padres juzgaron que había llegado el momento de que tuvieras tu propia habitación. Así que dejasteis a los pequeños con la señora Lind y fuisteis al mercadillo de Lebanon, solos mamá, papá y tú, y a los cinco minutos de llegar encontraste este espejo y esta cómoda. Tus padres intentaron convencerte de que esos muebles eran demasiado aparatosos y anticuados para una niña, pero tú lo tenías muy claro así que confiaron en ti, los cargaron en la ranchera y te dejaron volver a casa en la caja de la camioneta, con tus muebles nuevos. Además de los libros, fueron los dos primeros objetos de esta casa que te pertenecieron en exclusiva.

Acabamos de cenar y estamos descansando en mi habitación. Coop ha estado leyendo el manual del empleado para el trabajo que ha encontrado en la estación de esquí. Se ocupará de poner a punto las instalaciones durante la temporada baja. Empieza la próxima semana.

Ha ido a la cocina a buscar un vaso de agua.

Hoy no he olvidado nada.

De hecho, me encuentro muy bien últimamente, desde que Coop anda por aquí.

Noto algo raro en la barriga, pero no en el mal sentido, una especie de, bueno, mariposeo ante la idea de que Coop esté en mi cuarto a estas horas de la noche. Eso sí que es cursi. Vale, ya viene.

Bueno...

bueno

¿Está buena el agua?

deliciosa. ¿quieres?

Sí.
Gracias.
¿Qué pasa?

lol

Ahora eres tú el que escribe *lol* cuando podrías reírte y en paz.

sí, pero tus padres acaban de entrar para ver qué hacemos y eso
significa que no podemos reírnos en voz alta

No significa eso.

significa que tú deberías irte a dormir y que yo debería marcharme
a casa

¡No! No te marches aún.

te estás quedando frita

Para nada.

se te cierran los ojos

Es porque estoy mirando la pantalla del ordenador, idiota.

mírame

…

¿Lo ves?

no, se te cierran los ojos

Estoy completamente despierta.

qué quieres hacer ahora

No sé, ¿tú qué quieres hacer?

cómo te encuentras

Muy animada, la verdad. Muy bien.

te apetece hacer otra excursión

¿Adónde?

adivina

¿A las pozas?

pues claro

Sí.

¿estás segura? ¿te encontrarás bien?

Sí, ya me he tomado las pastillas. Y tú sabes lo que hay que hacer si me falla la memoria.

sí, y además soy socorrista acreditado.

¿¿¿Qué??? ¿En serio? ¿Sabes RCP y todo?

sí

¿Y desde cuándo?

hice un cursillo

¿Cuándo?

aquella noche que te encontré en el arcén, tus padres me dijeron que, en teoría, no podías ir a ninguna parte a menos que te acompañara algún reanimador acreditado, así que hice un cursillo. ¡incluso me han dado un carné! ahora soy miembro titular de la cruz roja

No sé qué decir. Gracias, Coop.

:)

:)
Vamos.

¿Estás lista?

Sí.

Tengo que escribir esto ahora mismo, mientras viajo junto a Coop rumbo a las pozas, y no estoy segura de cómo decirlo, pero le estoy mirando, y el viento le azota la melena y azota la mía también, y no hay música de fondo, únicamente el canto de los grillos, hojas y ruedas en la carretera. Me dice que suelte el móvil y lo haré enseguida, pero déjame que escriba esto, solo quiero que te acuerdes de este instante, futura Sam.

Coop está tendido a mi lado en una manta, en el suelo.

Pasamos un rato allí tumbados, bromeando juntos, y cuando se nos acabaron las bromas ambos estábamos como temblorosos y cortados, no como solemos estar. Los grillos se habían callado. Las ranas chapoteaban en el agua, allí cerca. Coop me preguntó si me podía decir una cosa.

Y asentí.

No tenía que responder nada, añadió Coop, pero necesitaba decírmelo, sobre todo en estas circunstancias.

Se arrimó a mí y me llegó el aroma de las fresas. El canto de las ranas sonaba ahora más alto. Me eché a reír porque estaba muy nerviosa y él quiso saber de qué me reía.

«Porque estoy nerviosa».

«¿Por qué estás nerviosa?»

«¿Tú no estás nervioso?», le pregunté.

«Sí, pero yo conozco la razón de mi nerviosismo. ¿Por qué crees tú que lo estoy?»

«No lo sé», dije, «pero me lo imagino, porque puede que yo esté nerviosa por la misma razón».

«Bueno, en ese caso», dijo Coop, y se incorporó para apoyarse en el codo y mirarme. Ya no estábamos lanzando palabras al cielo. Abrió y cerró la boca un par de veces, tragó saliva.

«Siento algo por ti», dijo.

«¿Ah, sí?»

«Es algo más que un sentimiento de amistad».

Y es rarísimo que uno no tenga ni idea de lo que es el amor hasta que aparece, y entonces se queda en plan: *hala, resulta que era esto.* Estuvo ahí todo el tiempo. Invisible a primera vista, como la clásica imagen oculta de los libros de ilusiones ópticas. Cuando le tomo la mano. Cuando se sienta enfrente de mí en el taller de cerámica, sin dejar de mirarme. Cuando éramos gigantes.

«No hace falta que lo hablemos», dice. «Solo quería que lo supieras».

«No, me alegro de que me lo hayas dicho».

Coop tragó saliva otra vez. Me rodeó la mejilla con la mano y luego la retiró. Yo quería que volviera a hacerlo.

«Me parece que yo también siento algo por ti», le dije.

«¿Desde cuándo lo sabes?», me preguntó.

«Lo he descubierto hace un rato, en la habitación», respondí. «¿Y tú?»

«Desde los doce años», reconoció.

«¿Y sigues sintiendo lo mismo?», quise saber, y me acerqué más a él.

«Sigo sintiendo lo mismo», contestó.

«¿Y tú estás segura de lo que sientes?», me tanteó.

«Estoy segura», dije.

«Te quiero, Sammie», me confesó. «Te quiero desde hace mucho tiempo».

«Yo también te quiero».

A esas alturas de la conversación, nuestros labios casi se rozaban según las palabras surgían de nuestras bocas, prácticamente nos estábamos besando, pero cuando nos besamos de verdad sentí lo mismo que si estuviera bebiendo miel tibia, a chorro, derramándola a mi alrededor.

Me acarició la barriga, justo debajo de las costillas, desplazó la mano hacia abajo y yo noté cada milímetro de piel, y de nuevo me pregunté cómo era posible que el cerebro funcione tan bien y tan despacio al mismo tiempo.

Nos desplazamos para que yo me tendiera encima de él. Mi cabello cayó sobre su cara y él lo apartó. Le besé el cuello, me tendió de espaldas y besó el mío. Y me siguió besando, más abajo, primero por encima de la camiseta y luego en la piel, entre la camiseta y los vaqueros. Me los desabrochó y hubo más, mucho más.

Y mientras Coop me tocaba yo tenía la sensación de que mis músculos subían una escalera de grandes peldaños. Respiraba muy deprisa y Coop me preguntó si estaba bien, si quería seguir, y sí, quería. Súbitamente llegué a lo más alto de la escalera. Sé que estaba en lo más alto porque notaba algo entre las piernas que solo puedo describir como una sensación tan intensa como el dolor, pero que era exactamente lo contrario al dolor; o tal vez como si los dedos de Coop hubieran transformado mi cuerpo en el flash de una cámara, caliente, repentino y brillante, algo que te esperas, pero igualmente te pilla por sorpresa.

Después di las gracias mentalmente por haber remontado esos peldaños con Coop, por haber encontrado aquello que en teoría debía encontrar, por saber que eso que habíamos hecho sobre la manta era sincero, bueno y solo nuestro. Solo mío y de Coop.

Esta es la historia que contaré una y otra vez.

Estoy cansada pero solo físicamente.

No estoy cansada en ningún otro sentido.

MAL ROLLO

Me quedé dormida al lado de Coop y esa resultó ser la peor idea del mundo. No me refiero a lo que habíamos hecho antes, lo de antes fue la mejor noche de mi jodida vida, pero ojalá nos hubiéramos subido al Blazer justo después. Es que fue tan agradable quedarme dormida con los brazos alrededor de su cálido pecho

Así que no estaba en casa cuando mi madre entró a darme los buenos días y, cuando encontró la cama vacía, estuvo a punto de desmayarse según me dijo

Llamó a Coop pero él no respondió, claro que no, porque estábamos durmiendo

Y entonces supuso que había salido con Stuart porque en teoría tenía que haber pasado por casa la noche anterior

Telefoneó a Stuart y él respondió que sí, ya había regresado, pero yo no estaba con él

Y mi madre llamó a la policía

Los polis informaron a mi madre de que no podían hacer la denuncia hasta pasadas cuarenta y ocho horas de mi desaparición, y ella tampoco podía salir a buscarme porque mi padre ya se había marchado a trabajar y no podía dejar a los pequeños solos

Así que volvió a llamar a Stuart y él salió a buscarme por todas partes, por casa de Maddie, por el instituto, por el pueblo

Mientras tanto, Coop y yo nos despertábamos

Bueno, él se despertó, yo no sabía dónde estaba

Reconocí las pozas y reconocí a Coop, pero al principio no conseguía recordar qué hacíamos allí ni cómo habíamos llegado y sin embargo me sentía de maravilla, recuerdo, y lo abracé y él intentó que volviera en mí y contármelo todo

Mientras lo hacía me llamó Stuart y yo respondí a la llamada porque es lo que se suele hacer

No debería haber respondido

DÓNDE ESTÁS

Se lo dije, porque es lo normal cuando alguien te pregunta

Me estaba portando como una boba, no como Sammie, que suele ser muy inteligente

QUÉDATE DONDE ESTÁS, recuerdo que me dijo

Cuando Stuart llegó a las pozas, Coop y yo estábamos sentados en la manta, juntos, y yo empezaba a recuperar la memoria, sobre todo los recuerdos de nuestro amor, y él me frotaba la espalda, así que todo iba bien hasta que

Vimos a Stuart y nos pusimos de pie

Nos miró, luego posó la vista en la manta y por fin en nuestro cabello despeinado, en los zapatos y los calcetines olvidados a un lado

Stuart cerró el puño

Atizó a Coop con tanta fuerza

Atizó a Coop con tanta fuerza en la cara que al pobre se le saltaron las lágrimas, empezó a sangrar por la nariz y la boca

A mí también se me saltaron las lágrimas

¿QUÉ COÑO? gritó Stuart

Por favor, no grites, le dije

Desahógate conmigo, dijo Coop, venga, vuelve a pegarme

¡Basta! ¡Basta!, chillé yo, y me interpuse entre los dos

¿Por qué no lo hablamos?, propuse cuando empecé a entender lo que estaba pasando

Stuart respiraba con furia

¿Por qué?, preguntó

Yo no respondí

¿En qué estabas pensando?

¿Por qué?

¿Cómo se te ha ocurrido?

Porque nos queremos, respondió Coop

Le he preguntado a Sammie, dijo Stuart

No sé, contesté yo

¿Y tenías que escoger, de todas las personas del mundo, a este precisamente? ¿No decías que era un bobo?, preguntó Stuart señalando a Coop

¿Cómo?, exclamó Coop volviéndose hacia mí, y se dibujó un surco rojo en la cara cuando intentó limpiarse la sangre

Sí, el tío al que expulsaron del equipo de béisbol por fumeta

Coop me fulminó con la mirada y me preguntó si le había contado a Stuart lo de la expulsión

Sí, pero no lo hice adrede, le dije

¿Le contaste a ESTE un secreto que te pedí expresamente que me guardaras?

Y nunca olvidaré la imagen de Coop allí encorvado, fulminándome con la mirada

Como si le hubiera roto el cuello

Como si me hubiera entregado el corazón y yo se lo hubiera machacado delante de sus narices

No tuvo que decir nada, los dos nos acordábamos del día que lo expulsaron del equipo, lo mucho que yo me esforcé en que no se me notara, pero él se dio cuenta igualmente y me dijo: por favor, no me juzgues

Pero le juzgué y él lo notó

Así pues, no sucedió el día que me pidió salir, ni tampoco aquel en que no apareció para cuidar de los peques conmigo

Dejamos de ser amigos el día que cometió un error y yo le desprecié por ello

Y ahora me miraba como si se dispusiera a devolverme el favor

¿Qué carajo pasa aquí?, preguntó Coop a nadie en particular

Que te den, tío, le escupió Coop

Intente agarrarle la mano pero él la retiró, rápido como un pez, y se alejó

No me esperaba esto de ti, me dijo Stuart

Se sentó en el suelo y me soltó: Eres una egoísta, ahora lo sé

Puede que tú no tengas la culpa

Pero eres una egoísta

Me ocultaste tu enfermedad porque te venía bien, decidiste romper conmigo porque te venía bien y ahora te has acostado con este capullo por la misma razón

Me duele mucho descubrir cómo te has vuelto, la clase de persona que eres ahora

Yo siempre he sido la misma, nunca fui otra persona, le dije. Lamento lo que ha pasado, pero es la verdad

En ese caso no te conocía, afirmó, y no quiero conocerte

Stuart se quedó donde estaba hasta que llegó mi madre

Coop se marchó sin decir adiós

Y ahora lleva cuatro días sin responder a mis mensajes

Salvo para decir: «será mejor que pases un tiempo con tu familia y con tu novio y te aclares»

Stuart solo necesita un poco de tiempo, añadió

Yo no necesito tiempo

Solo necesito saber algo de Coop

Cualquier cosa

Aunque solo sea un «adiós»

EL ANCHO MUNDO

He pasado un par de días en blanco. Vagando de acá para allá, musitando. No soy capaz de distinguir la diferencia entre la NP-C y la tristeza pura y dura. La desgana que me invade a la hora de levantarme es idéntica. El vacío denso y blanco que ocupa mi cerebro es idéntico. Y también la desazón que siento cuando despierto en mitad de la noche preguntándome qué ha pasado, en qué me he equivocado.

Mis padres opinan que debería olvidarme de Coop y de Stuart por un tiempo, de los dos, y ser optimista. Coop volverá, me aseguran. También dicen que ninguno de los dos, ni nadie, de hecho, «podía entender la magnitud de lo que yo estaba viviendo». Pero yo sí. Sabía lo que estaba haciendo y quería hacerlo y sentirlo. Puede que siempre haya sido consciente de que intentaba acelerar antes de ralentizarme.

Sencillamente, ignoraba que la lentitud me sentaría tan bien. Y hasta qué punto me dolería. O puede que lo supiera y decidiera hacerlo de todos modos.

Ahora mis padres se quedan en casa en lugar de ir a trabajar.

Grabé la conversación que mantuvieron la otra noche a la hora de la cena, cuando los demás ya se habían acostado. Me contaron cómo se conocieron.

MARK MCCOY, 45, Y GIA TURLOTTE MCCOY, 42
TRANSCRIPCIÓN DE UNA GRABACIÓN DE AUDIO:

Gia: Después de graduarnos entramos a trabajar en el centro turístico. Tu padre había estudiado en el instituto de Lebanon Oeste. Yo, en el Hanover.

Mark: Y allí estaba esta monada, a cargo del puesto de café.

Gia: ¡Y a ti ni siquiera te gustaba el café!

Mark: Empecé a tomarlo aquel verano porque necesitaba una excusa para estar cerca de *(dibuja un arcoíris con la mano)* Gia.

Gia: A lo que íbamos.

Mark: Bueno. Estábamos enamoradísimos. Nunca nos cansábamos de estar juntos. Nos mudamos a Nueva York al cabo de seis meses. ¿Sabes cuál era mi sueño por aquel entonces? Sammie nunca lo adivinará.

Gia: La verdad es que siento curiosidad por saber si te lo imaginas, Sammie. No soñaba con ser empleado de mantenimiento municipal.

Sammie: ¿Payaso?

Gia: ¿Qué? Puaj.

Sammie: Decídmelo.

Mark: Quería ser *(toca la guitarra en el aire)* músico de punk rock. Incluso pasé un tiempo viviendo en Brooklyn, cuando el barrio todavía era asequible y había mugre por doquier.

Gia: Así que me trasladé allí poco después, pero la ciudad es cruel y no había forma de permanecer mucho tiempo en el mismo vecindario y mucho menos en el mismo apartamento. No teníamos empleos fijos y tampoco estábamos seguros de quererlos.

Sammie: Pero vivir juntos en Nueva York debió de ser divertido.

Gia: *Hummm.* Estábamos muy tristes. Y cuando nos poníamos tristes nos volvíamos demasiado dependientes.

Mark: Y entonces el gato se marchó.

Gia: Nuestro mediador.

Sammie: ¿Qué?

Gia: Encontramos un precioso gatito, le dimos de comer, y cada vez que nos enfadábamos lo buscábamos para entregárselo al otro en ofrenda de paz.

Mark: Era un gatucho callejero. Las cosas como son.

Gia: Pero nos daba paz.

Mark: El gato callejero era nuestro único amigo. No formábamos parte de una auténtica comunidad. Al final odiábamos vivir allí porque odiábamos a las personas en las que nos habíamos convertido.

Gia *(imitando la voz de un punk):* Todo el día fumando, bebiendo y robando discos.

Mark: Tu madre trabajaba en un cine y robábamos palomitas del bar para cenar.

Gia: Yo robaba las palomitas.

Mark: Sí, sí, Gia robaba las palomitas.

Gia: El caso es que un día nos enzarzamos en una pelea monumental. Nos echamos los tratos a la cabeza. Todavía me cuesta creerlo.

Sammie: ¿Y por qué motivo?

Mark: *Hummm,* por nada.

Gia: Yo tampoco me acuerdo.

Mark: Y el gato no aparecía por ninguna parte.

Gia: Ay, Dios, Sammie, tu padre removió cielo y tierra buscando a ese animal. Se pasó tres días vagando por ahí. Venía a comer y luego volvía a marcharse.

Mark: Y, para colmo, el gato no tenía nombre. Así que me limitaba a gritar: «¡Gatito! ¡Gatito!», con la esperanza de que acudiera.

Sammie: ¿Y por qué no lo bautizasteis?

Gia: ¿Sabes lo que pienso?

Mark: ¿Qué? A ver por dónde sales.

Gia: Pienso que nunca lo bautizamos porque, en el fondo, sabíamos que no nos pertenecía. O sea, no queríamos que fuera nuestro, porque eso habría implicado que nuestra estancia en Nueva York se había tornado permanente.

Mark: Yo solo sé que... *(se le saltan las lágrimas)*

Sammie: ¡Oh, papá!

Mark: Gracias a ese estúpido gato, comprendí que deseaba casarme con tu madre. Y tener hijos con ella. Ya sabes, después de tres días vagando por las calles de Brooklyn empiezas a preguntarte: ¿qué estás haciendo aquí? Y te das cuenta de que... *(ahoga un sollozo).*

Gia: Tu padre necesitaba tener a alguien a quien amar. Personas a las que cuidar.

Sammie: ¿Y decidisteis volver?

Gia: Compuso un montón de canciones sobre ese gato.

Sammie: Me gustaría escuchar la música punk de papá.

Mark *(recuperando la compostura):* En fin, regresamos y nos instalamos aquí, entre caras conocidas.

Sammie: Espera, espera, retrocede. ¿De ahí el nombre de Perrito? ¿En honor al gato?

Mark *(escondiendo la cara en el pelaje de Perrito):* Ssssí.

Gia: Veamos... Regresamos y nos instalamos aquí. Los padres de Cooper ya vivían en la montaña y el padre Frank solo era Frank. Todavía no se había matriculado en el seminario. Y la señora T trabajaba en preescolar.

Sammie: ¿La señora T?

Gia: Beverly, sí.

Mark: Al principio fue raro vivir tan cerca de nuestros conocidos y disfrutar de tanto espacio al mismo tiempo.

Gia: Pero tu padre encontró un empleo enseguida, porque conocía a un chaval que trabajaba para el ayuntamiento de Lebanon y eso me permitió sacarme el título de auxiliar. ¡Y entonces llegaste tú! O sea, cuando te oigo hablar de marcharte de aquí, me pregunto... ¿Crees que vivimos en el Upper Valley porque no tenemos dinero para marcharnos?

Sammie: No lo sé. Supongo.

Gia: Damos gracias de vivir aquí. A causa de su tamaño tal vez, las montañas nos proporcionan perspectiva. Mira, uno puede viajar adonde quiera, se puede comer el mundo, podrías haber ido a Nueva York y haber triunfado por todo lo alto, y sé que lo habrías conseguido *(un sollozo le quiebra la voz)*. Pero cuanto más arriba estás, cuanta más gente pisoteas o dejas atrás, más se reduce tu mundo.

Mark: Es la pura verdad.

Gia *(señalando el jardín, la montaña):* El mundo que hemos construido aquí es muy grande, Sammie.

Sammie: Lo sé. Ahora lo sé.

LA CARTA QUE NO HE ENVIADO

Querido Coop:

Puede que me falten algunas palabras, así que ve leyendo e intenta deducir el sentido. En primer lugar, lamento que Stuart te pegara. Espero que ya no te duelan la nariz y la boca. Apenas he podido pensar en nada más desde que te marchaste la otra mañana. O sea, no solo en tu nariz y en tu boca, pero es que son muy bonitas y me sabría muy mal que se te desfigurasen.

Por encima de todo, espero que nuestra amistad siga intacta. ¿Te acuerdas del día que nos hicimos amigos? Debíamos de tener unos cinco o cuatro años. Te veía a menudo y recuerdo haberte mirado el cabello, porque esos reflejos tuyos me llamaban muchísimo la atención y siempre corrías desnudo por el jardín. Puede que no sea el momento más oportuno para hablarte de esto, pero aquel día saliste corriendo de tu casa para comprobar hasta dónde llegaba la manguera. Corriste todo el trayecto arrastrando la manguera verde y te detuviste al llegar a nuestro jardín. Yo debía de estar cazando las típicas mariposas amarillas con ayuda de dos botes, como hacía a menudo. El caso es que alcé la vista y allí estabas tú, sujetando la manguera, estirando, intentando llevarla mas lejos, pero ya no daba más de sí. Así que la dejaste en el suelo y saliste corriendo otra vez hacia tu casa. Soltaste la manguera, yo la miré con atención y, de golpe y porrazo, el agua empezó a brotar por el extremo. Fue mágico. No tenía ni idea de cómo lo habías hecho o si era obra tuya siquiera. Me acerqué a la manguera y el agua empezó a manar con más fuerza, y entonces tú apareciste otra vez. Te reías a carcajadas porque fue alucinante. Echaste mano de la manguera y la agitaste de un lado a otro. Yo empecé a saltar entre el agua contigo y creo que a partir de entonces ya siempre jugamos juntos.

Me he estado preguntando qué fue de esa persona durante los cuatro años que pasamos distanciados. La persona que reparaba en pequeños detalles como aquel y los consideraba especiales. Estaba tan ocupada discurriendo cómo superar al resto del mundo que perdí de vista a los demás. Creía saber lo que necesitaba y tal vez lo necesitase, en parte. Me alegro de haber trabajado duro durante los años escolares. Y me alegro de haberme aficionado a la oratoria y de haber pronunciado mi discurso. Pero ¿dónde queda ahora todo aquello? ¿Qué ha sido del espacio entre los «ítems» que tachaba de mi lista? ¿Qué pasa cuando no tienes más remedio que hacer una bola con la lista y tirarla?

Lo que intento decir es que podríamos haber pasado cuatro mil sesenta días juntos en lugar de las catorce, o siete o seis horas que compartimos en las pozas. Si no vuelvo a disfrutar de tu compañía, lo lamentaré durante el resto de mi vida.

Perdona por haber revelado tu secreto. No te juzgo y no me creo mejor que tú, y si alguien te mira por encima del hombro, que le den. Yo intentaba dar lo mejor de mí misma y me daba igual a quién tuviera que pisotear con tal de alcanzar mi objetivo. Quería fingir que tenía un futuro por delante, un futuro que no existía y que nunca llegará. Pero preferiría volver atrás y tenerte conmigo, fuera cual fuese ese futuro.

He compartido mi vida contigo, aquí y ahora, y esos «aquí y ahora» están por todas partes, en cada instante, en mi casa, en tu casa, en la montaña.

Te quiero. El hogar está donde reside el amor. Tú eres mi hogar.

Sammie
P. D. Y no creo que seas un bobo
P. P. D. Como mínimo, no siempre

STUART SHAH, AUTOR SUPERVENTAS DEL NEW YORK TIMES

Stuart y yo nos vimos a primera hora de la mañana, antes de que él tomara un autobús a Nueva York. Acudió a mi casa y nos sentamos en las tumbonas de plástico. Como de costumbre, se había vestido de gris y llevaba una abarrotada mochila a la espalda. El biosónar había desaparecido, reemplazado por una especie de almohada que lo amortiguaba todo. Yo tomaba té, él tomaba café, y cuando nos mirábamos se nos saltaban las lágrimas.

—Tienes buen aspecto —dijo Stuart.

—No seas mentiroso —repuse yo, y esbocé una sonrisa torcida.

—No lo soy —insistió—. ¿Cómo lo llevas?

No me esperaba que se mostrara tan civilizado. Pero supongo que ya se le había pasado el enfado.

—Bastante bien. ¿Y tú cómo estás?

—De vuelta a la vida urbana.

—Me alegro por ti —le dije.

—No deberías —replicó casi con amargura.

Ahí estaba: la rabia.

—Perdona —dije, e inspiré hondo—. Ya te lo dije y sigo sintiendo lo mismo: lamento infinitamente lo que hice.

—Sigo perplejo —reconoció Stuart—. Estaba dispuesto a hacer lo que hiciera falta y tú lo mandaste todo a paseo.

—Yo nunca... —Busqué la palabra, recuerdo, y me sentí azorada—. Nunca entendí por qué estabas dispuesto a consagrarte a mí en cuerpo y alma, si ni siquiera me conocías demasiado bien.

—¡Me gustas! ¡Quería hacer lo correcto!

—Tú también me gustas. Eso siempre fue verdad.

—Quizá te gustaba el concepto que tenías de mí. —Hizo un gesto en el aire, como señalando a la nada—. Te gustaba porque siempre te habías sentido atraída por mí, y cuando empezamos a salir, te gustaba la idea de que me fuera a convertir en un escritor famoso.

—Hum... —dudé.

—Reconócelo.

—En cierto modo, sí. Pero había algo más. Me gustaba esa parte de ti que lee poesía en voz alta cuando estás borracho y acaricia a todos los perros con los que se cruza. Y también había otra parte de ti con la que simple y llanamente me apetecía... esto...

Desdeñó el asunto con un gesto de la mano.

—Ya lo pillo.

—¡Qué mojigato te has vuelto últimamente!

Soltó una carcajada, pero su risa se apagó al momento.

—¡Últimamente! Solo ha pasado una semana.

Como no siguiera bromeando, me hundiría. Había herido los sentimientos de esa persona que tenía al lado, se palpaba en el aire igual que antes se palpaba nuestra conexión. Y me había lastimado a mí misma. Ojalá pudiera deshacerlo todo, pero había deseado eso mismo tantas veces a lo largo de los últimos meses, que esas palabras ya no significaban nada para mí. No me quedaban lágrimas.

—Parece una eternidad.

—¿Lo dices porque te gustaría volver conmigo? —preguntó Stuart. No supe si hablaba en serio. Sus ojos seguían clavados en la ladera de la montaña.

—¿Por qué? ¿Tú querrías que volviera? —bromeé.

—No sabría decirte. No digo que no seas... Es que... —balbuceó.

—Era broma. No fue fácil. Ni siquiera antes de la NP-C.

—Vas a ser la primera y la última chica a la que le permita enzarzarme en una conversación sobre novios y novias por el maldito SMS. Tienes menos paciencia que un niño de tres años.

Repliqué:

—Ya, no me digas.

—¡Ay! ¡Vaya!

Mi madre salió con sus zuecos, tiró una toalla sobre una silla vacía y volvió a entrar.

Stuart apoyó la barbilla en las manos.

—Ha sido... terriblemente inoportuno.

—¡Ja! —exclamé—. Hablándole a Noé de la.... la... esto...

—Lluvia.

—Lluvia —repetí.

Suspiró.

—Será mejor que te lo diga. Mi agente ha pasado de mí. Por eso fui a Nueva York.

Miró al suelo.

—Oh.

—No he escrito ni dos líneas desde que estoy aquí.

—Cuánto lo siento. —De ahí que nunca quisiera hablar de su trabajo. Su futuro ya tampoco existía como él lo había planeado—. ¿Y qué me dices del texto que escribiste para Mariana Oliva?

—Era antiguo. Ya lo había publicado, en una revista muy pequeña de Portland.

Miré su cabeza gacha. Stuart siguió hablando. Por lo visto, había viajado a Nueva York para suplicarle a su agente que no cancelase el contrato. Se moría de vergüenza.

Y no debería haberme mentido, dijo.

—No pasa nada, Stu —le aseguré—. ¿Has vuelto a escribir?

—Lo intento.

—Recuerdo el relato que leíste con Mariana, y los que te publicaron antes de aquel. Incluso releí unos cuantos hace poco, después de que nos peleáramos, y las historias no habían perdido ni pizca de garra. Tienes talento.

—Yo no estoy tan seguro —musitó Stuart.

Se me escapó la risa.

—Pero ¿no te das cuenta de que eres muy joven? No es casual que hayas decidido dedicarte a escribir. Debes seguir intentándolo.

Una sonrisa por fin. La primera en mucho tiempo que iluminaba esos ojos oscuros.

—Puedes discutir conmigo todo lo que quieras y alegar mil excusas, pero acabarás por darme la razón y lo sabes —le dije, también sonriendo.

—Ya lo sé —reconoció él.

Las palabras apenas surgieron de mis labios, más bien de mi pecho, casi como una explosión.

—Quería darte más, de verdad, dar más a todo el mundo, pero es que no sabía cómo hacerlo —me disculpé. Las lágrimas se agolparon en los ojos de Stuart y también en los míos—. Estoy aprendiendo a ser menos egoísta, en serio. Deseaba que lo supieras, aunque sea demasiado tarde.

—No tienes que ser nada excepto tú misma, ahora más que nunca.

—En ocasiones, ni yo misma me soporto. —Me temblaba el labio inferior—. Lo quería todo al mismo tiempo.

Stuart buscó mi mano, como solía. Mis sollozos amainaron una pizca.

—Tienes una enfermedad terrible. Circunstancias menos dolorosas han convertido a los mejores en monstruos egoístas.

Solté una carcajada.

Añadió:

—Nacer nos convierte en monstruos egoístas.

Nos reímos juntos, entre lágrimas.

Se levantó, me ayudó a ponerme de pie y nos miramos. Nos abrazamos durante un buen rato, presas de un mismo temblor según humedecíamos los hombros del otro, y le acaricié la espalda con los dedos.

Miró el reloj.

—¿Hora de irse?

—Hora de irse.

—Has significado mucho para mí —le dije.

—No hables en pasado —me suplicó con la voz rota.

—Significas mucho para mí —me corregí, porque es verdad.

—Creo que nos habría ido bien, si las circunstancias hubieran sido distintas —me susurró al oído.

—Estoy segura.

Pero no podíamos cambiar las circunstancias. «Algún día» o «tal vez» ya no formaban parte de mi vocabulario. Las cosas son como son.

—Si alguna vez necesitas algo, dímelo.

—Necesito una cosa.

—¿Qué?

—No tires la toalla.

Nos separamos.

—Vale —dijo, asintiendo—. Vale.

MISA

Acompañé a mis padres a la misa de Nuestra Señora del Perpetuo Socorro por primera vez en seis años

No hablé con Dios, pero me sirvió de consuelo oír el coro de voces rezando al unísono, esas oraciones semejantes a cánticos, tan interiorizadas que los fieles las recitan sin pensar

Ahora me aferro a cada recuerdo con tanta fuerza...

Me alegro de dejarles a Harry, Bette y Davy algo que marcará surcos profundos e imborrables en sus memorias, y que sea algo hermoso, algo ajeno a sí mismos

Mis padres me han tomado las manos, uno por cada lado

Cuando he llegado a casa les he pedido que me ayudaran a llevar a cabo una idea

Tenía un poco de dinero ahorrado, regalo de mis abuelos, y un poco más que habían separado mis padres para cuando estudiara en Nueva York, aunque la enfermedad se lo había comido casi todo

Les dije que, si aún quedaba algo, debían destinarlo a la universidad de mis hermanos, obviamente

Pero si podía disponer de unos cien dólares

Me gustaría que mis padres contactaran con la asociación de NPC, ya sabes, los niños de la camisa hawaiana, y les compraran un libro a cada uno, el libro que ellos prefieran

Los relatos vienen bien en momentos como este, contarlos, escucharlos

Pensé en Coop y en las notas que escribimos para dejarlas por la casa

Las historias siempre vienen bien

OJALÁ LO HUBIERA HECHO HACE CUATRO AÑOS

Llevaba cerca de una semana sin verlo y estaba harta

No paraba de buscar excusas para pasear a Perrito por la carretera y acercarme al domicilio de Cooper, aunque apenas sí podía dar un paso

Mis padres me compraron una silla de ruedas pero no me gusta

La ranchera de Coop estaba aparcada en la entrada pero él nunca salía

No sabía a qué hora llegaba ni cuándo se marchaba

Puede que ni siquiera apareciera por allí

Tal vez estuviera durmiendo con el pibón de Katie

O puede que él también se hubiera mudado

La mera idea me hacía trizas

Al día siguiente creo que fue al día siguiente nos apretujamos en el coche de mi padre con destino a la estación de esquí para..., no, por nada, ya sabes, solo para echar un vistazo, y les supliqué por favor, por favor, y al final le enseñé a mi madre la carta que le había escrito a Coop, que no había enviado aún porque me daba miedo que no cambiara nada. Les confesé que le añoraba tanto como si me faltara un sentido, un sexto o séptimo sentido cuya existencia nunca había advertido hasta que desapareció

Ni siquiera sabía si lo encontraría allí así que deambulamos despacio del aparcamiento a la recepción

Mi padre le preguntó a mi madre ¿esto te trae recuerdos?

Lo han reformado, comentó mi madre, y por alguna razón ambos miraron a una especie de cobertizo que hay a un lado del aparcamiento

Puaj

El caso es que entramos en la recepción y había un hombre arrancando mugre del mostrador con una hoja de metal

Perdone, señor, ¿trabaja aquí Cooper Lind?

Está en los telearrastres, dijo el hombre sin alzar la vista

El corazón se me escapó por la boca

¿Puedo hablar con él?

Llámalo con el *walkie* y acudirá

O puede que no si descubría que lo llamaba yo

Tenía que intentarlo

El hombre me tendió el aparato pero yo no podía sostenerlo con estos dedos tan agarrotados que tengo así que Harrison me ayudó y estaba a punto de pulsar el botón cuando mi hermano me señaló el interruptor del lado

La etiqueta decía «avisos»

Miramos a un lado y a otro y divisamos un altavoz blanco prendido a la pared exterior del edificio

Idénticos altavoces se alineaban en los postes que ascendían por la cuesta hasta la cima

Harrison articuló con los labios ¿LO AVISAMOS?

Miré al hombre, que seguía rascando la porquería, y asentí

Harrison pulsó el interruptor

Me aclaré la voz y el carraspeo viajó directamente de mi garganta a la ladera de la montaña, donde retumbó a tal volumen que todos los trabajadores de por allí alzaron la vista

Ninguno era Coop

De modo que dije, pronunciando con cuidado e intentando no reírme: BOBO, POR FAVOR, ACUDA A RECEPCIÓN

Harrison se partió de risa, mi madre le tapó las orejas a Bette y mi padre hizo lo propio con Davy, pero todos nos estábamos desternillando

BOBO, ACUDA A RECEPCIÓN, POR FAVOR, repetí

El hombre que rascaba la mugre negó con la cabeza y alargó la mano para recuperar el *walkie*

Miré la cuesta

Tres figuras reanudaron su trabajo

Puede que no acudiera

Tal vez pensase que intentaba humillarlo

Pensé en agarrar el *walkie* otra vez y anunciar: TE QUIERO, COOPER LIND, LO SIENTO, POR FAVOR VUELVE CONMIGO

Pero entonces una figura asomó por detrás de la base del telearrastre. Llevaba una llave inglesa y la lanzaba al aire como si nada, caminando despacio, igual que si estuviera haciendo un descanso para comer

Una gorra le cubría la cabeza, pero supe que era Coop. Se la quitó y la melena se derramó a su alrededor

Salí del despacho, mi familia permaneció en el interior

Comprendí que mi corazón llevaba todo ese rato en mi puño, así que lo devolví a su sitio, donde volvió a latir

Cuando me vio, apuró el paso

Y luego echó a correr

Se detuvo solo un momento. Yo alargué los brazos y el puño volvió a estrujar mi corazón

Coop, grité, y jamás en toda mi vida me he alegrado tanto de ver a alguien

Una sonrisa se extendió por su rostro y Cooper recorrió a la carrera el resto del trayecto hola, kit de supervivencia, soy cooper lind. solo quería decirte que sammie es el amor de mi vida y que fui un bobo por pasar aunque solo fuera una hora separado de ella. me daba miedo que stuart y sammie volvieran a estar juntos. aunque recibí sus mensajes, me aterraba que quisiera verme únicamente para decirme que todo había terminado, que se dejó llevar por el calor del momento o que había cometido un error. hice mal en asustarme. a decir verdad, ni siquiera sabía lo que era el miedo hasta estas últimas ocho horas que he pasado despierto en el centro médico de dartmouth.

sammie sufrió convulsiones que le provocaron un colapso. ahora se encuentra estable pero antes no, y si nos hubiera dejado tan pronto, sin darme tiempo a decirle adiós, me habría muerto allí mismo. ahora mismo está consciente y hablando con su familia.

unos días antes de las convulsiones sammie y yo estuvimos charlando en su cama y me dio permiso para leer este documento. y supongo que me gustaría explicarme mínimamente. o sea, no rectificar las impresiones de sammie, porque este texto es suyo y ella decide lo que incluye en su historia y lo que no, así que no voy a corregir nada que ella haya mencionado, pero me gustaría explicarte, futura sam, por qué he tardado tanto en decirle que la amaba.

ni puta idea.

te lo juro, he tenido ocho horas para darle vueltas a la cabeza, pero sigo sin saberlo.

lo único que puedo alegar en mi defensa es que soy humano.

ella presume mucho de tener un cerebro privilegiado, y con razón, pero no sé de dónde ha sacado eso de que carece de atractivo. las chicas como sammie sumen en el desconcierto al común de los mortales. las chicas como sammie confunden a cualquiera acostumbrado a considerar a un tipo de mujer como el prototipo de belleza, porque ella no encaja en el modelo y sin embargo, es impresionante. sammie posee unos labios muy delicados, de un rosa pálido, ojos de color miel que cambian con la luz del sol, una melena que quita el aliento y un contoneo al caminar capaz de marear a cualquiera. empezó a mostrar esos rasgos cuando ambos teníamos doce años, pero si la encuentro atractiva no es solo por eso. millones de chicas comparten esa apariencia. sammie posee algo que...

supongo que por eso mismo tardé tanto en confesarle que la quería. porque la envuelve una especie de luz procedente de algún lugar misterioso que solo las personas muy fuertes pueden contemplar sin sentirse intimidadas o envidiarla o intentar absorberla para sí. algo así como aplomo o seguridad en sí misma. y puede que esa luz no sea sino puro amor, de ahí que la encuentre tan atractiva, a casusa de ese bucle infinito de amor y deseo, amor y deseo, pero dudo que sea solo eso.

así pues, lo reconozco, solo reaccioné al saber que una enfermedad se la iba a arrebatar y luego, cuando supe que alguien más intentaba apropiarse de esa luz, me puse las pilas. siempre había pensado que se marcharía, pero que algún día, cuando yo estuviera listo, quizás cuando fuera un cincuentón, no sé, en algún momento, buscaría trabajo cerca de donde ella estuviera, recuperaríamos el contacto y pasaríamos juntos el resto de nuestras vidas. la estaba «reservando» para más tarde. como un tonto del culo.

me arrepiento. me arrepiento con cada fibra de mi ser. ahora estoy listo. siempre he estado listo.

Eh, Cooper Francis Lind:
Gracias por haber dormido aquí conmigo. Ahora me voy al médico. Eres el mejor. Me parece que quedan unas cuantas salchichas de desayuno en la nevera. Como bien sabes, son salchichas normales y corrientes, que se toman para desayunar. Te quiero.
Sammie

sammie querida:
ahora me tengo que marchar a trabajar, pero volveré esta tarde para sacar a Perrito contigo si te apetece, o si lo prefieres podemos sentarnos fuera y jugar al capitán monigote. ahora bien, ten en cuenta que davy se ha empeñado en transformarme en ballena últimamente,

lo que no me halaga demasiado, que digamos. te prometo, eso sí, que nadie se romperá una pierna. creo.

te quiero.

cooper

tengo que ir al médico otra vez, coop. odio estas citas tempranas, pero te quiero.

samantha:
¡soy yo, el chivo francis! he vuelto de entre los muertos para expresar mi eterno amor por ti.

no me comas,
francis

¿cooper lind está en mi cama? me parece que estoy soñando pero debería despertarlo
llevo un año sin verlo
puede que se pasara por mi casa después de una fiesta o algo
¿vi a cooper ayer por la noche?
será mejor que duerma en el suelo

¡SAMMIE, AMOR MÍO! despiértame siempre, siempre, despiértame siempre. ya sé que sufres olvidos, pero te lo voy a recordar por si acaso te da por escribir otra vez esta noche. ahora soy tu novio, tú despiértame, despiértame siempre, despiértame siempre.

COOPER FRANCIS LIND
¿¿¿por casualidad te has fumado un porro en mi cobertizo antes de ir a trabajar???
espero no haber imaginado ese olor
o eso o hay mofetas en el jardín

culpable

sammie:

espero que hayas dormido bien después de lo de anoche. me tengo que marchar pero, si estás un poco cansada, se debe a que sufriste
una pequeña crisis. ahora estás mejor.

te quiero.

coop

Coop, no sé qué haría sin ti

Soy muy feliz

Sammie

¡Hola, Zam Zam! Mi recuerdo favorito de nosotras dos se remonta a la primavera de primero de bachillerato, cuando empezaste a usar un protector labial muy raro, de los baratillos. Al principio te lo aplicabas con normalidad, pero más tarde fue como si tus labios se hubieran enganchado a él sin que tú fueras consciente. ¿Te acuerdas? Tú y yo aún no éramos amigas, así que no sabía si comentártelo o no, pero estábamos practicando y tú no parabas de aplicarte el protector, sin darte ni cuenta, mientras caminabas de acá para allá. Tus labios empezaron a adquirir un tono morado. Creo que fue el día en el que la señora Townsend te paró en el pasillo y te preguntó si tenías frío cuando comprendiste que debías prescindir de él. Te acercaste a mí como una yonqui de la heroína y me tendiste el tubito en plan: Maddie, GUARDA ESO DONDE YO NO PUEDA VERLO. En ese instante lo comprendí: no eras una simple empollona con un talento feroz para las repreguntas, eras una friki igual que yo. Y siempre, siempre te llevaré en mi corazón friki, que te pertenece. Tu fuerza, tu valentía, tu ansia de exprimir al máximo cada instante me empujaron a ser mejor en todos los sentidos. Eres auténtica, Samantha McCoy. Cambiaste mi vida. Procuraré llamarte mañana sin falta. Dale las gracias a tu madre y al maravilloso Cooper por haberse puesto en contacto conmigo aquí en Altlanta. (Por cierto, ¿COOPER LIND? ¿Tu vecino? ¡Me lo imaginaba! ¿Sabías que acudía a todos los torneos de debate que celebrábamos en Hanover? Y yo lo miraba en plan: ¿quién es el fumeta ese del fondo de la sala?)

Siempre te querré.

Tu eterna compañera,

Maddie

Hola, hermanita:

Mamá está escribiendo esto porque quiero que quede bien. Mi recuerdo favorito es el día que vimos *Tíana y el sapo* juntas y luego cantamos *Pronto llegaré*. Cuando te vea en el hospital, te daré un montón de joyas.

TE QUIERO.
Davy

Hola, hermanita:
Seguro que no te imaginas cuál es mi recuerdo favorito. La verdad es que sucedió hace poco, cuando empezabas a encontrarte mal pero no demasiado. Estábamos en el jardín y tú miraste a tu alrededor y me di cuenta de que no sabías dónde estabas. Te di la mano, te llevé al comedero de los pájaros y te dije, eh, hermanita, mira, acuérdate. Dijiste, ay, Bette, qué bien, estamos en temporada de colibríes. Y me hiciste callar, señalaste el comedero y nos quedamos mirándolo un ratito. Es mi recuerdo favorito, porque no importa que no te acordases de que la temporada de los colibríes ya había terminado. Fue muy bonito verte tan emocionada y que quisieras compartir ese momento conmigo. Esa será siempre mi hermana. Te quiero mucho.
Bette

Hola, Sammie:
Esto no se me da demasiado bien. Le he preguntado a papá si te podía contar mi recuerdo favorito en persona porque no me siento cómodo escribiéndolo. Ya sé que a ti te gusta mucho teclear en este ordenador, pero es que yo ya escribo mucho (ja, ja) y paso un montón horas delante de la pantalla (ja, ja), así que prefiero explicártelo cuando nos veamos. Hasta pronto.
Te quiero,
Harry

Hola, cariño:
Harry y yo estamos en la misma onda. El mejor momento de mi vida fue cuando te tomé en brazos por primera vez. Hablaremos pronto.
Con amor,
Papá

Mi querida hijita mayor:

No hay palabras capaces de expresar hasta qué punto me duele ver cómo te apagas poco a poco. Sin embargo, a medida que has ido perdiendo capas, tu corazón de oro ha salido a relucir. Eres cariñosa, compasiva, decidida, brillante y hermosa, y lo seguirás siendo por siempre, ya sea físicamente, en nuestra memoria o a través de este libro.

Me resulta difícil escoger un solo recuerdo, porque todos y cada uno de los momentos que hemos compartido han sido maravillosos, desde la primera patada en mi vientre, hasta este mismo instante en que veo a papá sostener tu mano.

Me acuerdo de que, cuando tenías once años, participaste en tu primer concurso de ortografía del condado de Grafton. Derrotaste a los treinta participantes y yo me sentía orgullosísima de ti. Bajaste corriendo del escenario, con una sonrisa deslumbrante y los brazos abiertos de par en par. Ya sé que no todo el mundo estará de acuerdo, pero llega un momento en la vida de una madre en que los «te quiero» se vuelven escasos e incómodos por ambas partes. En ocasiones temes que tu hijo te lo diga únicamente para conseguir algo o por obligación, o que te odie, incluso, pero en aquel instante, cuando corriste hacia mí y sin pararte siquiera a pensar me dijiste: «te quiero, mamá», el corazón por poco me estalla de alegría.

Por tener la suerte de que sintieras la necesidad de estar conmigo y expresarme tu afecto en el momento más enorgullecedor de tu corta vida. Y he experimentado la misma dicha en todas las ocasiones, y sé que habría estado presente en miles de instantes como ese.

Espero que este momento sea uno de ellos. Porque mi corazón rebosa amor por ti y tú deberías estar orgullosa de la belleza con la que has recorrido este largo camino.

Te quiero, te quiero, te quiero hasta el infinito.

Mamá

eh, sammie

acabas de dejarnos. mi recuerdo favorito es este libro al completo porque tú estás aquí. gracias por haber dejado constancia de tu vida. debería haber sido más larga. quería decirte que antes de morir, al alba, pediste que te lleváramos a la ventana para poder ver la ladera de la montaña. dijiste: «para ver mi hogar».

te quiero,

Cooper

AGRADECIMIENTOS

Uf, vaya. Este libro significa tanto para mí... Tanto si lo saben como si no, muchas personas de Alloy —Joelle Hobeika, Josh Bank, Sara Shandler— me han visto crecer. Hace cinco años entré en sus viejas oficinas recién levantada de un sofá de Brooklyn enfundada en una camiseta llena de manchas. No tenía ni idea de lo que hacía. Debo reconocerlo: por más errática melancolía que aporte a sus increíbles relatos, nunca deja de sorprenderme agradablemente que sigan contando conmigo. Los gestores de proyecto... buf, tres estrellas para cada uno. Gracias a Stephanie Abrams, por responder a todos mis aterrados e inconexos correos. A Romy Golan, por tu concienzudo trabajo. Y la gran ovación se la dedico a mi editora, Annie Stone. Annie, gracias por animarme a desarrollar tu historia y por permitir que Sammie fuera tan peculiar como exigía. En el mar de la escritura, tu creatividad, inteligencia y paciencia han sido ancla, faro y tormenta, todo al mismo tiempo. (Seguramente recortarías esta frase.)

Pam Garfinkel, qué placer trabajar contigo dos veces seguidas. Y qué raro me resulta haber obtenido tanta inspiración de alguien que aún no conozco en persona. Tu sentaste las bases del relato y nunca dejaste que me saliera de rositas. Tu labor ha sido infinitamente valiosa. Muchas gracias.

Leslie Shumate, gracias por correr a mi lado el tramo final. Y a todos los Little, Brown y compañía —Farrin Jacobs, Cristina Aven—, Poppy cuenta con una fan incondicional de por vida.

A los maravillosos habitantes del verdadero Valle Superior, tan verde, tan auténtico, gracias por dejar que deambulara y fantaseara por vuestro territorio. Gracias, Charlie; sí, colega.

Mandy, Emma... a vosotras también, por encima de todo. Por estar ahí para lo bueno y para lo malo. A Minnesota, mi dulce e inesperado hogar. A Anthony, Hannah, Ian, Luke, Patrick, Ross, Sally; echaría el lazo a la luna si me la pidierais, lo sabéis. A veces me gustaría que viviéramos todos en cavernas interconectadas, alimentándonos de bayas y permaneciendo despiertos toda la noche contando chistes e historias.

A cualquiera que haya pasado por el sufrimiento de contraer una enfermedad terminal como la Niemann-Pick (o emparentado con alguien que haya pasado por ese trance), gracias por concederme la libertad de ponerme en vuestra piel durante unos cientos de páginas. Perdonadme por las inconsistencias y exageraciones. Si mi manera de contar la historia de Sammie no os ha parecido adecuada, escribidme. O mejor, escribidla tal como os gustaría leerla.

Gracias a la abuela Sally y al abuelo Buck, a la abuela Hazel y al abuelo Bill, y también a la bisabuela Margaret por haber escogido relatos relevantes en mi infancia. Y por último, pero en absoluto menos importantes, a mi madre, a mi padre, a Wyatt, Dylan, Puppy y Lucy. Gracias por darme espacio para retirarme a mis pequeños mundos y por estar ahí cuando regreso.

ESTE LIBRO SE TERMINÓ DE IMPRIMIR
EN EL MES DE SEPTIEMBRE DE 2016